有爱的青春陪伴者

孟中得意
/
著
江苏凤凰文艺出版社
JIANGSU PHOENIX LITERATURE AND
ART PUBLISHING

图书在版编目（CIP）数据

不合 / 孟中得意著. -- 南京 ：江苏凤凰文艺出版社，2023.7
ISBN 978-7-5594-7690-6

Ⅰ. ①不… Ⅱ. ①孟… Ⅲ. ①长篇小说 - 中国 - 当代 Ⅳ. ①I247.5

中国国家版本馆CIP数据核字(2023)第075251号

不合
孟中得意 著

责任编辑 王昕宁
特约编辑 蒋彩霞
出版发行 江苏凤凰文艺出版社
南京市中央路165号，邮编：210009
网　　址 http://www.jswenyi.com
印　　刷 长沙鸿发印务实业有限公司
开　　本 880mm × 1230mm 1/32
印　　张 9
字　　数 276千字
版　　次 2023年7月第1版
印　　次 2023年7月第1次印刷
书　　号 ISBN 978-7-5594-7690-6
定　　价 39.80元

目录

Contents

目录

第一章

/是我先不喜欢你的/

每逢下雨天，甄繁的膝盖都会钻心刺骨地疼。

这疼痛仿佛手术前的麻药。膝盖一疼，简居宁带给她的痛苦就渐渐模糊了。只是“麻药”一失效，那股痛劲儿又来了。有时候，她希望“麻药”停留的时间能够更长些。

无论甄繁怎样屏蔽简居宁的消息，他都会以各种方式充斥她的生活。

今天上午，至简博物馆举办明清时期家具展，单张展厅的成人票价高达两百元，但依然很抢手。

至简博物馆是简居宁一手创立的私人博物馆，家具馆里的展物大都是他祖父留下的遗产，价值以亿计。

媒体深知消费的时代风向，跟简居宁相关的新闻里，不管有无必要，都会放一张他的照片。今天这篇新闻里的简居宁穿着经典的衬衫马甲西装三件套，哈里斯花呢西装配温莎领衬衫，宽领带打得十分漂亮。他眉骨高眼窝深，那个极挺的鼻子不得不让人怀疑他有异国血统。

甄繁用手指去戳手机屏幕里的那张脸，后来戳得发了狠，屏幕里的人依然对她笑。

今天天气预报说晚上八点有雨，可还没到晚上八点，雨点儿就“噼里啪啦”地砸下来。

晚上十一点半，路上的积水已经很深了。挡风玻璃上的雨刮器疯狂摆动，跟犯了癫痫病似的。

甄繁想她确实醉了，她一人解决了一斤多“四种全汇”——皇家礼炮、五粮液、德国黑啤、日本清酒混在一起，后劲儿十分强大。

下午三点，公司召开内部庆功会，因为甄繁担任总编剧的《女校书》收视率破二。一开始大家还互相礼让，后来就荤素不忌地开玩笑。

不知是谁提议玩真心话大冒险。

席上，一个姑娘输了，在真心话和大冒险之间果断选择了后者，题目很刁钻——给你仰慕之人的女朋友打电话，表达对他的倾慕之情。

姑娘耸耸肩：“我素来仰慕简居宁，我倒想打呢，你们谁有索钰的电话？我现在马上打。”

甄繁摇晃着高脚杯里的红酒插嘴道：“苏总就在这儿坐着呢，你们还敢仰慕别人？”

她说这话的时候是笑着的，显得很漫不经心。

一旁的苏启铭冲甄繁笑道：“我什么时候在你心里的地位这么崇高了？”

启铭影视制作公司是四年前才成立的，甄繁算是公司的元老，公司制作的剧集她都有参与，并且起到了主导作用。

虽然启铭影视出了几部爆款剧，但本质上还是个草台班子。苏总志不在此，地产事业才是他永远的爱，热剧赚来的钱大多被他投在了房地产上，这也能解释为什么他们公司赚了不少钱，但每部剧的道具都相当简陋。

启铭影视投资的剧都相当赚钱，苏总是个天生的成本控制专家，他们只请过气演员和小透明，所有的服化道都尽量从简且重复利用。而在向电视台的女领导们推荐剧集时，他又是个天生的交际专家，每部剧都能卖个不错的价钱。

在业界，启铭影视出品是粗制滥造的代名词，但同时也是收视率的保证，狗血八点档从来都不缺乏市场。

虽然苏启铭才是公司老板，但甄繁作为走到幕前的核心编剧，每次挨骂她都首当其冲。

好在苏启铭对甄繁相当大方，给了甄繁百分之二十的股份。

甄繁一心赚钱，并不在乎自己越来越差的名声。

甄繁虽然一口一个苏总称呼苏启铭，但他们俩并不是严格的上下级关系。

甄繁笑了笑："您在我心里的地位一直这么高。"

"你这么说，我可当真了。"苏启铭从桌上抽出一张卡片，上面写了索钰的手机号码。作为索钰的公开暗恋者，苏启铭对于简居宁和索钰两个人的感情传闻一直处于信与不信之间。

他把卡片递给那个姑娘，一副看热闹不嫌事大的样子："打吧。"

姑娘电话一拨通，连"你好"都没说，直入正题表达对简居宁的爱慕之情。

电话那边传来一个清朗的女中音："你爱的人就在我旁边，你要不要亲自跟他说？"

这个姑娘一向大胆，此时却被吓得挂掉了电话。

"老板，您给我的真的是索钰的号码？"

甄繁本以为简居宁和索钰只是传绯闻，这下子倒坐实了。

甄繁还在晃她的高脚杯，接茬道："苏总有什么理由骗你？要说，简居宁和索钰可真是一对璧人呢，门当户对，天生一对。你说是不是，苏总？"

苏启铭的脸色此时不怎么好看。甄繁也不去管他，将杯中的酒一饮而尽。

她向来对真心话大冒险这种游戏不感兴趣，每次都会找各种理由躲过去。

这次她被大家围攻："繁姐，你这是要与人民群众划清界限吗？"

甄繁毫无意外地输了。

苏总特意为甄繁增添了第三个选项——如果不想真心话，也不选大冒险，就将杯中的"四种全汇"一饮而尽。

当甄繁喝到第四杯的时候，大家都默认繁姐是个狠人。

甄繁把自己从回忆里拉出来，开始专注现在，不出意料，她又被骂了。

她担任总编剧的大型女性传奇剧《女校书》正在热播，据网友不完全统计，剧集播放到第二十五集的时候，已经有五个男人爱上了女主角薛涛。昨天晚上正播到白居易和元稹为薛涛反目成仇的戏码，甄繁早就预料到了历史爱好者和相关从业人员会为此愤怒，她对此已经有十分丰富且惨烈的经验。

《甄繁学姐，请你放过Z大历史系吧！》的长微博已经转发了两万条。微博是她历史系的小师妹写的，长微博历数《女校书》里的种种史实错误。

“请甄繁作为Z大历史系毕业生尊重历史，不要再胡编乱造。如果不能的话，那就不要打着Z大历史系高才生的名号宣传你的狗屁传奇剧了。白居易和元稹为了薛涛反目成仇，甄学姐你怎么写得出来？”

小师妹很俏皮，结尾还附了一个“你的良心难道不会痛吗”的表情包。

写这种剧，甄繁的良心确实有一点痛，但她不写，钱包就会瘪。

甄繁，Z大历史系本科连续三年国家奖学金获得者，因国奖奖学金有八千元，人送外号“甄八千”。

大四那年，她十分豪爽地拒绝了本校保研，手握普林斯顿历史系和哥伦比亚大学东亚研究所的全奖录取通知，所有人都以为她会就此走上学术道路。就在大家好奇她选哪里的时候，甄繁选择留在了国内。

半年后，一部编剧署名甄繁的大型女性历史传奇剧播出，那是一部收视率不错可风评极差的电视剧。

该剧除套用了历史人物的名字外，和历史本身没有一点儿关系。

甄繁随便扫了几眼骂她的微博，实在缺乏新意。

她打开自己的微博主页，早上晒早餐的那条微博评论已经过万。

甄繁很少喝手磨咖啡，她嫌麻烦，反正网友们隔着屏幕也不知道她喝的是手磨咖啡还是速溶咖啡。

甄繁的微博除了宣传在播剧，就是各种晒图。

对于甄繁来说，别人认为她过得好比她真过得好要重要得多。不拍照的时候，她煮两块钱一袋的泡面，喝两块五一包的牛奶，泡面里加的蛋也是十块钱三斤的，她从来不会为了所谓的营养去买更贵的土鸡蛋。

甄繁的微博粉丝有四百多万，不过微博粉丝和真正的粉丝是两个概念，所以评论里不乏骂她的人。

这几年，她的玻璃心已经进化成了防弹玻璃心，只要不辱骂她父母，她基本能一笑置之，毕竟她的知名度一半是被骂出来的。

可今天甄繁喝了酒，她有了失控的理由，于是她按照热度高低一条一条地回复。

酒精激化了甄繁的不理智，以至于当她所乘的出租车和前车相撞时她都没意识到。

碰撞就发生在一瞬间。

甄繁系着安全带并未受到什么影响，只不过对于一个醉酒的人，任何震动都可能引起呕吐，她没怎么进食，吐出来的都是酒。她艰难地去开车窗，指望能透透气。就在她最狼狈的时候，她看到了简居宁。

她下意识地翘起嘴角准备露出一个微笑，可醉酒导致她的大脑失控，她没控制住自己微笑的弧度，微笑变成了傻笑。那笑容还没定格几秒，她又呕了出来。

这是甄繁认识简居宁的第十年。

第一次见面时，简居宁主动跟她打招呼，还请她吃了巧克力和冰激凌，她简直受宠若惊。

那次短暂的、只有十几分钟的会面，她甚至不敢抬头看他，在距离他一米的地方，自卑疯狂滋长，心跳疯狂加速。她漏洞百出，堪比马戏班里表演滑稽的小丑。不过小丑是故意为之，她却是真的不知所措。

甄繁最初以为简居宁不嘲笑她是因为善良，后来才知道那不过是所谓“上流”人士的教养。

去他的“上流”吧！

一个小时前，简居宁和索钰在一家日料店谈合作，在此之前，他们去听了费城交响乐团演奏的布鲁克纳第四交响曲。

七年前，芝加哥交响乐团在同一音乐厅演奏布鲁克纳的第七交响曲，那时简居宁旁边坐的是甄繁。

简居宁的车是他父亲的车企生产的，这车全国只有一辆，内饰根据简居宁的要求均采用了最高配置，不过外表跟流水线上的作品别无二致。

凭简居宁多年的经验，这次追尾并不严重，如果不是后车司机来敲他的车窗，他甚至懒得下车检查。

见到甄繁完全是个意外，简居宁每次见甄繁，她好像都不太好。

甄繁早已不是简居宁初次见她的样子了，现在她身上穿的都是真名牌。

出租车司机对简居宁十分感激，因为简居宁不仅没追究他的责任，还接手了他车里的病人。

音乐淹没在“噼里啪啦”的雨声里，在这奇异和谐的声音中，出现了一句不合时宜的骂声。

她既然要表现自己过得好，就不能真过得好一点，好让他心安理得？

甄繁醒来后只记得自己当时吐了又吐。

甄繁睁开眼看见简居宁，第一反应竟是想照镜子。

这么些年了，爱恨都是很奢侈的事情，不属于他与她。甄繁只是希望简居宁能睁开眼看看她，看看她这些年其实也过得不错。除了她的父亲，从小到大，她没花过其他男人的一个子儿。简居宁曾经在她身上花的每一分钱，她最后悉数还给了他，她不欠他的。不管多少人骂她，她身上的一针一线，吃的一粥一饭，都是她自食其力挣来的，他凭什么看不起她？

可总是事与愿违，这个城市里有两千多万人，甄繁总是在最狼狈的时候碰见简居宁。

她这几年在微博上辛苦维持的假象只一瞬间就破灭了。

她挣扎着从病床上坐起来，努力扯出一个微笑，第一句话便是：“多少钱？”

简居宁一贯从容的面容有了一丝异样，但随即又恢复了平静。

没等他回答，甄繁接着补充道：“您为我垫付了多少钱？我转您。支付宝还是银行卡？好吧，像您这样的人应该不用支付宝。把您卡号给我，不一定马上到账。”

“你还在记恨我？”

“简少爷，咱们的事儿早就翻篇儿了。我的心脏容量小，盛不下那么多事儿，老提过去挺没意思的。您卡号多少？”

甄繁叫简居宁少爷，郑重中带着一丝轻佻，是个调笑的称呼。

如今依然有守旧家庭称呼太太、少爷、小姐，但简家是个新型家庭，尽管甄繁的母亲在简家做过多年的保姆，对简居宁也是直呼其名。

甄繁的手机在此时不合时宜地响了起来，铃声是布鲁克纳第四交响曲第三乐章的高潮部分。

就在甄繁四处寻找时，简居宁把那个手机壳镶满水钻的手机递给她。

来电人是甄言——她异父异母的弟弟，通讯录备注是大宝。

甄繁左手挂着吊针，右手拿着手机，按了接听键："我在外面呢。你不是有钥匙吗？直接进门就行了。随便做点儿吃就行了，你做什么都好吃，不用太麻烦。行了，挂了，我现在忙，等我回家再同你说。"

甄繁挂了电话，仰头看了看吊瓶，她不想再跟简居宁废话，于是按了床头的呼叫器。

大概两分钟后，护士进了病房。甄繁简单询问了一些情况，护士告诉她还剩一瓶吊液，出院的话需要咨询她的主管医生。

等护士走后，甄繁对着简居宁说："您走吧，把片子和单据留下就行了，非常感谢您把我送到医院。您把卡号留下，我马上转钱给您。"

简居宁扯了把椅子坐在她床前，并没有要离开的意思。

甄繁撇了撇嘴："这是要等我给您取现金？那也行，能劳驾您帮我把包拿过来吗？"

简居宁把橙色金扣的铂金包递给她，包的手柄上绑着紫罗兰方巾。

甄繁下意识地说："谢谢。"她用右手艰难地打开包，从里面掏出一个长钱包，开始单手数现金。

简居宁饶有兴味地看着她数钱。

"不好意思，好像不够。"

"不急，我等你打完点滴给我取。"简居宁一直盯着她。

甄繁被他看得心里发毛，便拿眼睛去捕捉天花板上的吊液。

"你以后尽量少喝酒，毕竟你的肾……"

甄繁马上说道："我的肾好得很。"

"我只是说，喝酒对肾脏不好，你最好住院观察一下。"简居宁看了甄繁的肾脏 CT（电子计算机 X 射线断层扫描技术），这几年，她过得并没他想象的好。毕竟一个人只有一个肾实在不能说过得好。

"好像这不关您的事儿吧？不过谢谢关心。"甄繁的视线一直没离开她的吊液。

"无论如何，我希望你能过得好。"

“我过得很好。”

简居宁什么都不说了，就那么看着甄繁。他的眼窝很深，眼神严肃起来有一种悲悯天下的感觉，不过这悲悯中带着一股居高临下的气势。

对甄繁来说，怜悯是最高层次的侮辱，地位甚至高于看不起。

甄繁被他看奓毛了。她几乎想飙脏话了，他哪只眼睛看见她过得不好？她好得很！

但她什么都没说，只是笑笑，然后用右手理了理自己鬓后的碎发，确保耳后的红宝石镶钻耳环能准确露出。她有点儿后悔没把那枚亮闪闪的钻戒戴在手上，不过她手腕上的全金镶钻的手表却露了个十足十。这些都是她过得好的证明，她过得很好，不需要同情，不需要怜悯。

长时间的沉默，甄繁能听到吊液滴答的声音。

一滴一滴，仿佛心里下了一场雨。

有人敲门，来人提着一个食盒，并不是外卖。

简居宁接过食盒打开，用湿纸巾擦了擦手，他的袖子卷到手肘，露出一块价值不菲的名表。

甄繁现在跟当年不一样了，几乎能辨认出每个品牌的手表对应的价钱，这给她增添了一些底气。

她顿了顿，说道：“我当年挺喜欢你的。”说到“喜欢”这两个字的时候，她的心脏感到了一阵刺痛。但甄繁很快调整了过来，继续用一种云淡风轻的语气说道，“但是怎么说呢，那种喜欢是基于不了解，我喜欢的不是真正的你，而是我幻想出来的你。”

趁她张嘴的工夫，简居宁把一勺小米粥送进了她的嘴里。

甄繁犹疑一下还是把粥咽了下去，继续说道：“说句你不爱听的，我觉得你这人吧，远看特别好，离近了，真挺没劲的，特容易让人厌倦。其实在你主动跟我提分手之前，我就不想和你在一起了，我甚至后悔跟你谈恋爱。距离产生美，谈着谈着，你就让我产生了幻灭感，我想，简居宁怎么是这样一个人啊！

“至于我为什么没先提，本质上是由于我的虚荣心，我就是觉得你条件挺好，当男朋友挺拿得出手的，分了有点儿可惜，但我对你本人真没什么留恋。你主动提，我正好也解脱了。”

这么一大串废话，总结成一句，也不过是“是我先不喜欢你的”。

简居宁又把一勺粥送到甄繁的嘴里。简居宁差点都要信以为真了，但他随即发现了甄繁话中的漏洞，她如果真这么想，就不会说出来。

甄繁觉得他对自己的话毫无反应：“你不会认为我在骗你吧？你知道，我没必要……”

“当然没有。”简居宁又喂了她一勺粥，然后把碗放到桌上，背过身去，“我早看出来了，要不然我也不会同你分手。我这人近看确实毛病挺多的。”

甄繁决定相信他的话，因为那会让她心里稍稍好受一点儿。

她故作轻松地说道：“旧的不去新的不来嘛，你和索钰什么时候结婚啊？”

“我们只是朋友。”

简居宁并没说谎，他和索钰确实只是朋友。

甄繁“哦”了一声，她相信简居宁说的话，可这也没让她更好受一点儿。

当年甄繁为了学杂费全免上了一所普通高中，那所中学历年一本上线率只有百分之五，建校五十年来没有一个人考入 Z 大。

在遇到简居宁之前，甄繁的理想大学是师大，也是因为学杂费全免，理想职业是毕业后回到小城当一名中学教师，可以就近照顾父母。

高三那年，她每天都是凌晨一点才睡觉，那些高考真题她做了一遍又一遍。她以为，只要她多做一遍题，就会离 Z 大更近一点。只要她考上 Z 大，就会离简居宁更近一点。只要她足够努力，就会离简居宁越来越近，总有一天，她能够格成为他的朋友。

可是，她从来没成为过他的朋友。

不过也没什么大不了的。

甄繁最终还是和简居宁成了朋友，是朋友圈里的那种“朋友”。当她坚持给他医药费的时候，他说“朋友之间何必这样客气”。

她加了他的微信，然后给他微信转了账。

在加简居宁为微信好友之前，甄繁单手火速清理了自己的朋友圈，只保留了自己形象最为鲜亮的那一部分。她要向他证明，她昨天的狼狈只是一个意外，在绝大部分时间里，她都过得很好，非常好。

甄繁并没有住院观察，打完点滴就办了出院手续。她拒绝了简居宁送她回家的好意，原因之一是她住的小区不算多么好，小区里大多是租户，当然这不是个说得出口的理由。

前两年她买了一套二手商住公寓，随便装修了一下。回家的路上，甄繁想她要不要去高档小区租一套房子，然后把她现在住的公寓租出去。

晚上八点，甄繁对着简居宁空白的朋友圈发呆，心想：他不会是把我屏蔽了吧？

已经是盛夏，“正经”还在叫春。“正经”是一只土猫，大名甄正经，芳龄八岁。正经有心脏病，不宜做绝育手术，甄繁只能忍受它日复一日的风骚声音。为了表示对邻居的歉意，她特意送了邻居五副耳塞。

正经落户甄家，是命运和甄繁开的玩笑。甄繁虽然嘴上嚷着人人平等，对猫却有些双标。

晒猫是网络红人的标配，甄繁最开始准备买一只暹罗或者英短，遇到看起来时日无多的正经时，她本只想把它捡回家临终关怀几天。不料这只猫自从跟她到了家里，就不肯死了，一直苟延残喘。甄繁只好把它送到宠物医院，花了一大笔钱给它做了心脏和眼部手术。

甄繁的手指在手机上快速滑动，不知怎的，她突然在胡桃木茶几上使劲拍了一下：“甄正经，咱能不能别叫了！”这一下拍得她手疼。

正经抬头看了她一眼，“喵”了一声后，一跃跳到她的腿上准备去舔她的手。甄繁摸了一把正经的头：“跟你没关系。”

跟正经确实没关系，她只是刚才刷微信时看到了一篇文章，题目名叫《甄繁和索钰：论女孩儿为什么要富养？》。

这篇从标题到内容都狗屁不通的文字在短短十几分钟内，阅读量已上万。

第二章

/论女孩儿为什么要富养/

开车去父亲家的路上，简居宁回忆起了第一次见甄繁的情景。

甄母在简家做住家保姆的第三年，简居宁第一次看见甄繁。那年的夏天格外热，甄繁在简家门口等她的母亲。

简家那会儿住四合院。简居宁从一辆国产黑色轿车上下来，看见一个梳着马尾辫儿的女孩儿站在门口，肩上的书包有些泛黄，细长的脖子上满是晶莹的汗珠儿。许是太热的缘故，她前额的一绺头发都湿了。

简居宁走到她面前问她找谁。甄繁抬起头来直勾勾地望着他，但随即就低下了头。她并未直接回答，而是说："我再站一会儿就走。"

有些往事他以为自己早就忘了，却又会在某个时刻自行浮现在他的脑海里。

甄繁和简居宁真正有交集是在七年前的夏天。

那天，甄繁站在公交站牌前等公交车，她身穿白色连帽卫衣配牛仔短裤，脚下却搭配了一双银色高跟鞋，一只鞋的跟儿扭掉了，导致肩膀一边高一边低。简居宁停车打开车窗同她打招呼，甄繁愣了一会儿突然就笑了，那双眼睛也突然生动起来，她摆手大声说"不用"。

简居宁走下去为她打开车门，请她上去。那之后，他们的交集多了起来，简居宁还时不时约她出去。

虽然他对她有些兴趣，但两个人的关系并未上升到男女朋友。

七年前，听芝加哥乐团演奏那次，他买的第八排的票，甄繁坐在他旁边，对于布鲁克纳第七交响曲的第二乐章他太过熟悉，当升 C 小调骤然转为升 C 大调时，他把目光转向了甄繁。

甄繁正在打哈欠，发现他的目光，她马上捂住了自己的嘴。

演出结束后，简居宁问甄繁感觉怎么样。甄繁说很好，她说她也很喜欢布鲁克纳，接着像背书似的说了一长串，从布鲁克纳的生平讲到对瓦格纳的推崇，最后谈到布鲁克纳音乐的特点，如数家珍，一副听了多年的样子。

甄繁说的和简居宁不久前看的乐评如出一辙。

恰巧简居宁极其厌恶那个乐评人，他甚至怀疑那个所谓的乐评人连乐谱都不怎么懂。但简居宁什么都没说，而是开车把甄繁送回学校宿舍。

车载音乐是拉赫玛尼诺夫第二交响曲，简居宁出于一种近乎恶作剧的心理问甄繁的感受。她又滔滔不绝地说了一长串，不过那些惯用的形容词通常都是用来描述布鲁克纳第二交响曲的。

简居宁扫了她一眼，甄繁身上混合着一堆名牌，不过山寨痕迹太过明显，甚至连高仿都算不上。

下车前，甄繁从她那个山寨包里拿出一个盒子，盒子里装着一块名表。

她身上的行头都是假的，但表是真名牌，虽然送的是石英表，远不如机械表贵重。

她看向简居宁的眼神饱含期待："我的奖学金到手了，以前总收你的东西，心想着怎么也得回赠你一次。也不知道你喜欢什么，就随便买了。"

简居宁收过表盒，道了谢。

表应该是真的，不过时装表是真是假都无所谓，他从来都不戴。

在同甄繁说再见之前，简居宁把她落在额前的碎发拨到耳后。她不说话的时候，像是雷诺阿笔下的油画，即使她衣服的搭配实在乱七八糟。

她并非什么惊心动魄的大美人，在整容科医生看来或许还有不少缺陷，但出乎意料符合简居宁的审美，连她眼角的那颗痣都长得那么恰到好处。

不过一张脸的作用是有限的。

甄繁喜不喜欢布鲁克纳，知不知道拉赫玛尼诺夫并不重要，但她偏要装知道，而为了兼顾她的自尊心，简居宁还不能戳破她。

和甄繁这种极度自尊又极度自卑的人交往实在太累，简居宁不是个畏难的人，但他并不想在感情上这么累，虽然他实在喜欢她的脸。

他把目光从她的脸上移开，从车上下来为她开车门，他从没让任何一个女士自己开车门。

不久之后，他就回了英国，整整一年时间没联系过甄繁。

在这一年里，简居宁那架小型飞机上有过不同的女性乘客。他很早就考了飞机驾照。

有一次，他和一个金发碧眼的英国大妞从牛津飞去慕尼黑听布鲁克纳第九交响曲。大妞曾跟他商量，要不要两个人换着开飞机，她也有驾照，或者他们从德国回英国可以坐她家的私人飞机。

简居宁对此并不觉得意外。

简居宁交朋友并不在乎出身，但他最后能深入交往的几乎都是跟他一个圈子的人，有的人甚至比他家更有权势。这不是什么罕见的事，几乎每个人，交往起来最舒服的都是和自己同阶层的。

圈层不同，很难强融。

不过他并没坐上英国大妞家那架价值三千万英镑的飞机，回英国没多久，他们就桥归桥路归路了。是英国大妞主动提的分手，理由是看不到简居宁对她的热情了。简居宁并未反驳，他也不知道热情怎么消逝得这样快。他的每段感情最后都是无疾而终，当然还有另一个说法，好聚好散。

这一年里，他很少想起甄繁，倒是甄繁给他打过几次电话，每次他没说两句，就以“晚安”结尾，虽然他不是不知道国内正是凌晨。当甄繁也同他道晚安时，他在某一个瞬间对她产生了一丝心疼。

也不过一瞬间而已。

当断不断，反受其乱。

如果当初故事到此为止，也不失为一个不错的结局。

简居宁平均半个月和他的父亲吃一次饭。

饭桌上，继母苏女士殷勤地为简居宁布菜，殷勤得有些过了头。家里虽然有厨子，但这满桌的菜都是苏女士亲自下厨做的。苏女士是“要想征服男人的心，必须征服男人的胃”的坚定贯彻者。

苏女士是江南人士，最拿手的就是淮扬菜。

简居宁曾经看过一个广告，大意是妈妈做的饭是最好吃的。他认为这完全是一个谬论，即使有情感加成，他也并不觉得母亲做的饭菜比继母好。

母亲只给他煎过一次蛋，那天的煎蛋还是煳的，他忍着恶心就着自己烤的面包吃完了那个蛋，饭桌上同他一起吃饭的还有母亲的男朋友，一个鼻子很大的法国人。

简居宁七岁时，父母离婚，理由是性格不合。后来简居宁发现他们岂止是性格不合，这两个人当初能结婚绝对算得上是一个奇迹。他们能在一起，只能说明荷尔蒙的力量实在强大。

简居宁的父亲是一个典型的实用主义者，认为财富是一个人能力的象征；而简居宁的母亲，则坚持信奉“资本来到世界上，每一个毛孔都滴着血和肮脏的东西”。尽管简母对财富的看法如此偏激，但并不妨碍她离婚时管前夫要高额的赡养费。

相对于简居宁的母亲，他的继母和父亲性格更合一些，起码表面上是这样。

简居宁感激了继母的好意，并及时对她的大煮干丝进行了称赞。

这是苏女士在行使和彰显自己作为女主人的权利，简居宁认为自己不该阻止她。

倒是简总先发了话：“不用管他，让他自己来，又不是外人。”

相对苏启铭，简居宁更像这个家的外来者，不过简居宁对此并不在意。

苏启铭随母姓，九岁时随母亲苏女士来到这个家，此后一直住在这里。

简居宁幼时随祖父生活，十二岁又去了英国，留学期间每年只回两次家。

晚饭结束后，简总把简居宁叫到书房，跟他谈心。书房正中挂着一幅山水画，笔触有些稚嫩，是简居宁十岁时画的。

简总从雪茄盒拿出一支雪茄，在鼻子前嗅了嗅：“你要不要来一支？”

这是父子俩为数不多的温馨时刻。

“听你苏阿姨说，你和索家那丫头走得很近。”

“不过是朋友而已。”

“你也不小了，也该安定下来了。”

话间，简总和儿子提了一嘴接班的事情，简居宁并没接他的话茬儿。

简总无论是长相还是气势，都颇有上位者的威严，但面对自己的儿子失了效。

“今晚住一晚吧，我让人给你换了床单。”

简居宁从书房出来，正碰上苏启铭。

苏启铭问道：“好久不见，要不要打一局球？”

简总是乒乓球爱好者，苏启铭为了讨好自己的继父，十岁起开始学乒乓球，在业余乒乓球比赛里拿过冠军。

苏启铭后来才知道，简总之所以喜欢打乒乓球，完全是为了在亲儿子面前扳回一局。

简居宁说道：“改天吧。”

“你昨天一直和甄繁在一起？”

昨天晚上苏启铭给甄繁打电话问她到家没有，电话是简居宁接的。听到简居宁声音的那一刻，苏启铭怀疑自己在做梦，不过他很快就意识到属于自己的机会来了。

简居宁不否认也不承认：“你作为老板这么关心员工的私生活不太合适吧？”

“有没有时间谈一谈？”苏启铭对这个异父异母的哥哥一向忌惮，虽然他对自己还算客气，但总是有距离感。

二楼客厅的酒柜占了一面墙，苏启铭开了一瓶威士忌，问道：“加冰还是苏打？”

“什么都不加。”简居宁举起杯中的酒，“甄繁的肾是怎么回事？”

“她爸得了尿毒症，做了肾移植，肾源是她的。”

简居宁盯着手里的酒杯看，沉默了一会儿才说道：“她昨天怎么喝那么多酒？”

苏启铭晃了晃自己杯中的冰块："你还记得索钰在你旁边接了个电话吗？电话另一端开的免提，甄繁也在。其实甄繁平时挺注意养生的，吃饭都要严格遵照营养表。昨天是个例外。"

苏启铭看了一眼简居宁，继续说道："这几年，甄繁一直没交男朋友，其实也不是没有人追她。我想，她或许对你还旧情难忘。"

"你这酒不错。"

"你要觉得好的话我送你两瓶。"

"不用了。"简居宁将杯中的酒一饮而尽，起身要走。

"对了，明天索钰电影的首映礼你去吗？要去的话咱俩明早可以一起去。"

"你自己去吧。"说这话的时候，简居宁背对着苏启铭径直往前走，并未回头。

苏启铭目送着简居宁的背影，他有一种直觉，简居宁和甄繁的故事在后头呢，而他和索钰还是有戏的。

简居宁最终还是拒绝了索钰的首映式邀请，虽然这是一个很普通的活动。

他和索钰最近来往有点儿频繁了。

从家世到个人，索钰都是一个上好的妻子人选，而且他发现，索钰也很愿意担任这个角色。

可是简居宁不想结婚。在不结婚的前提下，和朋友发展为恋人是极不明智的选择。

简居宁是个坚定的不婚主义者。婚姻里那些显而易见的好处他不结婚也能拥有，而他又不想因为婚姻让渡个人自由。在婚姻里追求自由往往会发展成道德问题，单身则完全没有此类困扰。

普天下最幸福的莫过于有钱的单身汉。

深夜，简居宁的母亲在法国塞纳河右岸的豪宅里同儿子视频通话，她坐在一张墨绿色的真皮沙发上，背景墙上拉斐尔的圣母像很显眼，她言辞恳切地劝说简居宁给赴欧难民捐款。

"你的父亲真是越来越没有同情心。

"他每年的慈善捐助加起来大概有一个亿。

"可他不愿意给难民捐一分钱。"

“那是他的钱，他有权做主用在哪儿。”

最后在母亲的持续劝说下，简居宁终于决定捐助一万欧元，毕竟他的钱也不是大风刮来的。

简母对儿子很失望，觉得他越发像他的父亲了。在视频通话的最后，简母让她七岁的女儿跟简居宁打招呼。相比一年也难见一次面的儿子，她对这个女儿宝贝得很。

简居宁对着视频里蓝眼睛自然卷的小女孩儿说了声“晚安”。

挂断电话，躺在床上，简居宁接连打了两个喷嚏，也不知道谁在骂他。

甄繁又盯着《索钰和甄繁：论女孩儿为什么要富养？》看了几秒，果断点了投诉，投诉理由是激化社会矛盾，引发社会焦虑。

她从客厅径直走到厨房，问道：“要帮忙吗？”

厨房里一个穿着白T恤、黑色短裤的高个男孩儿正系着围裙颠炒锅，看样子很是娴熟，不过他的模样和厨房并不搭调。

苏启铭曾跟甄繁说：“要不要让你的弟弟来客串个角色，拍了一准儿火。”

甄繁说：“得了吧，我弟没演戏的天赋，以后你盖楼倒可以找他。”

甄繁的弟弟甄言，19岁，K大建筑系本科生，暑假过后马上读大三。

甄言扭头冲姐姐笑了笑，露出一口白牙，那颗小虎牙很是突出：“繁繁，你出去吧，等我做好了叫你。”

甄繁跳着弹了他个脑蹦儿：“你再这样没大没小的，你姐我可不高兴了。”她从冰箱里拿了一瓶酸梅汤，拧开瓶盖，“做几个菜得了，多了也吃不完。”

这个男孩子几乎是甄繁一手带大的。甄言来到她家纯属意外，甄繁的母亲在生完甄繁之后就上了节育环，可这节育环并没有发挥节育的作用，在甄繁五岁时，母亲怀孕了。

甄繁的母亲本不想要第二个孩子的，她是在编的小学老师，违反计划生育政策的后果显而易见，她并不想失去工作，可后来在人流手术室外面等待时，她突然反悔了。

甄繁有时会想，如果母亲没有生下弟弟，甄言也不会被抱错到她家，母亲也不会因此失去事业编制，后来更不会去简家做保姆。

但是没有如果。

甄繁从玻璃橱柜里拿出两个黑底红杆的高脚杯，把酸梅汤倾倒在杯子里。她握着酒杯红杆，小心地晃着手里的杯子，生怕把它给打碎了，毕竟一只玻璃杯耗费了她一千多块钱。甄繁买东西喜欢计算性价比，一只杯子如果能用十年的话，平均一天也就三四毛钱。她愿意在穿的用的上花钱，因为时长会拉高性价比。吃的则不然，吃完就没有了，没必要买贵的。当然这只是对她自己，对家人，甄繁出手一贯大方。

在吃之前，甄繁找准角度拍了十多张照片，最后挑了一张发到朋友圈里。

任谁看了那张照片，都会以为高脚杯里面装的是红酒，而非酸梅汤。

放下手机，甄繁开始认真吃饭。

甄言每周五都会来甄繁家对其进行“慰问”，以满足甄繁的口腹之欲。

在甄言不来的日子里，甄繁大多时候叫外卖或者吃方便食品，要不自己随手做一份难吃到炸裂的营养餐。

整顿饭，甄言不是在给甄繁挑鱼刺，就是在给她剥虾。

“吃慢点儿，没人跟你抢。”

“你的手艺可是越来越好了。是不是有女朋友了？哪天带来给我看看，我给你包个大红包。放心，我这个大姑姐绝对没那么多事儿。”

“繁繁，你说得都哪儿跟哪儿啊？”

饭后，甄繁窝在沙发里看比特币的走势图，越看越后悔。2012 年集齐全部身家买比特币，大概是她唯一能在财富上超过简居宁的机会。

可惜她不能回到那时候，所以她必须忍受简居宁居高临下的嘴脸。

就在她发愣的时候，她的脖子上挂了一条名牌项链。

甄言问道：“喜欢吗？”

甄繁点点头。

她每月给甄言的卡里转一万块钱作为他的生活费，除此之外，她还承包了甄言除内裤之外的所有衣服，每次一上街，她都要逛男装店，袜子、鞋子都不会放过。

她想甄言一定是用她给的生活费买的项链，心里一阵肉痛，她已经有一条同品牌的项链，不需要再买一条了。

不过她并没有把自己的心理活动付诸行动，而是说道：“千万不要省钱，没钱了就找我要。”

“姐，我已经成年了，你不用再给我打钱。”

甄繁想他肯定又去做兼职了，便说道：“甄言同学，你的时间很值钱，不要为了一点儿小钱去做那些乱七八糟的兼职。钱不是目的，只是让你生活得更好的手段。”

这个家里，她一个人为了钱活着就够了，不必再来一个人。她希望她的弟弟做任何事都是出于自己的喜好，像简居宁那样，而不是同她一样，只为了钱。

没等甄言回答，甄繁继续问道：“你的驾照下来了吧？明天有空吗？我带你去看看车。”

她把自己存的车的图片拿出来让甄言看。

“繁繁，这个我现在买有点儿难度，我准备先买一辆国产二手车过渡下。”

“你姐我能让你花钱吗？你看上哪辆，我给你买。”

“我现在真不着急用车，开车去上学，也挺别扭的。等我哪天真想要了，再跟你说。”

甄言在的日子，甄繁十点就道了“晚安”回房睡觉。她不想让甄言认为她照顾不好自己。

卧室靠窗的位置摆着一架白色三角钢琴，甄繁走过去按了几个键，她工作后才开始正式学弹钢琴，如今也有几首拿手的曲子。

站着按键的过程中，甄繁突然又想起那篇富养的文章，按那篇文章的标准，她当然不算是富养长大的，因为她家连一架钢琴都买不起。

甄繁小时候学的乐器是二胡，她用的二胡很便宜，也不用交学费，父亲就是曲艺团的，二胡、三弦都拉得很好。甄繁拉得最好的是《一枝花》，到曲末，边拉琴边掉泪。她也会吹笛子，笛子是她的父亲用柳条做的。她的父亲还教过姐弟俩吹口琴，不过她没弟弟吹得好。

周围当然有富裕人家的孩子，不过不多，加上甄繁成绩不错，长得还行，在遇到简居宁之前，她很少感到自卑，更没有因为自己的家境自卑。

简居宁邀甄繁去听音乐会后，甄繁用自己兼职攒的钱买了一架电子琴开始自学，每天挤出时间来偷偷摸摸地看琴谱，订阅音乐杂志，雷打不动地背乐评。

甄繁真想回到过去扇自己两个耳光，那时的她可真可笑啊！在简居宁的眼里，电子琴怎么算得上琴？

记忆一块涌上来，她弹的是《摇篮曲》，本来是很舒缓的曲子，到后来不知怎的就尖锐刺耳起来。

甄繁咽了两片安眠药躺在床上准备做梦。

梦里她穿着坡跟草编凉鞋和山寨的某品牌长裙坐在音乐厅的二楼。裙子的山寨感很明显，正版是刺绣，而她的裙子是印花。

当时甄繁在一家英语培训机构做兼职，收入还算可观，她本来是想买一等座的，不过她在给父亲买了一把二胡、给母亲买了一条裙子、为弟弟买了一双篮球鞋以后，剩下的钱只够买一张贵宾席的票了，偏偏她还要置办一身行头，所以只能压缩买票钱。

那是六年前，简居宁在英国几乎没怎么理过她，她擅自理解为那是他课业太繁忙的缘故。可他回国后还是没联系她，她在各种旁敲侧击之后从母亲嘴里得知了简居宁回国的消息。恰巧那时拉赫玛尼诺夫专场音乐会正在售票，她准备去偶遇简居宁。去音乐会之前，她想着“你若无心我便休”，如果两个人撞上了，简居宁还是不搭理她，她就把他送的礼物全都还给他，两个人一了百了。

可情况比甄繁预想得还要糟糕，入场前，甄繁真的遇到了简居宁，不过他旁边还有一个姑娘，姑娘穿的裙子和甄繁的差不多，不过是正版。后来甄繁知道这姑娘叫索钰。

整场音乐会，甄繁脑子里都是撞衫的事情，羞愧是真的，倒没多愤怒，因为从始至终简居宁都没跟她表白过，他跟谁在一起都是他的自由。

散场后赶上大雨，她穿的鞋太过笨重，出音乐厅时滑倒了，摔了一跤。裙子很长，倒没走光，可是也很滑稽，恰巧简居宁和他的朋友从她身边经过。简居宁伸出手来拉她，甄繁把头偏过去，很是洒脱地说：“不用，谢谢。”

后来，简居宁把甄繁抱到了车上。

梦醒时，脸烧得厉害。她和简居宁过去的每一帧画面，如今回忆起来，好像都写满了“耻辱”二字，一想起来脸就会发烫。

睁开眼，卧室的灯光煞白。

她睡觉时从来不关灯。

她扯了扯被子把头蒙住。

如果当时她拒绝得再彻底些就好了，那样就不会遭遇更大的侮辱了。

一个小时之后，她从被子里爬起来，又咽了片安眠药。

再醒来时天已经大亮。

从床头柜上拿起手机看，简居宁给她昨晚发的朋友圈点了个赞。

接下来的几天，甄繁怀疑索钰盯上了她。

甄繁本以为她和索钰的比较是某个公众号的偶然之举，当她和索钰的名字铺天盖地地联系在一起时，她才开始意识到，这是有计划的营销。

呵，索钰这是要踩着她卖票了，可就算薅羊毛也不能抓着一只羊薅吧。

索钰首次执导的电影《腔调》正在上映。《腔调》应该叫《牛津爱情故事》更为确切，男女主的设定都是牛津学霸，戏里百分之八十的笑料都是由女配炫富贡献的。女配作为暴发户的女儿，国内“2+2”本科加牛津一年制自费教育学硕士的教育经历跟男女主人公比起来实在小儿科，却无时无刻不在炫耀自己的学历，且炫耀得十分蹩脚。

整部电影在讽刺暴发户上十分到位，男女主的爱情倒成了次要戏份。

看不起暴发户的所谓上流社会和看不起暴发户的某些网民达成了一致，票房在第一天就收获了七千万。虽然进入十亿俱乐部的电影越来越多，但对于一个新导演来说，这个成绩已经十分可观。

这部电影是索钰母亲旗下的电影公司发行的。

电影戏外的营销点主要集中在两个方面：一是男女主的原型，索钰在首映式上特地感谢了简居宁，电影主角居住的别墅及别墅里的那几十幅名画都是简居宁提供的，恰巧两个人又都是牛津毕业；二是索钰和甄繁的对比。正逢甄繁的玛丽苏大剧在上映，差不多的年纪，一个编玛丽苏剧炫富，另一个已经斩获亚洲各大电影节的新人奖，对比不是不惨烈。

当《腔调》票房破两亿时，甄繁发了一条微博：“索大小姐，您这么大一名人，这么好一电影，干吗拿我这种您看不上的人炒作呢？”

甄繁对挨骂的免疫力日益提高，只有涉及父母出身这种话题，她才会血气上涌，大部分时候她很平静。

不过既然索钰要拿她炒，不添一把火怎么行？

经过甄繁这几年坚持不懈的“努力”，她已经没有任何名声可言。

对于不涉及原则问题的娱乐八卦，网友们向来是对人不对事，毕竟根据以往经历来看，甄繁才更像炒作的那个。

质疑索钰炒作的微博发出后，底下的评论一边倒地让甄繁不要再给自己加戏了。

甄繁认为微博把关注者叫作“粉丝”的设定实在智障，她要真有四百多万粉丝哪会是现在这个局面。

甄繁并没有收到索钰的正面回复，毕竟索钰的支持者众多，哪里用得到她亲自出面。像甄繁这种没有粉丝的人，才需要亲自下场。

最先跳出来的是索钰的头号粉丝——时尚博主黎媛媛。

黎媛媛对索钰可谓爱得深沉，索钰每一次的穿搭都被她拿出来在公众号上从头到脚一一分解，然后循环往复地膜拜。

在甄繁发出微博二十分钟后，黎媛媛直接转发并评论：“现在炒作又有新方式了？颠倒黑白可够溜啊！”

底下评论一窝蜂地附和博主骂甄繁。

十分钟后，黎媛媛再次发微博：“有些人的土是刻在骨子里的，就算用成吨的香水泡，也洗不干净。对于这种人我只想说，你用买奢侈品的钱多给自己买几份意外险不好吗？”博文配图是经典的“哪来的野鸡给自己加戏”。

虽然微博没指名没道姓，但是大家都知道意有所指。

对于甄繁这种人，只要有一个人开始讨伐她，接下来便会出现许多附和的声音。

十五分钟后，黎媛媛发了一张索钰的照片，配的文字只有六个字：“真正的高级脸。”

甄繁用自己的小号在这条微博底下评论：“原来肉不光分五花三层，还分三六九等啊！我不知道什么是高级脸，但我知道您的脸可比一般人贵，加起来得有一百万吧？您光做鼻子就花了十多万吧？但我觉着您可能受骗了，看着也就五百块钱做的。好好花钱维护，别哪天出不来气儿了，要真有那么一天，估计您得进医学史。”

两个小时后，黎媛媛发了一条微博，调性非常轻松愉悦：“这次终于抢到至简的扇子了，被某人影响的心情终于变好。”

配图是黎媛媛和简居宁的合影，背景是简居宁的至简博物馆。黎媛媛拘谨得像一个小学生，双手紧握，双腿不符合人类比例的长。大概是为了保持两个人的身高差不变，照片里的简居宁被修得有两米高。

整整一天，索钰本人没做出任何回复，越发显得甄繁像一个上蹿下跳的小丑。

甄繁和索钰的新闻甚嚣尘上时，至简博物馆放出的第二波折扇周边又在一分钟内被秒空。

相较于门票收入，博物馆的周边收入才是大头。得来的钱让简居宁有余力去买更多的玩意儿，充实博物馆的藏品。

第三章

/ 灰姑娘的姐姐 /

甄繁久久没得到索钰的回复，于是一不做二不休，直接打开搜索引擎，搜索“甄繁 索钰”，屏幕立即出现一片踩她捧索钰，顺便宣传《腔调》的通稿。

她随便复制了一篇题目再次搜索，整屏网页都是同样的标题，虽然发自不同网站。她马上截图，然后将截图和通稿内容发在微博上。

她微博正文直接 @ 索钰和电影制作公司：“请回应一下这是怎么回事儿？某些说我炒作的人，请问我会发通稿骂我自己然后捧别人的电影？难道我在你们心中是圣母玛利亚吗？”

评论终于不再是一边倒，不过即使承认电影拿甄繁炒作的网友，也认为这只是公司宣传部门的问题，和索钰没有半点儿关系。还有网友表示，即使有人拿甄繁炒，也纯粹是甄繁活该。

索钰选择了不回复，对于这种事沉默是最好的选择。

她对甄繁的质疑倒没放在心上，不过简居宁发来的信息让她很不舒服。

“虽然我知道制作和营销完全是两条线，但是如果营销太没格调也会影响电影。拿我宣传倒无所谓，毕竟我参与了投资，可踩着不相干的人营销未免失之下流了。”

索钰忍着不悦回复：“专业的事情自然交给专业的人来做，营销团队完全独立，我不插手那边的事情。如果你实在好奇的话，我可以帮你问问，不过未必是我们这边的营销。你可能对国内的宣传环境不了解，负面营销也不罕见。”

简居宁知道自己的意思已经传达到了，没有必要说得太直白。

但这之后，类似的通稿再没发过。

《腔调》上映一周后的晚上，甄繁和苏启铭坐在电影院里看索钰的电影。甄繁调节了好几次椅子的弧度，怎么也不对劲。

为了向索钰表忠心，苏启铭包了这家电影院同时段所有的场次，请公司员工来看。甄繁和苏启铭坐在空荡荡的贵宾厅，这个厅只他们两个人。

甄繁不是公司刚来的小员工，没必要一定要参加公司集体活动。可不来的理由很不上台面，于是还是来了。

在此之前，她只看过电影影评。某影评写道：“这部片子和那些迎合城乡接合部小青年的三流喜剧不同，《腔调》是一部高级喜剧，带有鲜明的英式幽默特色，如果你觉得不好笑，只能说明你不是这部电影的受众。”

那个影评最后差点把你不喜欢等同于你土说出来了。

看着“暴发户”频频出丑，甄繁一点儿都没笑。她确实不是这部片子的受众。《腔调》算不上一个爆米花片，甄繁看电影时却一直吃爆米花。

她数着简居宁的别墅、简居宁的古董车、简居宁别墅里的草坪、简居宁冰箱里的俄罗斯鱼子酱……

甄繁一边嚼爆米花，一边想：这俩可真配啊！

不知道这对璧人有没有把她当作茶余饭后的佐料来嘲笑调侃，说不定自己就是电影的灵感来源之一吧。

从始至终，她都是一个笑话，偏偏还不自知。她以前不自知，现在依然不自知。

“你最近和简居宁有联系吗？”

“苏总，你管得太多了吧。”

“据我所知，他和索钰并非情侣关系。”

“那好像不关我的事儿吧。”

“解铃还须系铃人，从哪儿摔倒了就要在哪儿爬起来，要想从简居宁身上找到自信，你就必须得征服他。到时候你是想嫁给他还是把他给甩了，都随你便。”

“你这个笑话还不如电影好笑。”

“相信我，我们家简少爷并没忘记你。”

“苏启铭，你是不是神经病？我虽然拍了玛丽苏剧，你还真当我玛丽苏啊？”

甄繁起身的时候爆米花撒了一地，她俯下身来捡。

“别捡了，一会儿有保洁员打扫。”

甄繁没理他，低头把那些散落在地的爆米花一粒一粒捡到爆米花桶里，然后拎着爆米花桶和自己的老花包出了放映厅。

电影里的“暴发户”女配正在秀牛津腔。

苏启铭对着大屏幕拍了一张照片。十分钟后，他发了一个朋友圈，配图上写了四个大字：“年度最佳。”

甄繁在回家途中经过超市，买了一堆黄桃罐头。

回到家，她一边吃黄桃罐头，一边看难民新闻。正经则在一边专心致志地吃猫罐头。

跟人家难民一比，她算不上不幸。

老天待她还算不薄，有些人无论如何努力，都摆不脱命运的泥沼，至少她的努力没有白费。

可人总是喜欢和比自己好的人比较。

吃完一瓶黄桃罐头，微信突然响了起来，是父母要跟她视频。甄繁没有马上按接听键，而是火速从包里拿出镜子和口红，口红一涂，气色果然好了许多。对着镜子微笑，露齿笑，眼睛也笑，确认表情管理不会出问题后，甄繁发出了视频邀请。

视频里，父母告诉甄繁家里种的丝瓜、南瓜都很好，今天已经打了包，估计两天后她就能收到快递。

工作第二年，她给家里换了新房，小城的房价还算便宜。房子在一楼，有个小院儿，可以种菜。她爸腿脚不方便，住在一楼倒也合适，现在他已经不修自行车了，和甄繁的母亲经营着一间小棋牌室。

二老不怎么上网，至今还是通过报纸获取资讯新闻，因此也不知道甄繁被骂，觉得一切都很好。

挂断视频，甄繁继续用塑料叉子吃罐头。她小时总生病，每逢生病，父母总是给她买黄桃罐头吃，那时候她一个人可以吃一罐，后来有了弟弟，她便和弟弟分着吃。甄言来到她家，母亲就丢了工作，父亲的曲艺团越来越不景气，一个月工资也就几百块钱，靠跑堂会赚点外快贴补家用。后来父亲救人摔了腿，被救的小朋友家长带了两盒稻香村的点心来看他，之后就再没来过。甄繁记得那是苏稻，山楂锅盔的味道和以前不太一样。她的父亲摔了腿之后就办了早退，工作单位从曲艺团变成了自家门口搭的小棚子，修起了自行车。

简居宁彻底甩掉她那天，她吃了两瓶黄桃罐头，吃完罐头，罐头瓶子就从茶几上摔下来，碎了。她真不是故意的，就是笨，收拾玻璃碴子的时候还把手给扎破了，流了血，浪费了一些纱布。

甄繁想，简居宁待自己其实不薄。在一起没多长时间，分手时却愿意赔给她一套房子，还是学区房，真是大方。

当时简居宁跟她说："签了字房子就是你的了，以后有什么麻烦，就跟我说。"

那时候的甄繁没感到多么惊喜，甚至连愤怒都没有。一般电视剧或小说出现这个情节时，女主都会甩男的一个大耳光，还会骂一句"你拿我当什么人了"。可甄繁真没愤怒，她第一时间检讨自己，是不是做错了什么让简居宁产生了误会。

和简居宁在一起的时候，她看了一堆励志书，书里大半内容都是关于自省的——所有的理由都是借口，一定要从自己身上找不足。

那时的甄繁深入贯彻了这一套理论，并且贯彻得很好。

甄繁就着罐头将纸杯里的红酒一饮而尽。

往事不能细想，一细想这日子就没法过了。

她喝的酒是超市开架货，几十块钱一瓶，喝光一瓶也不可惜。

她并没用昂贵的杯子，而是直接拿了一个塑料纸杯。不拍照晒图的时候，她一贯从简。

喝着喝着，她的脑子里突然飘荡起一条很久远的评论。

"真烦，一个看了两本红酒书就在酒会上满口法文谈品酒心得的假名媛，其实根本分不清 1982 年的拉菲和 1992 年的有什么区别。"

那个人说得很对，她不仅分不清1982年的拉菲和1992年拉菲的区别，她甚至还分不清几千块的红酒和几十块红酒的区别。

怎么也分不清，可偏要假装分得清。

多么可笑啊！简居宁这么看不起她，居然还天天给她的朋友圈点赞。

也不知道他点赞的时候是什么表情，眼神悲悯？嘴角含笑？

更可笑的是，她还每天都在小心翼翼地晒。

想到自己就像一个上蹦下跳的小丑，她突然笑了起来，俯下身对着空空如也的罐头瓶子笑。

罐头瓶子又碎了，和上次不同的是，这次甄繁收拾时并没划破手。

这天，她并没发朋友圈炫耀她的虚假生活。

索钰和甄繁的新闻本来差不多平息了，没想到又横生枝节。

问答网站上，前几天索钰和甄繁二人矛盾正烈的时候，有人提问："如何评价甄繁说索钰拿她炒作？"

答案本来向索钰一边倒，中心思想就是，甄繁炒不炒都无所谓，反正我们支持索钰。

本来这个问题热度有限，没想到在问题提了两天后，冒出了一个匿名回答："如果我说甄繁是简居宁的前女友，你们对索钰的操作就不会意外了。"

甄繁看到这条问答是在黎媛媛的微博上，黎媛媛将回答截了图放在微博上，配的文字是一连串的"哈哈哈"。

底下的评论不是骂甄繁癞蛤蟆想吃天鹅肉，就是笑话她登月碰瓷的，炒作炒得脸都不要了。

最赞的评论是："她给简居宁提鞋都不配，真是想瞎了心了。人家炒作情侣起码各方面条件得差不多啊。甄繁和简居宁唯一的共同点大概是，都是灵长类动物。"

甄繁本来正在吃饭，看到评论，留下吃了一半的外卖，直奔苏启铭的办公室。

敲门之前，甄繁正好碰到苏总的秘书给他冲咖啡。

甄繁冲小秘书微笑："我来吧。"

公司去年搬了家，在一个产业园区的最里边，三层小楼。园区附近有十多只野猫，甄繁每天都把猫粮倒在盆里，放在一楼门口。她办公室里屯着一堆猫粮，不过苏总倒是从没尝过。

苏启铭来电时，简居宁刚挂断母亲的电话。

简居宁的母亲，从前的顾家五小姐，后来的简太太，如今的卢尔特子爵夫人，回国了。这位始终站在平权最前线的贵夫人，自从嫁给了法国某个远古贵族后，就冠起了夫姓。即使这种贵族头衔已不产生实际效用，但还是有很多人对其热情追捧。

虽然子爵夫人远在国外，却一直与国内的文艺圈保持着联系，还时不时在各大周刊和时尚媒体发表下对新时代贵族精神的看法。每次文章例行开头都是："我并不在乎我的贵族身份，我也不认为我是一个贵族，但贵族精神在这个时代是必要的。在我们的沙龙里，相对衣着游艇这类东西，我们更感兴趣的是世界欠发达地区的儿童教育问题……"

永远心怀天下，永远普度众生。

简居宁最开始不能理解，他母亲作为曾修读过国际政治的专业人士，为什么要给贵族这种政治词汇加上道德光环，让人顶礼膜拜。等他完全理解时，母亲在他心里的光环也完全消失。

三天前，卢尔特夫人说要回国，言辞间有让简居宁负责接待之意。在谈话中，她又提到了给欧洲难民的捐款计划，简居宁并未直接拒绝，而是说："等您到国内，我再跟您商量具体数目。"

前简太太正式回国当天，简居宁派司机去机场接，一路把她送到某个贫困山区。他让司机给当地老乡付了钱，他母亲就算住上一个月哪怕一年也不要紧。既然母亲心忧天下，简居宁觉得有必要让她体会一下国内艰苦地区的生活。

结果还没住上一天，这位夫人就疯狂给简居宁打电话要求回京。不过山区的信号不太好，在未接来电累积到十个之后，他才接到母亲的电话。

"既来之，则安之，您所在的村庄小学需要增加体育设施，您可以和该校的校领导沟通一下捐款事宜。当然，如果您实在迫切回京的话，可以给我的舅舅打电话，我相信他们一定会去接您的……"

在卢尔特夫人答应给小学捐资十万元之后，简居宁决定择日去接他的母亲。

伴随着“嘭嘭”的响声，简居宁接通了苏启铭的电话。

从乡下请来的老技师正在给简居宁演示怎么弹棉花。简居宁最近准备办一个民俗展，偌大的房子里放着不同时代的织布机，弹棉花的机器是今早他开着皮卡拉来的，一起拉过来的还有一个七十多岁的老爷子。

电话里苏启铭说他意外撞见甄繁在服用草酸艾司西酞普兰片，解铃还须系铃人……

挂断电话后，简居宁罕见地用英文骂了句街。

苏启铭的小算盘简居宁不是不清楚，就因为太清楚了，他反而懒得戳破。

当年他让苏启铭照顾甄繁，结果照顾成这个鬼样子。也怪他自己，谁叫他对一个数学从不超过六十分的人抱有期待呢？

倒是甄繁，笨得让他惊心。几年过去了，还是没长进，凭着一股蛮劲横冲直撞，把自己弄得伤痕累累，引人注意也不是那么个法子。会弹钢琴的千千万，没有童子功何必去凑热闹，还不如说自己热爱弹棉花，倒落得独树一帜，何苦在别人制定的价值体系里受辱。

当然，甄繁现在这个样子，他未必没有责任。出于所谓的教养，他从未戳穿过她，美其名曰不想伤害她的自尊心，究其本质不过是怕麻烦，他懒得对任何人的人生负责。

现在反倒造成了一个大麻烦。

甄繁决定牺牲自己的咖啡机来给苏启铭特制一杯咖啡。

猫粮和咖啡豆混在一起，两者比例 4:1。

“苏总，您喝咖啡。”

苏启铭刚喝一口就被那奇异的味道堵住了嗓子眼。在喷出来之前，他及时用纸巾捂住了嘴。

“姑奶奶，你要干什么？”

苏启铭，某传媒院校播音主持系毕业，最大的优点是可以讲一口流利漂亮的普通话。此时他的声音依旧十分悦耳。

知道她和简居宁的往事，又会摆在台面上讲的，除了苏启铭不会有别人。

甄繁把她打印出来的证据排在苏启铭面前："去论坛匿名爆料有意思吗？苏总，实名爆料多有爆点啊！"

说着，甄繁便把他办公桌上的东西一股脑往下招呼。

苏启铭急忙站起来保护自己的砚台："姑奶奶，别砸，这个是我花十万块钱买的！

"哟，这个也砸不得！"

担心隔墙有耳，甄繁恢复了平静。

苏启铭拿着A4纸细看："这是谁？真不是我干的。我没那么没分寸，毕竟当年你为了我……"

"别给我戴高帽，我纯粹是为了钱！"

"那我也领情。不过繁繁，你还是不要太在乎别人的看法，你越在乎，她们越高兴。要想打这些人的脸，嫁给简居宁是最扬眉吐气的法子。她们得不到的男人，你弄到手了，多有成就感，什么黎媛媛……"

"那苏总你去嫁吧，毕竟近水楼台先得月。最近同性婚姻合法化的国家那么多，到时你在索钰心里的位置肯定直线攀升，多么有成就感。"

"我要是个女的，我未必不会考虑。"

"我可去你的吧。"

甄繁走后，留下一地狼藉。

甄繁出了办公室，立刻换了张笑脸，微笑着对保洁阿姨说："苏总办公室有些乱，麻烦您去打扫一下。"

另一杯猫粮咖啡被甄繁自己给喝了，她一边看剧本大纲，一边去够手边的杯子，没想到够来的是装咖啡的塑料纸杯。

她喝完去刷牙，刷了好几次还是恶心。正所谓伤敌八百，自损一千。

下午开选题会，公司下一部剧准备开时装剧。

会开了三十分钟，咖啡外卖才送到，甄繁请客。

会上十三个人，十二杯咖啡。甄繁不喝咖啡，即使是夏天，甄繁在空调房里仍手握保温杯，杯子里放着枸杞。

"大夏天的您也不怕热。"

"我跟你们比不了，身体差就得注意养生。"

“这个杯子真不错，繁姐你在哪儿买的啊？”

“我弟送的。”

保温杯是甄言给甄繁专门定做的，杯子上还画着她的头像。

“繁姐，手机壳专门定做的？你这个头像好好看。”

“弟弟送的。”

“我听苏总说，繁姐的弟弟跟最近特火的那谁特别像，要不下部剧就让他当男主角吧，省得在外面找主角了。”

“我弟长得比他耐看。行了，说正经事。”

…………

某小编剧发完言做总结陈词：“无论如何，灰姑娘的主题一直长盛不衰，霸道总裁爱上‘我’永远都不缺市场。”

甄繁并不喜欢灰姑娘的故事，她每次看，代入的都是灰姑娘的姐姐，为了穿上不属于自己的水晶鞋把脚跟给削断了，结果什么也没得到，反而沦为一个彻头彻尾的笑话。

其实条条大道通罗马，在通往罗马的路上，穿运动鞋也许走得更快些，她为什么非要去试那双不属于自己的鞋子自取其辱呢？

晚上十点，公司只剩甄繁一个人。

因为一会儿要开车，甄繁换上了运动鞋，把猫粮放到盆里，关上所有的灯后，她打着手电筒拿着盆子出了门。

没想到又看到那辆车，她还以为那车早就报废了。

当年甄繁在那辆车里葬送了自己的初吻，当简居宁的嘴唇从她的嘴边离开时，她十分白痴地问了一句：“你是不是喜欢我？”

随即，她又意识到了自己的可笑，于是补充道：“不喜欢也没事儿，我就随便一问。不过下次安慰我的时候摸摸我的头就好了，你这样我会误会的。”

甄繁想不会有下次了，她不会再在他面前出现了，太丢人了。

简居宁的手放在了她的头发上，甄繁低着头，眼泪并没掉下来，她努力冲他笑了笑：“我没事儿，您不用送我去医院，我自己打车回学校，真是谢谢了。”

因为做兼职的关系，暑期她还住在学校，大部分同学都回家了，她得以享受单间待遇。不过她被分配到的是老宿舍楼，没有空调，每天晚上只有一台吊扇在头顶嗡嗡地响。早上出来的时候，宿舍没电了，甄繁还没去充电卡，回去连电扇都吹不上，真是不太走运。

她冲他鞠了一躬，因为坐着的关系，显得有些滑稽。鞠完躬，她就去开车门准备下车，浑然忘了自己系着安全带。

简居宁并没让她继续说下去，他捧住她的头，狠狠地堵住了她的嘴。

伴随着大脑逐渐缺氧，甄繁想：他大概是喜欢我的吧。

简居宁在月光下抽烟，他已经等了一个多小时了，他直接从六环外的院子开车过来的，工装裤上还沾染着油渍。他那辆老皮卡在回来的路上漏油了，他趴在车底修车的时候蹭了许多。不过他并不太在意，穿这身行头见甄繁也许更好。

他从烟盒里抽出一支烟，见甄繁办公室里的灯还开着，他打开车窗抽烟，野猫一直在门口叫。

今天的月亮很好，简居宁想起某个晚上，甄繁在落地窗前给他唱《半个月亮爬上来》，唱到一半突然忘词了，就一直"咿啦啦，爬上来"。

那是他和甄繁确立关系不久，他请甄繁来家里吃饭，约在他暂住的一间小公寓，他一个人住。

甄繁整个暑假都很忙，每天要工作到很晚，他们约会是在她忙完自己那摊事之后。那是他们最好的一段日子。

他那时每次看见她就要亲她好长一段时间。在甄繁之前，他几乎没怎么接吻过，他不喜欢吃口红。因为他从来没有为别人改变自己的自觉，所以也不会要求女伴们为他做出任何牺牲，譬如不搽口红。

甄繁是个例外，他随口一提之后，她再见他连唇膏都不再涂，或者可能是见他之前，她就把口红给擦掉了。

甄繁在同他的肢体接触上从来不主动，但也不拒绝。每次亲着亲着，他就想更进一步，不过每次都忍住了。甄繁跟别人不一样，对她来说，睡觉从来都不只是字面上的意思。

不过那天的气氛出奇的好。

他坐在钢琴前问道："你喜欢什么曲子，我给你弹。"

她喝了些酒，说道："什么都好。"

"那你唱吧，你唱我弹。"

甄繁直接愣了，大概过了一分钟，她十分不好意思地说："那我唱《半个月亮爬上来》吧。”

她一本正经地忘词，他让她走近些，他好看看她的脸。

她站那儿，脸马上就红了。

他把她拉过来，压在钢琴上亲她的眼睛、鼻子、嘴巴，他记得她说了句“别把琴给压坏了”，她那时可真有意思。

本来是空调房，后来他亲着亲着就热了，全身由里到外好像有火在烧，周围的空气仿佛一锅沸水。

他问甄繁：“你是不是热得厉害，我帮你把裙子脱掉好不好？”

她并没有拒绝他。

甄繁看着简居宁的车愣了两秒，随即便准备昂首挺胸地走过去，假装没看见他。

她今天穿的是套装，也谈不上出错，只是和脚上的这双运动鞋不太搭，早知道到了车上再换鞋就好了。

黎媛媛在她的公众号头条开设了一个新的栏目，专门吐槽甄繁的穿搭。在甄繁刚刷出的文章里，黎媛媛把甄繁从衣着到配饰批评得一无是处。

甄繁本来打算还击的，但现在资料收集得还不够充足，这口气只能先咽下去。

她本来就生气，此时看见简居宁，愤怒更是加了倍。

甄繁仰着头气势汹汹地往前走，不料仰望星空的同时忘记了脚踏实地，穿着运动鞋竟然被地上的石子给绊倒了。

“又丢人了。”她小声嘀咕着，很快就自暴自弃了，因为这么多年也不差这一次。就在她双手撑地准备站起来时，一双手伸到了她眼前。

甄繁没理那双手，自己努力站了起来，嘴上倒是不输气势：“不好意思，又让您看笑话了。真的，我都怀疑您是不是克我，每次我看见您都能遇见倒霉事，我能不能恳求您离我远点儿？”

她没必要再装了，越装越像个笑话，从以前到现在，他哪次不是眼睁睁地看她装又不戳穿她，让她一次次丢人不自知。她还自作多情地以为那是他爱她的缘故。

呸！

说罢，她连身上的土都懒得拍，直接走向自己的车，往前走的同时还挥了挥手：“拜拜了，简少爷。”

“甄端阳，对不起。”

甄繁，端阳节出生，原名甄端阳，从出生那天起，她动不动就闹病，到五岁那年，她已经在医院里过了两次春节。她上小学那年，母亲特地坐车去崂山找大师给她请了个名字回来。甄繁后来一直想不通，大师是出于什么目的，给她取名甄繁，她好像也并没有因为这个名字从此过上平安顺遂的生活。

大概是母亲钱给得不够多，大师拿她开玩笑吧。

他们关系最好的时候，简居宁问甄繁有什么小名没有，甄繁的谐音容易让人误会，她顺嘴说了“甄端阳”，多少年没人这么叫她了啊。

晚间有风吹过，她没有回头。

“我不是说了吗，您不跟我分手我也要跟您散。我说的中国话您听起来有障碍？要不要我用英语说一遍？算了，毕竟我发音没您的高贵。最近您投资的电影票房不错，真是恭喜您啊！我日子过得怎么样，都是我自己选的，和您一点关系都没有。您就算想当聂赫留朵夫，我也不是玛斯洛娃，我没时间跟您玩角色扮演，您跟别人去玩那套救赎的戏码去吧！”

回家的路上，甄繁的眼前模糊了一片，这么多年过去了，怎么在他的眼里她还是一个可怜虫？

家里还屯着罐头，甄繁继续窝在沙发上吃，甄言发来语音催她睡觉。

前几天甄言送了她一个香薰助眠灯，确实管用。

可并不是一下子就能睡着。

那些难堪的细节又在脑子里一遍一遍地重演，怎么也驱除不掉。

除了她和简居宁的第一次，别的都越来越模糊，那件洗得泛黄的白色胸衣一直在脑子里晃悠。

那件文胸，是她在街边的小店买的，没洗几次就发黄了，她一时又舍不得扔，心想干净就行了。

要知道会有那种事，她当时一定要换一件。

甄繁穿着睡衣从床上爬起来，打开柜子，一件一件清点着自己的内衣，心想：我现在有钱了。

或许清点得太过兴奋了，怎么也睡不着。

躺在床上，所有事情都清晰起来，当初即使算得上旖旎的片刻也让她觉得难堪。

那天他好像先弹了拉赫玛尼诺夫的某首曲子，然后他问她想听什么，接着便让她唱。

她唱的是小学六一儿童节上的表演曲目，没想到还能忘词儿，真是丢人。

甄繁又想起了那晚的月亮，不止半个，大概有一个圆的五分之四大，她站在那儿一直唱“爬上来”。想着想着，她从床上坐起来，双手抱膝，透过纱帘仰头看月亮。

那架钢琴的色彩很特殊，她后来也没在琴行找到相同的颜色，她开始以为是停产了，后来才知道自己被贫穷限制了想象力，原来有些人是可以让品牌商给钢琴调色的。

简居宁的指腹很粗糙，因为小时候就练琴，虎口的肌肉很发达。甄繁想起简居宁的手指在她的身体上所引发的反应时，在心里骂了自己一声。为了惩罚自己，她又在自己的身上拧了几把。

甄繁翻过来倒过去地骂自己，骂着骂着，她把简居宁删除了好友。

她一想起他那副救世主的面孔就痛苦。

她以为至少短期内不会再看见他，没想到第二天下班又撞见了简居宁。

依然是晚上。

昏黄的路灯下，简居宁看着甄繁把盛猫粮的盆子放在门口，好几只猫都跑了过来。

甄繁朝他走过来，一副目不斜视的样子。

“谈谈吧，下次就不来烦你了。”简居宁倚在车上双手插着口袋对她说，“车里还是外边？”

这人真是阴魂不散，甄繁决定这次要和他彻底分割清楚，以后江湖不见。

她最终选了车里，觉得丢人的空间越窄越好。

“您有什么事，赶快说吧。”

“知道当初我为什么跟你分手吗？”

“你有意思没意思？拿这事儿一遍又一遍地羞辱我，我配不上你，我有自知之明！”

“是我配不上你。”

“您跟我这儿玩什么谦虚？有意思吗？您要没别的可说，我就下车了。”

简居宁说出的话和此时的月色并不相配：“我当时在英国出了车祸，导致那方面出了问题，像我这种情况，当时和任何一个女孩儿继续下去都不道德。你这人又善良，我要跟你说实话，你势必不能抛弃我而去，而且我不认为任何一个男人能把这事儿宣之于口。”他又补充了一句，“你知道那方面是什么意思吧？”

甄繁摇了摇头，又马上点了点头。

“你要抽烟吗？”简居宁从烟盒里拿出一支烟。

“不用了。”

简居宁于是点燃了自己手中的烟，打开车窗，冲着外面吞云吐雾。

今天倒是没什么星星。

“那你现在……”

“现在也不行，以前纯粹是生理原因，现在是生理原因加上心理障碍，大概是彻底不行了，当然以后也未可知，毕竟医学在不断进步。不过我也想通了，福祸相依，一个人也还不错，如今倒也六根清净了。”他苦笑一声，“因为我太要面子，给你造成了不必要的困扰，但你知道，这种事确实难以启齿……”

甄繁一时不知道说什么，只听他又说道：“你睡得怎么样？”

“啊？”

“像你这种经常加班的，我想睡得应该不会太好。我给你准备了几款枕头，你回去试一试哪款更舒服些，有两个鹅绒枕还不错。”

说这话的时候，简居宁一直面对着外面，他的脸被烟罩上了一层白雾，显得不太真切。他咳嗽了一声，很可能是被烟呛的。

“咱们男女朋友是做不了了，普通朋友还是可以做的吧。”他又连着咳嗽了好几声，“千万不要学我抽烟。”说着他又点燃了一支。

某一瞬间，甄繁几乎信以为真。

但随后她反应过来，又差点被他骗了。

甄繁从包里取出保温杯，饮了一口茶，是苦丁茶，苦去甘来。

她读出了简居宁眼里的愧疚，不过人家愧疚的不是和她分手，而是压根不该和她开始。虽然甄繁也后悔，但对方这么想毕竟不是什么值得高兴的事情。

她奋斗了这几年，非但没能成功打简居宁的脸，倒是自己的脸被打得啪啪响。

刚分手那阵儿，她也做过简居宁跪着求她复合而她不屑一顾的美梦，后来连梦也没时间做了。就在她准备出国开启人生新篇章的当口，父亲确诊了尿毒症，那时的甄繁甚至想如果她当初收下简居宁的房子，可能会更好一些，毕竟更多的钱意味着更好的医疗条件，想完自己给了自己俩大耳光。有时候没钱就真的没尊严。

父亲出院，母亲一时无法工作需要在家照顾父亲，弟弟又要上学，家里还有债务，甄繁当然不能奔赴美利坚。

甄繁倒也没怎么伤心。去美国读博，未来肉眼可见，会成为一个社会地位还不错的中产阶级，那并不能满足她，她需要挣钱，挣快钱，挣很多很多钱。毕竟“明天和意外不知道哪个先到来”，她不想将来在父母的墓碑前哭诉没让他们过上几天好日子。

她开始只是一心想着挣钱，后来日子好过些了，精神需求就又找上门来了。

在许多个月圆之夜，甄繁都曾偷偷摸摸地诅咒简居宁过得不好。

她很难够着他，于是只能盼望着他摔下来。

可事与愿违。

纵然条条大路通罗马，但有人天生就住在罗马城的宫殿里。而在向罗马朝圣的路上，有人开车，有人骑自行车，有人步行，即使在步行的人里，也分穿跑鞋的和穿草鞋的。

甄繁充其量算个骑自行车的，骑的自行车除了铃铛不响哪儿都响。她吭哧吭哧费了几年劲，也只骑到了罗马城外围，眼看着进不去宫殿，无法成功打脸，只能在外城拼命拍照打卡，就差拿着大喇叭向宫殿里的人吆喝“你看你看，我也算罗马城里人了呢”。

神经病啊！

她这个样子，城里城外的人都看不起她。

旁边的人姿态倒是永远好看，可一个人真有难言之隐，往往会顾左右而言他，或者吞吞吐吐闪烁其词，虽然简居宁的神情看起来十分凝重，但话说得太过利落，就不免显得假了。

甄繁真的很希望简居宁说的话都是真的，可她的理智告诉她，简居宁的话没一句真的。

这个人，永远一副波澜不惊凡事尽在他掌握的鬼样子，实在讨厌。她十分想撕下简居宁这副虚假伪善的面具。呵，精神空虚到拿她玩救赎游戏了，她有惨到这种地步？可偏偏这种人，什么都不用做，名利就自动找上门来。

甄繁暂时不知道说什么，于是从包里拿出巧克力吃。她有低血糖，包里常备着巧克力和糖果。她现在吃的巧克力是弟弟给她买的。

当她吃完第三颗巧克力时，终于开了口："索钰知道吗？"

"这种事情没有必要昭告天下吧。"

"那你还打算交女朋友或者结婚吗？"

"将来的事情说不准。"

甄繁从巧克力盒子里拿出一颗递给简居宁："要不要来一个？"

"我不是很喜欢吃甜食。"

甄繁把那颗巧克力放到自己的嘴里："这么说，你当初和我分手是迫不得已了？"

简居宁还在抽烟："现在说这些也没意思了，我只想告诉你，当初同你分手，完全是我的问题。"

"当然有意思。"甄繁笑道，"也许有些人认为那种事儿很重要，我不但不看重，相反还很讨厌，我就喜欢你这种六根清净的人。人家既然有这功能，阉割了也不人道，但什么事儿也敌不过缘分，兜兜转转，我不就碰到了现在的你嘛。既然你当初是迫不得已，如今你未娶，我未嫁，那咱们就复合吧。"

她想起简居宁刚才说的话，还现在有病，将来也未可知，分明是怕她再赖上他，又为自己将来找女朋友做铺垫，玩救世主游戏都玩得这么鸡贼。

"你何苦呢？"听到甄繁说很讨厌那事儿的时候，简居宁的眼神发生了变化，不过甄繁并未看到。

"我不苦，我心甘情愿，我就喜欢你现在这样儿。和我在一起，你也不用吃药治疗了。当然，如果你非要治疗，我也支持你。你看咱俩是先恋爱再结婚，还是直接一步到位？”

简居宁知道自己被识破了，他没时间去思考自己怎么被识破的，只能说道：“你需要再考虑考虑，我并不算个良配。”

甄繁冲他笑得极其灿烂：“我说你是你就是。”

那笑让他一瞬间有些恍惚，这个人确曾爱过他，不过现在只是在赌一口气。简居宁或许应该成全甄繁，但他还需计算一下相应的代价：“那你想怎么办？”

“我听你的，不过要是先谈恋爱的话，我希望你能公开，毕竟我这个人比较善妒，见不得莺莺燕燕觊觎你。没关系，你考虑考虑，明天再告诉我。”

甄繁道了再见，准备下车。

“枕头也一块带走吧。”

“明天再说，我不收外人的东西。”

回家的路上，下起了小雨，明天就是立秋了。

某个路口，四车连撞，交警正在处理事故，甄繁被堵在路上。她对着前窗玻璃笑：这个人啊，一听要和我谈恋爱结婚，肉眼可见地就变了脸色，可真是有意思呢。

甄繁一直想让简居宁摘下虚伪的面具，没想到这么轻而易举。

不知是心理作用还是怎么回事，她的膝盖又疼了起来，她告诫自己，可不能老穿高跟鞋了。

五年多前的冬天，天上飘着雪花，她刚从一个巷子出来，就被车给撞了。

甄繁和简居宁是那年夏天确立的关系，她对他的感情很快从喜欢升华成了爱。从来没有人对她那么好过，让她每一个毛孔都觉得熨帖。因为没见过世面，光是餐桌礼仪，她就有许多次机会出丑，但简居宁每次都是不着痕迹地帮她做好，让她避免了许多难堪。他偶尔也去快餐店，让她请他一次，这样他们就扯平了。

她的母亲对她那么好，口不择言时也骂过她丧门星，那个给她改名甄繁的大仙也曾经这样批过她的八字。虽然母亲很快向她道歉，她也表示没关系，但她从未忘记过。

她从来就不大方，一点点小事就可以记很久，可简居宁从没说过一句让她难过的话。

她以为这就是爱了，这么好的人爱她，她当然要变得更好，哪怕将来成为他的前女友，也不能让他丢人。

在一起没多久，简居宁就去了英国。两个人说好，她寒假去英国看他。

距离寒假还有一段时间时，甄繁的英比联签就下来了，办签证时的存款证明是简居宁找人帮她办的。

车祸那天她刚买了机票，用自己挣的钱买的经济舱，虽然简居宁给她的钱足够买头等舱的票。

照甄繁的理解，喜欢一个人就是会情不自禁地给对方花钱，所以当简居宁给她钱的时候，她都会收下，然后以别的形式还给他，单纯的拒绝总是不好的，那样会让对方不高兴。

甄繁最后没去成英国，两腿打着钢板，躺在病床上，一遍又一遍地向简居宁道歉，说是她这边要做学校里的一个项目，去不了了。

他的回应很冷淡，她有点儿伤心，但实在不想让他担心。推己及人，如果他在英国出了车祸，她在这边不明情况，又什么事情也做不了，一定急得要死。所以她准备瞒着他，等她彻底好了再告诉他真实情况。不过后来她一直没找到告诉他的机会。

很久很久之后，甄繁想，就算当时真告诉他，他也未必有多担心。

真是自作多情啊。

路上还堵着，甄繁从包里拿出巧克力接着吃。

等她把整盒巧克力都吃完的时候，主路终于恢复了畅通。

到了家，她冲了个热水澡，睡裤里面还套了条秋裤，整个人十分暖和。

她六点钟的时候点了份外卖，中间还吃了许多巧克力，饶是这样，她在回来的路上经过肯德基的时候，还要了一个全家桶。

甄繁吃了两个香辣鸡翅，喝了一杯可乐，把录音笔里的东西备了份，窝在沙发上给简居宁打电话。此时时钟指向十二点。

甄正经这个点儿也十分精神，趴在她身上，用爪子去够她胸前的项链。那条项链是前些天甄言送她的，她一直戴着。大概所有雌性生物，看到珠宝，都不免多看几眼，正经一边看，一边用爪子温柔地触摸，爱不释爪。

“简少爷，考虑得怎么样了？”

“这个点儿了你怎么还不睡？去睡吧，明天再谈怎么样？”

“我一想起你今天跟我说的话我就兴奋得睡不着，刚才我把你的录音重复听了十来遍，你的声音可真好听。你要不要也听一听？”没等他回应，她就按了播放键。

甄繁把简居宁刚才在车里说的话用录音笔完整地录了下来。她以前在这上面吃过亏，后来跟人谈钱谈剧本都带录音笔，每次必录音。

“你听，是不是很好听？我是真喜欢你这嗓音，喜欢得不得了。”

那边沉默。

甄正经的爪子逐渐向下，从甄繁的脖子转移到了她的睡衣里面。

甄繁直接伸手一扒拉：“正经，给我一边待着去。”

甄正经马上从她身上跳到了沙发的另一侧。

甄繁马上向电话那一边解释道：“抱歉，不是说你。”

甄繁喝了口可乐继续说道：“今天回家我又看了一遍《复活》，男主人公为了救赎提出跟女主人公结婚，但对于一个贵族来说，和一个正坐牢的风尘女人结婚简直是场灾难，我们可爱的托老怎么解决这个问题的呢？男主人公坚持要和女主人公结婚，但女主人公要拒绝，还是出于爱上男主人公的原因拒绝。这既解决了男主人公的麻烦，又体现了男主人公的魅力，多么两全其美。简少爷，您是不是也觉得很好？但这种好事只出现在书里。”

“你怎么突然提起这个来了？咱们明天再谈，好不好？睡吧。”

“我边看书边想，换了我，我铁定结婚。我太俗了，俗得都掉渣了，就差一聂赫留朵夫来成全我了。我记得您会俄文来着，您是不是觉得我说翻译过来的名字挺搞笑的。”

“我不会说俄文。你很好，和别人比较没意思。”

甄繁在心里骂了声“放屁”，继续喋喋不休：“我睡不着，我想再问你个问题，如果你喜欢的人和你特讨厌的人公开了恋情，你会怎么想？”

“抱歉，我不喜欢假设。”

“但我喜欢。我给你四个选项，你选一个。”

甄繁一条一条地念，语速极慢：“A. 恋人暴露终极审美，审美太低，她不配我喜欢，怒转黑；B. 破锅配烂盖，不是一家人不进一家门，都不是什么好东西，怒转黑；C. 她好可怜，坐等分手；D. 这男的一定有过人之处，怕不是那方面功夫很好。”

“还有别的吗？”

甄繁又喝了一大口可乐：“你很快就要看到了。我看了一下你的微博，自注册微博后你共发了三条，最新一条还是一年多前你宣传自家博物馆的。我想你就用微博公开咱们俩吧，到时你将见证更多的选项，当然性别要互换一下。”

接电话之前，简居宁还在犹豫。

自分手后，简居宁从没想过和甄繁真正复合。当年甄繁的情感就像存蓄已久的洪水，遇到他算是彻底开了闸，吓得他夺路而逃。甄繁的爱恨都太浓烈了，恨不得把人淹死。她的情感太过浓烈，他饮食清减惯了，实在吃不消。

可时间能消磨一切，这么多年过去了，再浓烈的爱恨也模糊了。多年不见，简居宁以为甄繁到今天还怨他，不过是咽不下一口气而已，明明接受他的帮助能过得更好，她偏偏要反其道而行之。他愿意装两个月的孙子，出一些丑，让甄繁知道他也不过如此，不值得记恨这些年，气出完了就往前看，换一种生活方式，好好生活，然后他们桥归桥，路归路，再也没瓜葛。如果甄繁需要帮忙，在他能力之内的，他决不会拒绝。

可她录了音，事情就变了性质，恐怕就不是一两个月的事儿了。录音传出去当然不是什么好事儿。相比前者，和甄繁在一起的风险其实更大些。前者是斩立决，后者则是凌迟，刑期漫长，且永远不知道她什么时候会翻脸不认人把录音放出来。

不过出于对未知的好奇，简居宁还是选择了后者。

有时候事情不在掌握中，也挺有意思的。

简居宁同甄繁打商量：“现在公布你不觉得有点儿快吗？万一你过两天反悔了呢？总要考察一下吧，这种事还是有个试用期。”

“你还要和我试一试？那也好，我不会让你吃亏的。”甄繁笑道，“明天你有空吗？我去买点儿东西。”

甄繁说开车去接他，简居宁竟也没有拒绝。

两个人约定了时间地点后，甄繁说道：“你的声音可真好听，以后我每天晚上都得放几遍。要不是内容特殊，我真想跟别人分享分享。”

“好听可以多听一听，你要觉得播放器不够好的话，我可以给你推荐两个。”

“谢谢，不过对于我这种不太讲究的人来说，内容是最重要的，什么播放器倒无所谓。”

两个人非常“友好”地道了别。

挂掉电话，甄繁拿出《猫和老鼠》的碟片，一边吃鸡翅一边看，动画片里的汤姆正在穿着燕尾服克服重重苦难弹钢琴，甄繁想这只猫可真是多才多艺，不过就是捉老鼠太不在行。

她看着看着就笑了，笑着笑着不知怎么就睡着了。

甄繁是在客厅里醒来的，正经盘成一圈趴在她的肚子上。

她揉了揉眼睛，嘟嘟囔囔着说：“走开。”

正经打了个哈欠，继续趴在她的肚子上。

甄繁伸出手扒拉它：“给我走，再不听话我就把你送走，然后养一大窝仓鼠。”

正经用幽怨的小眼神看着她。

“好吧，我其实也没怎么想养仓鼠。”

甄繁洗漱完，给正经做了早餐，荤素搭配得当，还拌了罐头。因为正经以前得过结石，甄繁从不喂它猫粮。她只有在给猫做饭时才算得上有厨艺，毕竟只要食材充裕就足够了，谈不上烹饪的艺术，给人做饭她自己都觉得难以下咽。

她吃的远没正经的早餐有营养，不过也还好，速冻水饺只要煮熟了，蘸着醋吃倒也不错。这是她冰箱里最后一袋水饺，今晚甄言要来，每次来他都要仔细检查她的冰箱，然后督促她不要总吃方便食品。甄繁也学乖了，每每在他来的当天早上就把速冻食品扫荡光。

吃完饭也不过早上六点半，化妆换衣服又折腾了一个小时，太隆重了，好像她多把他当回事似的，衣服换掉，拿着卸妆水去卸妆，最后只涂了防晒霜，搽了润唇膏。

镜子里的她牛仔裤搭T恤，马尾绑得很高，塞在帽子里，看起来还蛮随意的。

出门前，甄繁罩上了墨镜，墨镜腿上的品牌标志十分惹眼。

到了约定的地点，简居宁已经来了。他虽然戴着口罩，但她还是一眼就认出了他。

他从不迟到。

简居宁直接坐到了副驾驶座，取下口罩："今天天气还不错。"他看了眼甄繁，这个人虽然一如既往地堆砌名牌，不过今天的妆倒是不浓。她并不适合化妆。

"怎么到这儿的？"

"骑车，我的自行车就停在路边。"

车开出十分钟后，甄繁开了口："你也不问问我带你去哪儿？"

"咱们去哪儿？"简居宁倒是听话。

甄繁对他的反应并不满意："你好像并不在乎的样子。"

"难道我还可以提出异议吗？"

"今天咱们去看一看戒指，你有什么偏好吗？"

简居宁的脸色终于出现了变化。

两个人一共逛了十家珠宝店，甄繁觉得至少有三分之二的店员认出了简居宁，不过即使认不出他，他看着也很像消费得起大宗珠宝的人士，气质这东西就是这么玄妙。

这些招待他们的店员都十分有职业素养，管你是谁，KPI（Key Performance Indicator，关键绩效指标）永远是第一位的。店员很热情地推荐他们看大克拉的钻戒，甄繁却表示她只想看对戒。

简居宁的左手伸出了不下二十次，任由甄繁把指环套在他的无名指上。

尽管他心里十分不满，面上却始终保持克制。

甄繁像遛鸟似的遛他，心思昭然若揭。

逛前几家店的时候，甄繁总是不满意："为什么你这么好看的手，就找不到合适的戒指呢？唉！"

到后来，甄繁逛得差不多了，觉得随便买一对两个人就各回各家吧，没想到简居宁还不乐意。

逛完第九家的时候，简居宁提议："我知道一家店的东西不错，要不要去看看？"

甄繁愣了愣："好啊。"

甄繁没想到店会藏在一个小胡同里，胡同很窄，车只能停在外面，简居宁在一个爬满爬山虎的院子前停了下来。院子也很小，店主是个外国人，根据他头发的茂密程度和分布趋势，甄繁初步推断他是一个英国人，不过他却能说一口流利的当地话，后槽牙那股发懒的劲儿和本地的出租车司机如出一辙。

在这个几乎没有人流量的地方，甄繁再无做戏的必要，整个人也懒了下来，也不拿着简居宁的手指去试戒指了。

倒是简居宁的兴致上来了，对着店主说道："把你最新做的那版拿出来看看。"

甄繁的手心被简居宁手指上的茧子磨得一阵阵发痒，戴个戒指也这么麻烦。

"其实黄金的更衬你。"

甄繁也感叹这么粗的黄金戒圈戴在她的手上竟然不显俗气。黄金对她有莫名的吸引力，不过别人已经笑她俗不可耐，为了不在世人眼里俗上加俗，她竭力避免戴纯黄金首饰。

甄繁想着既然遛了他这么一大圈，总不能空手而归，于是让店主包起来，准备付款。

付款时，甄繁被价钱震惊到了，就这么两个不镶钻的金戒指，人工费再贵，十二万也未免太离谱了，市面上的那几个牌子也不到这价钱的一半。

甄繁一阵心痛："还有别的款吗？"

她指着玻璃柜底下的铂金戒指问道："这个多少钱？"

"如果你喜欢的话，给你们一个友情价，十五万怎么样？"

甄繁想：这不抢钱吗？就这么一个小玩意儿怎么会这么贵？

就在她犹豫的当口，简居宁拿出了钱包，甄繁急忙抢在他前面刷了卡。

从院里出来，甄繁一直处于恍惚状态，如果不是简居宁，她简直怀疑自己被仙人跳了。

甄繁稳了稳情绪，问道："你去哪儿？我送你回去。"

"我没吃饭，一起去吧，附近有一家馆子不错。我记得我问你着不着急，你同我说你下午三点有个会。现在才十二点一刻，来得及。”

甄繁想起来了，那是她让简居宁试戒指时，她说自己一点儿不急。

那家馆子，甄繁只在网上看见过，据说需要提前半个月预约。

没有任何菜单，甄繁也就无缘得见价钱。客人口头点菜，每当简居宁问她要不要吃的时候，甄繁都表示随便。

当一顿餐用完时，简居宁说：“多谢你请我吃饭。”

这顿饭的账单三万块，付账的时候甄繁表面微笑，内心把简居宁翻过来倒过去地骂，不过既然已经接受了人家的谢意，再要求 AA 制很不合适。

吃完饭，甄繁送简居宁去找他的自行车。

路上，简居宁突然跟甄繁讲起小时候的故事：“我六岁的时候弄到一只八哥，我念书的时候它就听着，后来这八哥也学会了几句英文客套话，我很高兴，时常带着它去遛遛，见到家里的厨子司机，也让它表演一番。后来它不知怎么就倦了，我再让它叫，你猜它说什么？”

“说什么？”

“真烦。也不知道跟谁学的，多有性格的一只鸟啊！”

甄繁觉得他这个笑话一点都不好笑：“你自己编的吧。”

“真事儿。”

甄繁暗想：真事儿个屁，你讽刺我，我也得把你当鸟遛。

到了约定的地方，简居宁下车。

“你这辆自行车挺不错，在别的地方没见过。”

“你要喜欢，改天送你一辆。”

目送简居宁骑着自行车消失在自己的视线里，甄繁骂了句街，她以后要再打肿脸充胖子，上他的当，她就是个弱智，不，比弱智都不如。

附近是商场，甄繁出于报复性心理买了一堆东西。给甄言买鞋的时候，她的心又痛了起来，请简居宁这破人吃饭的钱能给甄言买多少双鞋啊！

下午两点五十九分，甄繁及时赶到了公司。

正遇到苏启铭跟个神经病似的转悠，他见到她便说：“繁繁，瞒我瞒得够狠的，戒指都买上了！”

第四章

/普通人家的女孩子/

甄繁没想到传播速度会这么快，快到连苏启铭都知道了。

“啊？”

“连我也瞒着！前两天你那样子我还以为你彻底跟他没戏了。有意公开的吧？非去人流量那么大的地方买戒指，照片已经在微博上传开了。不过你也是聪明一世，糊涂一时，公开前应该和我商量商量，做好公关方案再公开，现在多少有点儿让人措手不及。你要真想要戒指，直接从他的博物馆里挑就行了，我看那个二十克拉的祖母绿戒指还不错，挺配你的。”

甄繁看了一眼时间，直接越过苏启铭往前走。

“不用着急，会我推到三点半了。”苏启铭跟在她身后继续说道，“繁繁，微博那些刷你俩不般配、图是修的、说你在炒作的言论我已经找人在处理了。不过，你还是应该有个心理准备。”

甄繁走着走着，突然摘下墨镜转身：“苏总，您还有别的事儿吗？”她往回走了两步，在自动贩卖机前停住，取出手机扫了个二维码，拿了一罐冰可乐，“您要不要来一罐？”

“这倒不用。”

甄繁“砰”的一声开了罐，气泡随即冒了出来，她仰头喝了一大口，然后冲着苏启铭笑了笑：“感谢您对我无微不至的关心，不过我还是希望您把这份心用来关注公司业务。下周二《女校书》就大结局了，那个预算单宣传组的同事跟我说已经给您送去两天了，您也该签字了，钱再不打过去，合作可能会有麻烦，您也知道那些人……”

“我那儿有香槟和鱼子酱，你要不要来坐一坐？”

“感谢您的好意，您自个儿享用去吧。”甄繁没理他，直接走到了自己的办公室。

回到办公室，甄繁靠在椅子上，披上空调衫饮了半罐可乐。

她从抽屉里拿出前天画的曼陀罗卡片涂色，涂了不到一分钟，就把画笔扔到了一边，这种方法果然不适合她这种毫无耐心的人。

甄繁从笔筒里抽出了马克笔，把卡片翻转过去，一遍又一遍地写：“简居宁是个王八蛋。”

当她写到第九遍时，心情终于平静了下来。

甄繁对着卡片微笑，只有这个人才是她的药啊。

简居宁没什么了不起的，只不过她爱过他，又在他面前丢过脸，而且不止一次。甄繁一遍遍回忆过去，发现她每一次丢脸他都心知肚明，他就这么看着，保持着他的礼貌，等他无法接受时就转身离开。

离开就离开吧，还时不时地表示对她的同情，播撒他的爱心，让她一遍遍检讨自己是不是很惨。

好事来得太快，甄繁直到现在才清晰自己的目标，她所求的不过是撕破简居宁那张假面，她实在不想看到他居高临下的怜悯目光了。他有什么资格同情她？

甄繁把曼陀罗卡片撕了扔到垃圾桶，一口喝完了罐中的可乐。

打开微信，甄繁发现自己多了几百条未读信息，开始大多是问微博上的那张照片是不是她，后来则变成了能不能给他们新闻独家。

甄繁在微博热搜第二十一的位置找到了自己和简居宁的名字。

最早偶遇他们的微博发在上午十点。

一博主发了她在珠宝店偶遇简居宁的微博，并附照片一张。照片上，一个女孩子正拿着简居宁的手给他套戒指。博主并不认识甄繁，只说简居宁好事将近。

最开始并没几个人认出甄繁，一是图片模糊，甄繁平常晒的照片都是浓妆长发，这张无限接近素颜，马尾还塞在了帽子里，看起来和平时不太一样；二来甄繁是个幕后人物，出镜率远不及三线小明星，多的是骂她骂得爽但不知道她长啥样的。最重要的是，简居宁和甄繁放一起实在不搭调。除了前几天有人传他们的绯闻，很少有人将他们联系在一起。

一开始，大家的关注点都在和简居宁谈婚论嫁的女友竟然不是索钰及照片中的女孩子是哪一家的小姐上。也有少数关注点跑偏的，一直执着思考简居宁这种人为什么还要去普通珠宝店选戒指。

可以说最早大家根本没想到甄繁。

多亏甄繁的一个“粉丝”对她“爱”得深沉，在众声喧嚣中果断认出了她。

奥斯卡最佳编剧真烦：“这斗鸡眼，这鸡嘴耳，这俗气逼人的女二脸不就是我们亲爱的烦烦吗？我还以为我们烦烦是一线人物呢，怎么这么多人认不出？烦烦这是要飞上枝头啦，简少爷口味够别致的啊！”

这个微博名也证明了甄繁独一无二的地位，他的头像则是锐化后的甄繁照片。

“奥斯卡最佳编剧真烦”讽刺甄繁素来坦坦荡荡，从不遮掩，不料却在此次战役中被其他鄙视甄繁的友军认为是真粉丝，是特地给甄繁炒作的，毕竟甄繁的剧马上就要大结局了。

“这个女孩儿比甄繁有气质多了，眼球大就是斗鸡眼？这个月是你家真烦第几次碰瓷了？脸呢？”

“你打击甄繁这么狠，跟真的似的，一会儿是甄繁给你发工资吗？”

“简居宁怎么会看得上甄繁？长相一般，气质不行，一天到晚拍脑残剧，家世也肯定不咋地，你说你家烦烦这个样子，简居宁怎么会看得上她？”

“照片上这个女孩跟索钰比怎么样我不知道，但索钰肯定甩你家烦烦一百条街。简居宁能放弃索钰选甄繁，他是瞎吗？”

慢慢地，晒照的多了起来，毕竟甄繁和简居宁逛了十家珠宝店，偶遇他们并拍照的还是有几位的。

随着晒照的及看客越来越多，甄繁的身份被确认了。

于是评论也变了天：

“早知道甄繁这种人都能约到简居宁，我早就出手了。看来人不能妄自菲薄啊！”

“简居宁，你是瞎了吗？这种人你都看得上。”

“男人这种东西，凡是没吃过的就是好的，不过也就是新鲜新鲜而已，要是有人真以为飞上枝头变凤凰了，也是想瞎了心了。”

“你是什么货色，对方就是什么脸色。我就不信简居宁能带索钰去这种平常的珠宝店。”

当然也有认为人家感情关我屁事的人，不过这种人一般不会评论，就算评论了也会被淹没。

在一片两个人不配的评论中，有一股画风十分奇异，论述甄繁和简居宁各种般配。这些顶着不同ID的人一直在刷同样的话。

烦人，就不能多写几个评论模板？

甄繁忍着下场撕的冲动去开会，会上她一直保持微笑。

虽然甄繁名义上只负责编剧，但在这个作坊式的公司里，她什么都要管一管。

“最近宣传部门的同事都很辛苦，我知道你们有些人在家办公到凌晨一两点。等这次剧弄完了，我请大家去吃大餐。我们的宣传确实做得不错，尤其渠道扩展很充分，但是还是有一些问题存在，我们剧的受众一直都在被污名化，当然这是历史遗留的老问题，可我认为也并不是完全不可以解决……还有这次的预算超得有些多，我个人认为能资源置换的就资源置换，报价能压的就压一下，一个首页焦点图要五千就给他五千？不行吧……要说服主创人员多发宣传微博，这也是在宣传他们自己，免费的渠道要多利用……”

底下一个同事马上会意：“繁姐，您今天能不能发一条微博，毕竟您今天的微博可爆了。”

另一个同事附和：“繁姐，如果您需要的话，我明早就能出一份您个人的宣传方案。以后至简的周边您能不能先考虑一下我们？”

“……”

开完会，甄繁再打开微博，她和简居宁的热搜已经蹿到了第四位。

热门微博上某面相博主的微博十分刺目：“这种无耳垂的，报复心重，极易与人发生口角，功利心极强，典型的为了成功不择手段。这种人往往会取得一时的成功，但结果都不会太好。劳碌一生，努力付诸东流。看这面相，这辈子很难嫁入豪门了。哪家的豪门敢娶这么一位？她也享不了豪门的清福，这辈子只能靠自己。甄繁和简家这两位大概率是露水姻缘，不过也并非全无补救的方法，耳朵的福分也是可以后天修来的。”

底下是甄繁的配图，她的耳朵用红色圈了起来。

甄繁点进去看该面相博主的主页，置顶是一条激光除痣的微博。

甄繁暗骂了一句：“去你的辛苦付诸东流！”同时马上切小号给这位博主的激光除痣美容店一套差评大礼包。

简居宁本以为能安静地吃完晚饭，没想到饭吃到尾声的时候，苏启铭又不甘寂寞了起来。

“哥，你和甄繁已经进行到谈婚论嫁的地步了？”

这天是简居宁回家和老父亲吃饭的日子。

简居宁慢悠悠地喝着碗中的汤，他突然有种感觉，苏启铭骗了他，甄繁并没有到吃抗抑郁药的地步，他好像钻入了别人设的套子。

不过他想起甄繁那副买单肉疼的样子，心情愉快了不少。这么多年了，她这点儿倒没变。

简居宁可以不理苏启铭，却不能不理自己的父亲。

“还是当年那个姑娘？你做事不能太随心所欲了。”

当年，简总得知简居宁和甄繁谈恋爱的时候，还劝告过自己的儿子：“如果你没有长远打算，就不要去招惹普通人家情窦初开的女孩子，把人家拔到一个高度再亲手把人家摔下去，那样不道德。”

当时的简居宁笑得很无辜：“普通人家的女孩子怎么了？我有什么不普通的吗？”

简居宁觉得今天自己这茶给泡毁了：“这事儿不随心所欲，那随什么所欲？”

“名誉这东西是很重要的，我不希望你整天陷在那些花边新闻里，那对你没好处。”简总顿了顿接着说道，“再说你就算谈恋爱，何必闹得满城风雨。”后面那句才是重点。

“就当给群众贡献茶余饭后的谈资了，这也算是为人民服务吧。”

“你这说得都是些什么！”

简总总觉得儿子不像自己，他年轻时可没这玩世不恭的做派，可亲子鉴定结果显示，简居宁确实是他的亲儿子。

“后天介甫的婚礼我就不去了，你把礼物带去，代我向他祝好。”简总到底还是没忍住，“你不要学他！”

简总的老朋友，同时也是简居宁的老朋友——五十三岁的著名画家柳介甫先生，马上要结婚了，新娘据说前几天刚过二十岁生日。这位柳先生以前是个典型的不婚主义者，如今为了娇妻破了戒。

无论是不婚，还是和年龄相差如此之大的对象结婚，在简总看来，都不是正派男人所为。

简总有一种直觉，简居宁会步柳介甫的后尘。

简总是一个十分爱惜羽毛的人，从来没有出过男女方面的绯闻。从肉体角度，他一生只拥有过两个女人，和前妻的结合属于半自由恋爱，而且是前妻追求的他，恰逢简居宁的姥爷顾老爷子还没完全退下来，出于某种实际的考虑，他很快就结婚了。

后来顾老爷子退了下来，前妻的做派他越来越难容忍，但他也没想过离婚，只是工作时间从十五个小时延长到了十八个小时，连睡觉也在厂子里。

前妻主动提出离婚后，他给的赔偿也很大方。那时他还不到四十岁，颇有成熟男人的风度，也有许多年轻漂亮且聪明的女孩子来攀附，不过出于实际考虑，他还是娶了离异带孩子的苏女士。这时他不需要一个强势的岳家，也不想当年轻女孩的垫脚石，他缺的是一个能够且愿意料理家庭的主妇。而且和这样一个人结婚，对他的名誉也有好处，证明他并非肤浅的好色之徒。

简居宁并没有遗传他的务实精神，这让简总很失望。

简居宁避重就轻地回答：“我确实没有绘画方面的天赋，想学人家也学不了。”

甄繁坐在客厅里面无表情地拉《一枝花》，甄言送了她一把二手二胡，并表示想听她拉琴。

没拉一会儿，觉得曲调太悲，改弦易辙拉《赛马》。

甄繁好多年不拉二胡，技艺生疏了许多，不过虽然好久不拉，但还是能看出二胡的好坏：“多少钱到手的？用这二胡的人开过演奏会吧？”

“两千。”

“把你姐我当傻子呢？”

“真没多少钱。”

“你骗我干吗啊？难道你告诉我多少钱我还能退给你？甄言，诚实是一种美德。”

“你又得给我卡里打钱，跟退给我也没啥区别。”

“你这孩子，不懂什么叫一码归一码啊？那是一回事儿吗？”

“繁繁，你谈恋爱了？”

话题转变之快，令甄繁当场愣住，随即她不好意思地“嗯”了一声，但马上就避重就轻指责起甄言来：“你是不是上网关注那些无聊八卦了？”

三年前，有一阵子甄繁被骂得特别惨，不过没几天为首的那几个人就公开道歉了。甄繁开始还以为人家深刻认识到了对她脆弱心灵的伤害，后来才知道是自己弟弟采用了种种见不得光的方式逼迫人家道歉。

甄繁得知后马上对甄言进行了普法教育，告诉他这种做法是不对的。

然后她表示那些骂声对她几乎没有任何影响，一个名人如果没有争议的话，算什么名人，被议论是成为名人的代价，所以她也算半个名人了。说着说着她还唱了两句《浮夸》，粤语唱得像越南语。

见弟弟的表情不再沉重，她又说了一堆她从来没做到的话：“这些人为什么要骂我？发泄生活不幸的愤怒呗。都已经这么不幸了，还努力给我贡献曝光量，我为什么不能宽容一下他们呢？不给眼神就好了，我对他重如泰山，他于我轻如鸿毛，这么想，不就快乐多了。你一个男孩子，也要跟姐姐一样大度些。”

甄繁记得甄言当时很郑重地点了点头，为了怕甄言阳奉阴违，她每天对他耳提面命。

“就那么随便一看就看见了啊。那男的长得还不错，勉强配得上你。你要是受了委屈，就跟他分手，毕竟追你的人那么多，没必要跟一个人死磕。”

甄言曾在垃圾桶里，不止一次发现过简居宁的画像和名字。他想无论如何，甄繁今天也算是得偿所愿了。

“哪有那么多？”

“我有没有跟你说过，当初咱家还住平房的时候，每个礼拜天都有男生在咱家门口转悠，然后我说你不在家，他们便让我把礼物转交给你。那些巧克力、果冻、薯片，我都自己吃了，现在想想还挺对不起人家的。”

“你吃的薯片是什么味道的？”

“好像是青柠味的吧。”

甄繁盘腿坐在沙发上看《猫和老鼠》，一边吃青柠味的薯片，一边笑。

看着看着，甄繁突然问道：“你知道我保险箱的密码吧？”

回到房间，甄繁打开保险箱，开始清点自己的财产，光意外险她就买了十多份，如果她不幸遇难，她的父母就会得到八位数的赔偿。如果一定要死的话，她觉得意外而死会比较好，意外赔付的金额比较多，相对来说痛苦的时间也短一些。

自从半年前她的肺部检测出阴影后，她再买重疾险就变得复杂很多。

国内的大医院她几乎都去过了，肿瘤标的物正常，哪位专家都无法明确解释阴影到底是什么东西，她只好定期去检查，每次看到谁谁谁确诊癌症心里都要一惊。

半年前，甄繁刚拿到体检结果的时候，双腿发软，首先想的不是去医院进一步检查，而是列财产清单，还一边哭一边写遗嘱。她谁也没告诉，白天跟没事儿人似的，越加努力赚钱，到了晚上便是哭。特别是想到她可能没多久就要死了，而简居宁会越过越好就哭得更加厉害。她去某宝上给简居宁算命，紫薇八字星盘都算，算出此人大富大贵一生平顺，不禁悲从中来，照例付钱，付钱后就打差评，表达对封建迷信的鄙视与不信任。三家店主都给她打电话说改差评可以退款，不过被她果断拒绝。

后来不知怎么就想通了，觉得自己毕竟年轻，上有父母，下有幼弟，无论如何应该挣扎一下，遂去检查，远没她想象的那么糟糕。

最讨厌狗屁面相大师说她命短福薄，胡说八道也不负责任。

凌晨，甄繁睡不着觉，决定给简居宁打电话对其进行“慰问”。

彼时简居宁并未睡觉，他正把玩着那枚金灿灿的戒指，想到她抢着买单的样子，他不由得叹了口气。

他以前在一家二手店淘东西，看到一个绿豆大的方钻，突然觉得很适合甄繁，想都没想便付了账。出了店门才意识到送女人戒指是很郑重的事情，不过他想既然买都买了，送给她也没什么，那是他为数不多的冲动时刻。不过她没去英国，他也就没送给她，后来他还曾为此感到庆幸。

甄繁的电话打到第六通的时候，“贱人”那边还是无应答。

甄繁给简居宁的备注是“贱人”。

她没再打下去，也没给他发微信，而是选择继续与失眠作斗争。

她不想吃安眠药了，太被动。

甄繁高中时也失眠过。那时候她凌晨做完卷子，洗漱完上床睡觉，越躺越精神，也不敢吃药，怕影响记忆力，于是对着天花板数星星，越数越睡不着。后来觉悟了，把时间花在睡觉上也就算了，把时间浪费在“想睡觉”上可太不划算，于是把白天做过的题目一遍遍回想，哪儿做错了，哪儿还能改进，想得入了神，把要睡觉这事儿就忘了。她用这个法子真把自己的失眠给治好了。

总不能比未成年时还要差。

甄繁从床上爬起来看名人传记，看着看着突然就笑了。

“我热爱人民，憎恶压迫他们的人，但是如果要我和他们生活在一起，那我觉得简直是一种不堪忍受的折磨……”

她笑得连脸都酸了。这简直说出了简居宁的心里话啊，这种心理不分时代不分国籍。

书是彻底看不下去了。

甄繁继续躺在床上回忆自己的投资，在做了要把某个股票全部抛售的打算后，她睡着了。

梦里，简居宁对她说：“我喜欢你，可我不能对你说永远，永远这两个字除了骗人，别无他用。你如果能接受的话，咱们俩就在一起。”

她点头如捣蒜。

醒来的时候，甄繁一口喝下了床头的大半杯凉白开，她想，有些话就算跟简居宁说了他也不会相信。譬如，她最爱他的那阵子，也从来没有想过嫁给他。她那时一直认为，婚姻最重要的是门当户对。她没想到的是，连爱这种事儿也需要门当户对。

起床去洗漱时，甄言已经把早餐做好。甄繁一个人吃了两只鸡蛋，喝了整整五百毫升的红枣豆浆。送走甄言，她就开车去了医院，她的腿疼这阵子又犯了，得去看一看。

简居宁的母亲卢尔特夫人在简居宁的四合院里宴请国内文化圈的朋友，索钰和她的母亲也在受邀之列，简居宁算半个东道主。

单纯从交友来说，简居宁不太愿意和这帮人扯在一起。不过人大多因利而聚，他也不例外。简居宁最近刚捧了一个画家，并且在美国给这位名不见经传的画家办了个展，外媒发了一堆通稿，语言不局限于法语、英语、西班牙语，国内的通稿都是转载国外的。艺术品这种东西一直都是墙外开花墙内香。除了发通稿，还要请在座的这些聚在一起办办文化沙龙，写写吹捧文章，然后再走一下拍卖会，当然买家一早就定好了。一般来说，一个新兴画家这么一套流程走下来，都会身价倍增。到目前为止，他已经通过这个流程运作出了不止一个人。

为了保险起见，简居宁还在《腔调》里做了植入。《腔调》取景地是他的别墅，他特地把这位新兴画家的画和雷诺阿的一幅少女图挂在了一起，片子里对此有大特写，这是典型的抬身价的方法。电影里面的某个场景是男女主去看该画家的画展。

刚开始看电影成片的时候，简居宁觉得索钰讽刺新富阶级太过露骨刻薄了，不过他也没发表意见，一方面他自觉不该干涉别人的创作，另一方面讽刺制造了身份认同的焦虑，这种焦虑确实会激发购买欲。

既然在片子里买和欣赏那位画家的画成了“贵族化”的生活之一，被讽刺的人为了获得身份认同，往往会去模仿这种生活方式。

“暴发户”们确实是他的一大客户，简居宁喜欢这些人，因为他们肯花钱。

来聚会的这些文化人虽然不是他的目标客户，但简居宁需要借用他们的影响力。

他手上有一堆从画家手里低价入手的画，现在就等着高价卖出了。

简居宁今天特意请来了一位法国大厨，这是他的母亲要求的。他家原来的厨子擅长做淮扬菜。

用餐前，这帮人在客厅里追溯希腊罗马时期的盛景，然后就开始讽刺现今，内容无非国内的文化环境太过浮躁，文化产业一味向大众谄媚，某些文化产品制作者哪里是在制造文化，根本是在制造垃圾。

卢尔特夫人年轻时期的某位爱慕者像说东洋景似的说起了国内的文化现象，后来不知怎的就说起了《女校书》："白居易和元稹为了一个女人争得头破血流，不仅有人编，还有人看，这到底是个怎样的时代？"

简居宁觉得这人实在大惊小怪，哪个时代没有这种事。

索钰这时接了话："居宁，你的朋友甄小姐好像是这部剧的主创吧。"

索钰对简居宁的绯闻有些不满，一直以来她都默认了她对简居宁的所有权，尽管简居宁有过无数女友且对她本人没有过任何感情的表示，但她认为简居宁在考虑婚嫁时，她才是最佳人选，她和简居宁才是一类人。简居宁完美符合索钰在择偶上设置的那些外在条件，而且她喜欢他，这两点凑在一起是很难得的。

索钰并不认为甄繁真会和简居宁有什么，但她还是对此感到非常不悦。

简居宁接过了话茬："当文化道德和生存道德发生冲突时，有些人迫于无奈选择了生存道德，虽然确实不值得表彰，但也没什么十恶不赦的，总不能要求每个人都是苏格拉底。我不知道各位怎样，反正我是做不了苏格拉底，在理念和生命面前，我恐怕会选择后者。

"但是总不能做判处苏格拉底死刑的群众。

"事实上，这些人处于鄙视链的底层，已经被舆论剥夺了审判别人的权利。我觉得还是要允许大家做不同选择，要是世界上的人都一样，我觉得在座的各位恐怕很难进行文学创作了吧。"

简居宁说完便开始自顾自喝起茶来，他对辩论毫无兴趣，也没有得罪在座这些人的必要。他还需要他们，譬如下周在画廊举办沙龙，需要在座的某几位到场。

下午，索钰提出要看看简居宁的收藏，他自然没反对。

到了画室，索钰突然拿出手机给简居宁看，简居宁一贯平静的脸上终于有了点儿波动。

热门微博："去产检，偶遇了昨天的新闻人物。"

照片上甄繁身着宽松运动衫，脚穿运动鞋，口罩挂在下巴上，五官都露了出来。

评论底下有人问博主：“甄繁也是去做产检的吗？”

博主回应说不知道：“我就是在超声检查的那一层遇上了甄繁。”

底下的评论很是热闹：

“怪不得甄繁这两次被拍到穿的都是平底鞋，接近素颜，原来是怀孕了啊。”

“简少爷这是被仙人跳了吧！这样就能解释昨天戒指那一出了。”

“别人都是有人陪着，真烦自己一个人，也够凄惨了，不过食得咸鱼抵得渴。以后就算嫁入豪门，也有得受呢。”

“都怀孕了，也没结婚办婚礼，说明人家就没把这个当事儿。”

甄繁怀孕了这个念头只在简居宁的脑子里停留了几秒钟，随即就消失了。

他想，她去医院肯定是因为病了。

简居宁不相信这人能未婚先孕，当年他避孕措施做得那样严谨，她还要吃避孕药。他是和她分手很久以后，才意识到她从没指望过让任何人对她的人生负责，如果他早意识到这一点，他们分手就不会搞得那么难堪。

“有些事情不辟谣别人就会以为是真的。”

“是真的又怎样？”

闻言，索钰一时不知如何回，半晌才说道：“这种事不好开玩笑。”

“你看这幅画怎么样？”简居宁并不喜欢索钰的这种态度，他们没有亲密到可就这种事情进行讨论的程度，于是他选择了岔开话题。

如果是平常索钰就会适时地闭嘴，但这次她明显按捺不住激动，她不认为简居宁会干出这么愚蠢的事情。

“那些从底层打拼上来的人没你想象的那么单纯，你不知道他们会为了名利做出什么来。”

简居宁冲她笑了笑：“那你是觉得我过于单纯了？”

索钰这才意识到自己过于冲动了，如果甄繁真怀孕了，而简居宁又很在乎的话，绝对不是现在这副表情。

“如果需要帮忙的话，尽管跟我说。”

“谢谢，不过我的个人私事就不劳你操心了。”

索钰笑得很勉强，他这是拿她当外人了。

这些年，索钰也不是没交过男朋友，经过各种比较之后，她还是觉得简居宁最适合她。谁也不能否认，他是一个很好的结婚对象。别人也就算了，这人被甄繁抢走了，她当然不服气。可出于她的教养，这口气她必须咽回去，简居宁迟早会认清他和甄繁不合适，她不必多说讨人嫌。

送走索钰，简居宁给甄繁打电话，可电话一直关机。

他烦躁地去翻那些评论，这是他第一次主动看有关甄繁的评论，尽管苏启铭发给过他许多类似截图，但那里面也不过寥寥几条评论。

两者的震撼力完全不是一个等级。评论中说甄繁配不上简居宁。

“真烦这种乡土纯情款，没想到简居宁还能上钩。”

他冷笑：我就算上钩了关你屁事。

这还是对她最轻的羞辱。他想不出来，甄繁日复一日对着这种评价是怎么坚持下去的。如果她不一直写那种狗血剧也不会如此，简居宁当然不会认为甄繁就爱写这种东西，他虽然质疑过她在穿着上的审美，但知道她在文学上的审美不至于如此。

那么只有一条解释，就是为了钱。

难道被万人唾骂也比接受他的帮助要好？

这着实让简居宁有些受挫。

和甄繁分手后，简居宁希望她过得好，希望她能接着谈恋爱，能结婚生子，过上世俗意义上的幸福生活。她适合那样的生活，那是他肯定给不了她的。

如果甄繁向他求助，他会尽可能地帮助她。

但总是事与愿违，简居宁总会从各种途径得知她过得不好，而她每次都拒绝他的帮忙。

偶尔，他也会想当年分手是不是不够慎重。

甄繁没去成英国，她打电话说是要做学校里的项目。他当时确实很失望，因为她爽约了，不过后来他觉得也不是坏事，这证明在甄繁眼中，学业是优先于他的。搁别的男人，或许会不悦，但他不会。对于甄繁这种情窦初开的女孩子，他是她恋爱史上的第一个男人，他占领了她的初恋初吻，如果甄繁是个爱情至上的女孩子，那于他是个不小的负担。

甄繁是简居宁历任女友中的异类，同别人交往，他从不会有这种担心。

后来，简居宁得知甄繁远比他想象的要喜欢他。

甄繁出车祸的事，简居宁是回国那天得知的。回国那天很热，他口渴喝了好几瓶苏打水。家里的司机去机场接简居宁，司机是个侃爷，从机场出来就一直喋喋不休，出于礼貌，简居宁也不好直接戴上耳机，便有一搭没一搭地听着。后来路上遇到堵车，司机说老刘家的闺女出车祸住了院，直到书翻了页，简居宁才反应过来出车祸的人是甄繁，他第一反应就是问司机在哪个医院，司机跟他说是过年前的事情了。

简居宁得知甄繁年前出车祸时，他的脑子里第一瞬间出现的画面便是她躺在病床上不住地同他道歉。时间太久远了，简居宁已经忘记了他当时那些细微的情绪，唯一清晰记得的，是他在车子驶到家门口时，决定和甄繁分手。

很长一段时间他都认为早分手是成全甄繁，毕竟他不可能和她一辈子，迟断不如早断。

简居宁看着微博上模糊的照片，甄繁的口罩兜在下巴上，眼睛睁得很大。她褪了浓妆的样子，其实和当年也无多大区别。

他当年同她说分手前，她本是仰着头，看起来是希冀亲吻的样子。随后她听懂了他的意思，眼神便一点点黯淡下去，但头始终是仰着，嘴唇张张合合，看她的口型是要说个“好”字，可一直没发出声来。随后，她捂住了自己的嘴，郑重地向他点了点头，像是怕他没看见似的，又点了几下。她的头发是披散着的，点头的同时，头发都落到了前面。

简居宁曾有一刻的冲动想把她的头发给她撩到耳后，告诉她自己是开玩笑的，但他的理智告诉他，不能再错下去了。

甄繁没问为什么，也没骂简居宁，就这么接受了他对两个人感情的安排，好像她早就知道有这么一天。

那一刻的她表现得很体面，比他想象的要体面得多，也比他体面得多。

那个画面偶尔会从记忆深处爬出来，让他看到自己心底的“小”。

甄繁没要他的房子，也没要他的钱，还把他以前送给她的东西都送了回来。他给她的画像，她当着他的面撕掉了，因为她留着不合适，还给他更不合适。她以一种非常决绝的姿态离开了他。

他起先以为这样拒绝是欲擒故纵，是等着更大的鱼饵上钩。他当然没上钩，她也没再回来找他。

如果她收下他的钱，他恐怕早就忘了她。但因为没有，她在他的记忆里始终占有一席之地。

他也曾假设过甄繁如果不遇到他会怎样，她这种自尊心太过旺盛的普通人家女孩子，如果安于现状，在自己熟悉的圈子里打转，或者一辈子待在学校里，那她的自尊往往能得到保全。但如果她想向上爬，去一个对她完全陌生的世界，要钱也好，要名也好，她的自尊就会无时无刻不受到挑战。

简居宁曾告诉自己，像甄繁这种性格的人，即使不遇到他，也难说会过得更好。

但没有如果，她遇到了他。她的生活没有因为遇见他更好，一点点都没有。

三年前祖父去世后，简居宁的重心彻底转到了国内，他发现甄繁和苏启铭搞到了一起，两个人还聚在一块捣鼓了好几部收视尚可但风评极差的电视剧，简居宁从没想过甄繁自尊心这么强的人会走到靠挨骂赚钱这一步。

简居宁约甄繁出来，向她道歉，并且表示如果她有需要他一定会帮忙。甄繁告诉他她过得很好，并没有那个需要。

后来简居宁找到苏启铭，言语之间透露出自己可以投资，但前提是他们的制作路数要变。苏启铭表示他和甄繁已经研究出了最经济省钱的赚钱方案，独此一家，别无分号，他们两个都不想变，不过如果简居宁真想投资的话，能不能把东五环的那块地皮让他盖楼，市中心的写字楼太贵……

简居宁最终和苏启铭签了五年的零租金协议。后来他就直接屏蔽了甄繁的消息，如果不是那次小车祸，他恐怕一直不会和她有直接联系。

事实告诉简居宁，甄繁对于现在的生活并不像她表现的那样乐在其中。

“简家那位和真烦不过玩玩而已，就算真怀了孩子又怎样，还真以为飞上枝头了？”

评论里的“玩玩”这个词儿让简居宁看了极不舒服，甄繁恐怕也这么想他吧。

在这一刻，他突然明白了甄繁非要跟他曝光的心情，本质上和他把母亲送去山区并无不同。

她把结婚看作对他的惩罚，并且认为他一定不会接受。

甄繁出了医院就奔去了郊区的寺庙，她一边盯着大和尚光亮脑瓜上的戒疤看，一边说出了自己的困惑：“佛说众生平等，可我怎么看到的都是不平等呢？”

大和尚跟她说：“你看见庙门口停的各种车了吗？每个人都有各自的快乐和痛苦，这就是平等。”

甄繁说：“我不知道别人，可我开豪车的时候，确实比骑自行车要快乐。”

大和尚又教育她：“那种快乐都是虚浮的，你并不了解自己的内心，众生平等其实是轮回平等，那些生前作恶对佛不虔诚的人，死后就会堕入畜生道、饿鬼道……”说着说着，大和尚就提到了庙里要给佛像镀金身，问她捐多少功德钱。

甄繁从钱包里扯了三百块钱出来，看大师的样子明显是嫌少了。

她想起上次从简居宁那里受到的教训，并没有多补两百块。

从庙里出来的时候，甄繁想大和尚一定在诅咒她。

佛也不能解决她的痛苦，赚钱还是很重要的，甄繁决定回归俗务，她又给没电的手机充上了电。

手机开机后，甄繁接到的第一通电话来自苏启铭。

他告诉她，网友在医院偶遇了她，说她怀孕了。

甄繁的第一反应是：难道我已经享受二线以上明星待遇了吗？以后出门墨镜、口罩看来是不能摘了。

不过随后，她就陷入了要不要辟谣的纠结，怀孕这种事，辟谣了也没人信。

她匆匆挂断了苏启铭的电话，来电提醒里“贱人”的名字十分醒目。

甄繁想简居宁这是要兴师问罪了，他肯定以为她在炒作。

当然，她不在乎他怎么想她。

“你现在在哪儿？”

“您有事儿吗？我现在信号不好，等我回去再打给您。喂，喂……听不见，我先挂了。”

没一会儿，她的电话铃声又响了起来。

她偏不接。

第五章

/婚后的第一顿饭/

甄繁最终还是按了接听键，简居宁说要和她谈一谈，地点约在一间茶室。

那间茶室甄繁三年前也去过。

三年前，简居宁给甄繁打电话，说要同她谈一谈。那时她靠拍电视剧有了点儿小钱，不过因为要攒钱给自己买套面积大点儿的房子，平常过得很节俭，租一居室，穿衣只穿平价款，洗发水沐浴露用的都是超市的开架货。

在接到简居宁的邀约之后，甄繁盘算他到底怎么想的，想来想去觉得也没别的可能，肯定是要上演兜兜转转还是你的戏码。甄繁告诉自己，他第一遍提复合时，她务必要表现得不屑一顾，但当他第二遍表示要和她在一起时，她一定要答应，如果被拒绝多了，他跑了就不好了。谁不犯错呢？况且他遇到的诱惑那么多，改了就好。

甄繁给自己置办了一身名牌行头，她想要简居宁看看，她不是当年那个穿山寨的女孩子了，配他其实也不差呢。

出门前，甄繁照了二十分钟的镜子，自觉也算一光彩照人的新时代女性。那时甄繁还没买车，在打车软件上约了一辆豪车，司机表示要给她免单，问能不能加她的微信。

甄繁马上表示了拒绝，下车时，她直接从钱包里掏出一百元现金，表示多出的两块钱不用找了，她可不是个为九十八块钱折腰的女人。

那天喝的是六安瓜片，简居宁给甄繁泡的。简居宁穿了一件墨绿色的衬衫，和茶叶差不多一个颜色，人模人样的，是她喜欢的样子。甄繁一直在等着他说复合的事情，她已经想好了全部台词，只要简居宁说第二遍，她就马上说好。可他磨磨叽叽，先是同她道歉，然后又表示要帮助她，最后，他表示即使他们是普通朋友……

“普通朋友”这四个字一直在甄繁的脑子里回荡，她是回家之后才发现自己裙子上的吊牌忘记摘了，又丢人了。

那之后，甄繁对简居宁就不再抱有任何幻想了。

每次都这样，先居高临下地向她表示同情，然后又唯恐避之不及，让她不得不一遍又一遍检讨自己的生活是不是惨得令人发指。

大概只有把他的衣服彻底扒光，他才会完全在她的眼前消失吧。

甄繁先回了趟家，换掉了原来宽松的运动服，全身衣服的价格立马提高了十倍。

甄繁把简居宁的备注从“贱人”改成了“简大善人”，开始不小心打错了，把“善”打成了“骗”，第二遍才改过来。

甄繁由店里的服务员领着到了茶室门口，她在门外听见了琵琶声。

她一进去，那弹琵琶的女孩子就出来了。

简居宁问：“你去医院了？”

甄繁想这是要跟自己问罪了：“就随便做个检查，你也知道有的网友想象力很丰富。”

“如果你需要换医疗险的话，我可以推荐给你。”搁以前，简居宁肯定不会这样说，让敏感的人听了，好像他在炫优越感。他很少管别人的闲事，吃力且不讨好。

“谢谢，不用了。”

“你我之间何必这么客气？”

又来了，还你我之间。

甄繁决定旧事重提：“咱们俩的事情，你考虑得怎么样了？我不想试了，咱俩干脆直接结婚吧。”

“你要愿意的话，我当然没意见。”

这个答案出乎甄繁的意料，她本来等着他认输之后，让他带着他的同情赶紧滚出她的生活。

简居宁从甄繁脸色中读出了一丝惊讶，便接着说道："毕竟……我都这样了，难得你不嫌弃我。不过你知道男人一旦生理有问题，难免会有自卑心理，爱疑神疑鬼，我也不例外。你要是不知情也就算了，你一知情我就会怀疑你同我结婚不是因为我这个人，而是为了我的钱。我倒不是怀疑你的人格，但你知道自卑的人嘛，总会觉得自己一无是处，只有钱最可靠。万一你同我结婚后又马上离婚，带着分割的财产另嫁他人，我可是人财两失。这对我来说恐怕是一个极大的打击。"简居宁端起茶杯喝了一口茶，"这茶不错，你尝尝。"

简居宁去看甄繁耳侧的一颗痣，当年他多盯她两眼她的耳朵就红了，他每次都是先去亲她那颗痣，然后她的身子就在他的怀里发颤。后来他同她分手后，偶尔会回忆起那个场景，也曾想过她现下身边躺的是谁。他很少对女人生出占有欲，甄繁是个意外，不过一般来说，意外都不会长久。他后来得知甄繁再没交过其他男友，也并没感到高兴。

以前那个一看他就笑的人如今看他像仇人，当然嘴角还是笑的。

"你不必如此自谦，我当然是因为你这个人。"

甄繁嘴上这么说，心里却道：你自卑才怪。她敢保证，简居宁从来不知道什么是自卑。

"我相信你，我也愿意相信你现在的话，我只是不自信而已。你未必真了解我，真了解我恐怕就避之不及了，所以我们还是有必要约定一个财产协议。协议也是可以更改的，等我确定你的心意之后，再改也不迟。而且，在婚姻存续期间，你不用有经济顾虑。"

甄繁心想：这人是在逼着我说不，我当然不能退让。于是，她马上答道："好啊。"

"我会尽快让人拟定一个协议，你这边也出一个，我们协调一下。下周四吧？"

"好。"

"咱们下周……周二吧，去做一个婚前体检。我预约，你有时间吗？"

"我上周刚做了体检，我想不用再做了吧。"

简居宁想了想说："我会把我那份体检报告给你，夫妻彼此应该有知情权。如果你有别的疾病的话，咱们可以先治疗再结婚，我不会因为你的病……”

简居宁很希望甄繁能把她的病情告诉他，他会尽一切可能为她提供帮助。他知道她的身体不太好，但不知道具体是什么情况。

“我没病，当然，如果你不放心的话，我可以去做一个传染病的检测。”

“那倒不用，我相信你。咱们结婚后，是住你那儿还是住我那儿？我个人觉得住你那儿比较好，你的房子应该离你上班的地方比较近，我不希望结婚对你的日常生活有影响。你看什么时候有时间带我参观一下咱们的房子？等咱们领了结婚证，我就搬过去，行吗？”

咱们的房子？她自己的房子怎么变成了“咱们”的房子？甄繁怀疑自己是不是听错了，这人还是她认识的简居宁吗？怎么听着像一个以结婚的名义套人家房子的鸡贼男人。

甄繁微笑：“我不坐班，我也不希望你为我改变自己的生活习惯，住你那儿就好。”

“那也行，改天我带你看看我在六环的房子，你要不嫌远的话，以后我们就住在那里。”

简居宁大部分时间住在市里的四合院，六环的房子实际相当于一个仓库，他雇了两个工人在那里，两个工人其实是一家人，一个负责看东西，另一个负责种菜。简居宁吃的菜都是每天从六环送来的。院里除了两个工人，还有两条狗，一条边牧，一条哈士奇。

甄繁喝了一口简居宁泡的茶，又抬眼看了看这个反常的男人。

他是真不想同她结婚啊，要明说她也不会强求，他哪儿来滚哪儿去就行了。可他要这样，她必须跟他结。

“也行。”

“对了，明天我有朋友结婚，需要携伴侣参加，你有空吗？”

“有。”

“到时候你可以观摩观摩。咱们的婚礼策划你来做，毕竟你是编剧，费用我出，当然，你如果非要分担我也没有意见。”简居宁想，虽然这门婚事基本没有任何前景，不过大概是他毕生唯一的婚礼了，办得热闹一些也好。不过也不一定，他的忘年交柳画家年轻时也是一个不婚主义者，年过半百了娶一个小他快三十岁的娇妻，据说现在孩子已经在肚子里了。

简居宁并不担心甄繁同他离婚后在婚恋市场的前景，跟他结过婚并不会损失她的身价。

简居宁取出一个盒子，里面卧着一枚红宝石戒指。这是他前阵子拍来的，扫兴的事情说了那么多，当然也要表示一下诚意："能不能把左手给我一下？"

甄繁端着茶杯的手良久才放下，然后伸出了左手。

他攥着她的手腕，把戒指套在了她的无名指上："你看，正合适。"

甄繁没想过她会结婚，跟简居宁在一起的时候也没有想过，那时候她以为她这辈子不会爱上别人了，简居宁不同她结婚，她自然一辈子不婚。后来分手后，也没想过结婚，先立业再成家，业都没立起来，成的哪门子家？

"嗯，挺大的。"

简居宁并没从甄繁的脸上捕捉到任何激动的情绪，两个人十分平静地聊完了谈婚论嫁这桩事。

甄繁当年并不是这样，以前简居宁随便说一句话她都眉开眼笑。那时候他也搞不懂，她有什么值得高兴的。他自己快乐的时候倒不少，但都很短暂，他需要从不同的地方获得刺激。感情能带给他的快乐很少，他从不相信他能和一个人长相厮守。

甄繁的黑眼珠很大，眼白很少，从面向看是个很单纯的样子，他后来再没看见那么一双眼睛。

第二天参加完婚礼，简居宁送甄繁回家。

甄繁穿了一双十厘米高的尖头细高跟鞋，以保持她和简居宁有一个和谐的身高差。婚礼上她转了一大圈，那双鞋把她的脚跟给磨破了。

等她上车后，简居宁递给她一双36码的平底鞋："换这双吧。"

甄繁没接，她并没觉得简居宁体贴，只是觉得他讨厌。明明心里对她也就那样，但面子上永远周到得无可挑剔。等她陷进去了，他马上就抽身走了，一点儿留恋都没有。

刚和简居宁谈恋爱的时候，甄繁觉得这个人一定很爱她。后来她发现他其实也没那么爱她，再后来，她开始怀疑他们俩到底算不算得上谈恋爱。他们俩真正在一起的时间加起来还不到一个月，她白天大部分时间在培训机构做兼职，两个人只有晚上聚在一起。也不是不快乐，只是那些快乐实在经不起推敲。

路上堵车，简居宁的手圈在方向盘上，他斜了甄繁一眼，她其实是有一点儿耳垂的，耳垂上有一颗小痣，不过那颗痣被红宝石耳钉给遮住了。

今天甄繁穿了一件墨绿色的裙子，是那种青苔色的绿，那种颜色总让人觉得底下藏了什么隐秘的欲望，不过他什么也看不见，只注意到她牛奶色的皮肤。甄繁的头发扎了起来，露出一个细长的脖子，脖子上有细密的汗珠。今天的天很闷，他没看天气预报，也不知道会不会下雨。

再遇见她，她很少有这个时候，大多时候都是没性别的，倒不是她长得很男人，其实她的长相是很女性化的，不过一个女斗士是看不出来性别的。

甄繁把自己活成了一个姿态，一个随时准备和他血战到底的姿态。简居宁想，可能她自己都没意识到。

他突然想逗一逗她："今天那张照片你看了那么久，如果你想效仿的话，我也可以配合你。"

"啊？"甄繁反应了好一会儿才明白，"我可没有那么玲珑有致的身材，还是算了吧。"

她想起婚礼上新郎和新娘的婚纱照，耳根马上红了，耳朵越来越接近那副红宝石耳钉的颜色。

甄繁自认还不算守旧，但那张照片她还是难以消化。

"那个新郎看着比新娘她爸还大。"甄繁开始了她的八卦。

"可能是吧。"

"好像这样大家都挺习惯的，要是一个四十多岁的女人和一个二十岁出头的男人结婚，大家恐怕就觉得很稀奇了。"

"别人怎么看有什么要紧？自己高兴就好。"

甄繁想说"你倒说得轻松"，后来还是沉默。他不仅说起来轻松，做起来也是轻松的，他的轻松程度远超出她的想象。

今天简居宁搂着甄繁的腰，将她一一介绍给他熟识的人们。那些人大多跟简居宁一样，面上的功夫都很到位，尽管听说甄繁名字的一刹大概都在腹诽。唯一没绷住脸色的是索钰，差点儿没能保持基本的礼貌。

某一时刻，甄繁确实有一丝得意，但也没持续多久，可能一刻钟都没有，靠一个男人战胜了另一个女人，能带给她的快乐始终是有限的。

最重要的是，她实际上并没得到他，她现在不知道他怎么想的，就像她不知道车里的音乐为什么从拉赫玛尼诺夫换成了苏州评弹。

简居宁的车停在甄繁小区门口："要不要请我进去坐坐？"

甄繁最终还是换上了平底鞋，没有必要为了那点儿不悦，跟自己的身体健康过不去。

刷卡进门前，她还特地扫了周围两眼，看有没有人跟拍她。她虽然不在意曝光，但曝光自己的家庭住址是另一回事。

"介意穿鞋套吗？"

简居宁看到了鞋柜上的男式拖鞋，但他什么都没说，而是安静戴上了鞋套。

甄繁家的装潢比他想象的好不少，并没有那么浮夸，他还以为甄繁会把家里装成一个金碧辉煌的 KTV。

甄繁给简居宁磨了咖啡，咖啡装在她高价买来的杯子里，又拿了两块昨天甄言烤的华夫饼装在配套的碟子里。

"烤得不错。"简居宁曾经领教过甄繁的厨艺，她是一个能把西红柿炒蛋都做成黑暗料理的人。简居宁原本以为甄繁这种早当家的女孩子，厨艺一定不错，但他后来发现这是一种错觉。没想到这些年还能有如此进步。

"我弟弟烤的。"甄繁觉得甄言的厨艺实在是好极了，摆出一副很自豪的表情。

简居宁以前听甄繁提过这个弟弟，她弟弟生病验血时跟全家血型不一致，才发现出生时抱错了，医院赔了一些钱，两家孩子都不想换，便继续保持原样。

正经睡够了觉，从睡篮里爬了出来。它的好色是始终如一的，以前看到甄言就迫不及待地往他的身上扑，现在看到简居宁也是如此。

"这只猫倒挺热情，它叫什么名字？"

甄繁愣了一会儿才说道："正经。"起了这么正经的名字，一点儿都不正经，甄繁为它感到害臊。正经现在的行为在甄繁看来，简直是在性骚扰，她实在看不下去，把正经从简居宁的腿上抱了下来，她因为太着急，一不小心碰到了他的那个部位。

她整个人都在发烧，看都没看简居宁，直接把甄正经关到了自己的卧室。某一刻，她简直想和正经同归于尽。

过了一会儿，她反应过来，这人不是说他生理有问题吗，她要为了这点儿小事都脸红，以后就没有任何翻身可能了。

她继续回到客厅同简居宁聊婚嫁大事。

“婚礼一定要录像，必须要把这珍贵的画面保存下来。”甄繁本想用婚礼直播这事儿来恶心恶心简居宁，转念一想，暴露自己的亲人，以后影响他们的生活就不好了，毕竟她的风评这么差。

恶心别人的同时，总免不了恶心自己。这是一条亘古不变的真理。

“好啊，摄影师你来找还是我找？”

“我找。”甄繁想起和她合作拍第一部戏的导演如今做起了婚礼摄影。启铭影视拍剧和其他公司不太一样，是编剧负责制，导演是外聘的，最开始为了图便宜，找的是电影学院刚毕业不久的学生。第一部剧小爆后，这位新导演就投入了艺术电影的怀抱，但拍的电影从没上过院线，后来堕落到去拍网络大电影，如今干脆放弃本行。

甄繁每次想转型拍口碑剧时，就想起了这位老熟人。她保持现在这样，起码能赚钱，贸然转型，钱财和口碑双失，到时候再后悔，可能就来不及了，她无法孤注一掷，也无法破釜沉舟。

她不是索钰，更不是简居宁，她做错了，没人能给她托底。苏启铭还有房子和他后爸，而她什么都没有。

“婚纱你准备找哪家？定制还是成衣？成衣快一些，如果你想尽快办婚礼的话。”

“婚礼倒不急着办，咱们财产公证完了就先去领证吧。”甄繁因为并没想过结婚，如今真置办起来，她才觉得结婚这事儿实在太麻烦了，婚纱婚宴各种事儿实在令人挠头。她等着简居宁反悔，然后道歉，她就可以对其进行谴责和辱骂，并让他滚远一点。

但简居宁说：“好。”

开弓没有回头箭，甄繁只好硬着头皮继续下去。

甄言是这时候回来的，他一进门就换上了鞋柜上的那双拖鞋。明天学校正式开学。这个暑假他以给导师做项目为名住在学校，实际上他和同学组建了一个游戏工作室，因为昼夜颠倒，他不能和甄繁住在一起，只好编了一个理由来骗她。

甄言刚放下盛菜的帆布袋，还没等甄繁介绍，就主动向简居宁打了招呼。

他以前特别讨厌甄繁的追求者，现在依然讨厌，不过他把这种厌恶隐藏了起来。按甄繁的性格，他这辈子只有和她做姐弟的可能，他也只能安于这种命运，然后看着她的姐姐幸福。至少简居宁看起来比市面上大多数男人强得多，也不算太坏。

"简馆长，我特喜欢你们开发的周边，我还抢过好几套呢。"甄言确实弄过作弊程序抢过好几套周边，不过一套都没留，最后都高价卖了出去。

甄言热情地伸出手，简居宁回握，并打量着眼前这个高高大大的、穿着运动衣的男孩子。简居宁发现他和甄繁很不一样，倒不是外貌的问题，甄言浑身上下洋溢着松弛感，这份自如是甄繁没有的。

简居宁讶异同一个家庭出来的两个孩子为何会完全不同。不过深想也难怪，甄繁在甄言这个年纪要勤工俭学，而甄言有这个拍戏说剧的姐姐在，完全不必有经济上的压力，两个人生存的环境其实是不同的。

甄繁觉得甄言的行为太过郑重了，她为两个人介绍："简居宁。这我弟，甄言。"

甄言说道："一起吃饭吧，我去给你们做。"

甄繁抬头看着简居宁，说道："要不你也吃点儿。"

她这是逐客的意思。

不过简居宁对这个家庭实在好奇，于是答应了她的邀请。

甄繁向简居宁继续介绍自己的弟弟："我弟弟，K大建筑系的。"K大，尤其是建筑系，简直是高考高分的代名词。

甄繁怕简居宁一直待在英国，不懂其中的含义，又补充说道："我弟高考全省第五名，他之前还拿了K大三十分的自招加分。"

甄繁对这个弟弟一贯是十分自豪的，她觉得甄言实在是太争气了。她开始怕自己那种望弟成龙的心态给弟弟带来压力，没想到他比自己期望的还要出色。甄言虽然同她没有血缘关系，但感情这种事情是相处出来的，她对甄言的感情远比对南方的亲弟弟要亲得多。

两家知道孩子抱错之后，携手向医院要了些补偿，抱错的那家是做小生意的，家里有三个孩子，并不介意其中有一个不是亲生的。甄言不愿换过去，那个孩子也不愿换过来，于是就维持了现状。

她已经慢慢接受了“每个人的起点不一样，无论如何努力，可能自己的终点都还不如别人的起点”，但她希望把甄言的起点铺高一点。每次国外知名交响乐团来京的时候，甄繁都会买高价票带甄言去听，喜不喜欢是其次，她不希望甄言为听不懂感到自卑。

那种物质不如意带来的自卑太过难以启齿，只能自己消化。

“姐，人家牛津的，你就别班门弄斧了。”甄言心想甄繁又来了，每次都拿他的成绩来回说。甄言对自己的高考成绩并不满意，如果他那道选择题没有做错，他就是省状元了，他不仅可以拿到K大五万块的新生奖学金，还可以拿到省里各类企业的赞助。甄言当时计划用挣来的奖学金给甄繁买辆车的，不过因为成绩不够没拿到，他只从小城拿到了两万块的奖励。

“你又不是去不了。”她并不认为牛津本科比K大强，甄言要是从小被送去英国，上牛津的概率还是很大的，而简居宁在中国，未必能考入K大。即使如此，她的弟弟也不能像简居宁那样随心所欲，想干什么就干什么。不过她会为此努力的，甄言虽然没有一个有钱的爹，但很可能有一个有钱的姐姐。

饭桌上，甄言一个劲儿地为甄繁布菜，像以往一样连择刺剥虾也为她代劳。

甄繁也很习惯。她很懒，凡是不能产生经济效益的事儿她都懒得干。这些年，她只坚持了两件事——赚钱和憎恶简居宁。

“人的一切痛苦本质上是对自己无能的愤怒”，虽然甄繁不确定这句话是王小波说的还是别人杜撰的，但她一直觉得很对。只不过那种痛苦太过难熬，还是憎恶别人更好过一点。

她一边吃，一边向简居宁推介甄言的手艺：“这个糖醋里脊不错呢，你尝尝，甄言的手艺很好的。

“你再尝尝，这个凉拌海蜇皮也很好吃。”

饭桌上，甄繁一直在炫耀自己的弟弟。

而甄言一直在介绍他家繁繁爱吃什么菜，好像要把她嫁出去似的。

甄繁还特地为简居宁从橱柜里拿出了她珍藏的路易十三，在准备给他斟酒的时候又说：“你今天开车，还是别喝了。”

既展示了自己的经济实力，又避免了自己的经济损失，两全其美。

当着甄言的面，两个人不好再商量婚姻大事。

吃完饭，甄繁把简居宁送到门口。

“你什么时候把咱们俩的事情告诉你家里人？”甄繁问道。

“今天你不是已经见过我母亲了吗？”

简居宁的车最终停在一个四合院门前，院子有些历史了，大红门早已褪了颜色，院子里的树枝顺着灰白色的院墙爬出来。四合院一共三进院子，一进门是服务人员在住，中间是用来宴客和安顿客人的，简居宁住在最里面的院子里。

天还没完全黑，院灯已经打开了，他走进客厅，他的母亲在等他。

“听说今天你身边那女孩子的母亲在简家做过用人。”

今天卢尔特夫人也出席了老友的婚礼，她本来想和儿子同去的，不过儿子给她派了辆车，让司机送她去。到了婚礼现场她才知道，简居宁是抛下她去接别人了。她看到了甄繁，长得还不错，可离倾国倾城的祸水还是有一段距离的。

“妈，您可能去国外太久，不太了解状况。在中国，早就没有‘用人’这种称呼了。”接着他又补充道，“我要结婚了，就是和您今天看见的那个女孩儿。如果您不着急回法国的话，或许有时间参加我们的婚礼。”

“你在同我开玩笑吧？谈恋爱和结婚是两码事，我并不干涉你和别人谈恋爱，但结婚这种事我希望你能认真考虑一下，你们并不是一类人。恋爱确实会让人冲昏头脑，好好去睡个觉，明天你就会忘记这件事。”

简居宁笑一笑：“那您觉得我和谁是一类人？”

“谁也不能否认，索钰是个不错的女孩子，毕竟你们的成长背景差不多。当然，你也可以考虑别的女孩子，但绝对不是今天那个，那太荒唐了。”

“好像您从小就教育我‘人人平等’吧。”

“生死面前，人人平等，所以我们要去帮助受到死亡威胁的人……在知识道德修养面前，你当然要承认人与人之间存在差异，我们还是要选择类似的人。”

她一方面觉得儿子的决定太荒唐了，另一方面这个决定也侵犯到了她的利益。

卢尔特夫人和索钰的母亲是多年的老友，不仅如此，两个人还有生意上的往来。近来许多中国人热衷在海外时尚圈镀金，而巴黎是一个极好的中转站，加上卢尔特夫人和几个大牌的关系都不错，前几年她成立了一个工作室，专门承接国人在欧洲时尚界的拍片直播等一系列事宜，国内的许多客源都是索钰的母亲介绍的。最重要的是，前不久卢尔特夫人刚跟索钰的母亲商量成立一个影视公司做合拍片。

卢尔特夫人这次回国主要就是为了这事儿。她现任丈夫的经济状况近几年都不太好，今年，家里以前空置的城堡委托给中介做起了出租生意，在一年前她是绝对不会同意的，但为了维持她一贯的生活水平，只能如此。不过这种情况卢尔特夫人并没有向任何人吐露，她从小就是众星捧月的，当然不能让别人看了笑话。在社交圈里，她还是那个致力于慈善的卢尔特夫人。

她可一点儿都不想因为儿子和老友心生嫌隙，让这门事儿黄了。

“妈，我很想知道，这次您到底捐了多少？”

“你知道，我是这个捐款的组织者，我的目的是……”

简居宁不想再听母亲说下去：“您的意思我明白了。如果您有时间的话，我非常希望您能参加我的婚礼，不过现在看来，您应该是没时间了。”

“你父亲知道吗？”

“我马上就会告诉他。”

“我想他并不会同意。而且，我提醒你，有了继母就相当于有了继父，你最好不要和他产生太多矛盾。”

卢尔特夫人并没想到前夫的生意能做到如今这个地步，她当初以为前夫不过是个普通有钱的商人，结果白白便宜了那个姓苏的女人。她看过那个女人的照片，简直俗不可耐。虽然她和儿子的关系一般，不过于情于理，她都希望自己儿子能继承前夫的财产，而不是别的女人的儿子去继承。

“既然您认为我的父亲这样靠不住，可您当初放弃抚养权相当爽快啊。”

“你不知道，这个社会对一个女人多么残酷，一个有孩子的男人依然会拥有许多自由，但一个女人……”

“我非常了解，也希望您能理解一下别的女人。”

和前妻预言的一样，简总确实不同意儿子的婚事。

“我不介意你娶一个普通人家的女孩子，但绝对不能娶一个风评如此差的。无论对一个企业，还是对个人来说，名誉都很重要。娶了她，对你半点儿好处都没有。这些年，你想干什么，我都由着你，因为我知道你肯定有分寸。但这次，你做得太欠缺考虑了。”

在简总的眼里，儿子虽然任性，但从来不会逾矩。他年少时尚且有改变世界的冲动，撞了南墙才回头，而儿子好像完全没有。

儿子知道世俗生活的法则，并利用这套法则活得游刃有余，但这次怎么就为了一个女人失了常？娶甄繁比不婚主义要可怕得多，简总很难接受这样一个女人进他的家门。

“我考虑得足够慎重了。”

“你知道，我的财产分配方案完全能改。”

“当然，那是您的自由。”

简总觉得简居宁完全仗着他是自己唯一的儿子为所欲为。

“您正值壮年，只要您想……您犯不着为我的选择感到生气，您可以用这个时间来制造新的选择，可能到时候我不仅不是唯一，连您的唯三、唯四都不是。”

简总觉得这个儿子实在是太没大没小，他用得到简居宁指导他去生儿子吗？

可简总确实拿简居宁没办法，儿子已经不小了，经济控制是行不通的，因为简居宁有别的经济来源。

“是不是已经有了？”简总冷静下来思考，儿子前几天还是个坚定的不婚主义者，如今态度三百六十度大转弯，这个可能性很大。

简居宁反应这句话还用了一秒钟：“没有，您不用想别的原因了。”随后他冲父亲笑笑，“只有一个理由，我就喜欢她这样的。您最好不要找甄繁给她钱让她离开我，她会当彩礼收下的。”

简总觉得自己拿这个儿子实在没有办法：“你是非她不可了？要没有事实上的后果，你最好再考虑一下，婚姻还是要慎重，一桩失败的婚姻能毁掉许多东西。”

“我已经考虑好了，特地来告知您一下。”

简总前几天还怕儿子成为柳介甫，现在他反而希望儿子年轻时只谈恋爱不结婚了。他叹了一口气，觉得以前对这个儿子太过溺爱了，才养成了他如今的性子：“你如果真要同她结婚的话，一定要让她放弃现在的职业。对了，她是不是和启铭在一个公司？”简总当然知道甄繁和苏启铭在一个公司，这番明知故问，是在怀疑苏启铭从中作梗。

简居宁并未直接回答：“我会尽力的，不过她可能一时半会儿还改不了。”

“你要管不了，这事儿我来管。”

简居宁从盒子里拿出一只雪茄，按照他自己的习惯先引燃，再剪掉雪茄帽，然后送到父亲嘴边：“这事儿您最好不要参与，我铁定要与她结婚，您要从中干预的话，恐怕会影响咱们父子的感情。您知道，我对您一向敬重。”

“那你赶快吧，你什么时候搞定了什么时候办婚礼，否则你就算结婚，也给我悄悄的。”

“这个我恐怕办不到。”简居宁觉得他父亲的愿望根本不可能实现，甄繁跟他结婚的一大目的就是公开，“不过我在您公司并没有股份，我相信我结婚风评再不好也不太可能影响您的股票，至于其他影响那也是我自己的损失，我能承担。”

简总吸了一口儿子送上的雪茄：“那你什么时候办婚礼？”

“我还没想好，到时筹办好了，我再通知您。”

苏启铭感觉继父对他的态度冷淡了不少，他自己也不知道为什么，于是给简居宁发消息：“我最近是不是做错了什么？”

简居宁回他：“你不要太敏感了。”

苏启铭并没得到安慰，决定亲自去找继父他老人家谈一谈。

父母的反对在简居宁看来根本不算什么，凡是婚事能被父母影响的，不是经济就是情感上没断奶。他打小同祖父一起生活，后来独自去英国，父母对他的影响力很小。

即使他的父亲不给他一分钱，他也会过得不错。

生活在那个圈子里，耳濡目染，简居宁很早就了解怎么利用已有的资源过得更舒服些。

不过一眼看到头的生活也没什么意思，像他母亲那样子的生活，简居宁是真觉得没劲。他倒挺佩服父亲那样的实干家，可要他数十年如一日地为十多万员工的生活奔忙，他也是真承受不了。

于是，简居宁只能从体育竞技中寻求刺激，不过滑雪、跳伞能带来的刺激太短暂了。现下，他觉得甄繁挺刺激的，而且他也真想帮帮她。

简居宁同甄繁探讨婚姻事宜，发现她对婚礼、见家长等一切形式主义的内容并没有太大热情，她唯一的执念就是去领结婚证。简居宁觉得那就先去领证，再谈别的吧。

周四那天，两个人做完财产公证就去了民政局。

领完证，简居宁主动提出去新房看看："我已经布置好了新房，就等着你去住了。中午我给你烤肉。"

甄繁看着结婚证，实在欠缺真实感，她这就结婚了，而旁边的人也看不出有多痛苦，她当然不会自恋地认为那是因为爱。

《女校书》周二就播完了，这部剧属于中间有爆点，结尾熄火的那种剧。剧收尾的那天，热度还不如她和简居宁在一起的传闻大。

时尚博主黎媛媛又对甄繁从衣品到人品进行了全方位攻击。甄繁有一种直觉，黎媛媛应该是暗恋简居宁，不过她有些自卑，觉得索钰那种人才配得上简居宁，所以成了他们俩的崇拜者，但她发现她看不起的甄繁和简居宁混到了一起，震惊很快转为愤怒。甄繁觉得黎媛媛可能比索钰还要愤怒。

甄繁准备今晚公布她的结婚证，让黎媛媛及她的拥护者震惊一下。

甄繁没想到简居宁真把她送到了六环外，车子在一个院落门口停了下来。

外墙的红色墙砖不知是做了旧还是岁月洗刷，明显不是最初的砖红色，门是铁门，甄繁从外面最先看到的是院里的二层楼，高度跟旁边的三层楼房平齐，估计一楼的挑高得有五米。

简居宁给甄繁开车门："咱们的新家，你喜不喜欢？"

一进门，两条狗就冲了过来，甄繁得亏穿了裤子，哈士奇冲着她摇尾巴，伸出舌头来舔她的腿，边牧则站立起来向她问好，都是欢迎她的样子。

甄繁还没想好怎么回应，一只大白鹅冲了过来，扑棱着翅膀对着甄繁叫。

简居宁介绍道："特意为你买的，以后你早上就可以吃鹅蛋了。听说鹅看起家来也不错。"

简居宁还带甄繁参观了一个鸡窝："你以后早上可以吃现成的鸡蛋。我还给你找来一公鸡，可以每天叫你起床。"

"请问，还有别的惊喜吗？"

"你喜欢喝豆浆吗？"

"还行吧。"

"我相信以后你肯定会越来越喜欢的。"

甄繁在简居宁的引领下，来到了一间散发着青草味的房间。果然是惊喜，甄繁看到了一头驴。

"我特地找来的石碾子，以后你每天就看着驴拉磨，磨出的豆浆肯定比豆浆机打的好喝。"简居宁怕甄繁不了解，继续介绍，"把豆子放在这里就好。"

"这头驴也是专门为我买的吗？"

"不止，石碾子也是专门为你准备的。"简居宁确实感到了甄繁的惊喜，"今天我给你烤羊肉吃。以后你要是高兴，也可以养两只羊，顺便还可以喝羊奶。"

"这个倒不必了。"

就在甄繁参观房子的时候，一对中年男女过来向她打招呼："您是简太太吧。"

甄繁只好点点头。

简居宁向她介绍道："这是陈叔、陈婶。"

两边互相打了招呼，陈家夫妻俩觉得简居宁简直是全天下最好的雇主，因为今天之后他们就要带薪休假三个月了。

甄繁在院子里吃到了简居宁做的炙子烤肉，确实很好吃。

四个人围坐在院里吃烤肉，炉子是简居宁淘来的，烧的是松木，简居宁拿着长筷子在炙子上烤肉。

甄繁火速从兜里掏出手机拍照，"咔咔咔"，一连拍了十张，简居宁对她笑了笑，并没说话。

甄繁坐在竹椅子上端着瓷碗吃烤肉，调料是简居宁帮她调的，简居宁拿着筷子不停把烤好的肉送到甄繁的碗里。

甄繁作为一个经常吃外卖和方便食品的人，对食物的要求并不高，甄言随便做的家常菜在她口中已算美食。她是真觉得简居宁烤的肉好吃，加上自知在简居宁眼中已经没有任何形象，便不再装淑女，好吃自然要多吃。

简居宁笑了笑："吃慢点儿，还有呢。"

这景象看在老陈的眼里，倒是一副恩爱模样。老陈是个拆迁户，手上有好几套房子，工作不为赚钱，就图个消遣，他最开始在这儿工作是为了找个女婿。老陈的女儿在市区上班，是个颜控，因为家里有好几套房，便不在乎男人有没有房，长得好看就行。老陈第一眼看见简居宁的时候，就认定女儿会看上他，签合同的时候连条款都没咋看，直接就签了，后来才觉得草率了，幸亏简居宁没骗他的心思。

回家后，老陈拿着偷拍的模糊照片给女儿看，结果女儿定睛一看，瞧出了这是简居宁："爸，您想什么呢，您幸亏没去说，人要知道了，一准认为我是癞蛤蟆想吃天鹅肉。"

老陈当时生了气，批评女儿："你是癞蛤蟆，那我是什么？不许这么贬低自己。"

不过仔细一想确实不般配，这个想法也就搁置了，后来老陈干了几天，觉得工作环境和待遇都不错，便一直干了下去。简居宁虽然平常对他们俩很客气，不过老陈总觉得有距离感。

孩子永远是自家的好，老陈觉得眼前这姑娘好看是好看，但也不比自家的姑娘强，能和简居宁在一起，肯定是家世匹配。

陈婶并没老陈那么多心思，她就觉得眼前这姑娘真能吃啊，怎么也不胖呢。

吃完饭，陈叔、陈婶把桌上的东西收拾完，就跟他们俩告了别。房子也随之上了锁，老两口住的房子是这栋房子最富现代气息的一处。

甄繁本以为只有一个大院子，没想到还有一个后院。后院原来是某个致力于复古的书法家的，后来这位书法家办了移民，简居宁买了过来。两个院子打通，开了一个门。

甄繁在简居宁的带领下参观了他们的房子，房子是二层楼，楼梯在外面。一楼是厨房客厅书房，二楼是卧房。

厨房里的中式大灶非常显眼，四四方方的土灶上放着一口大号铁锅。

“门外还有现成的劈柴，前院里堆着木头，要是劈柴用完了，你可以自己劈，如果你劈不了，叫我也行。”

“咱们俩好像用不了这么大的锅吧。”

“你并不需要把它盛满。”

“这厨房有点儿太复古了吧，水槽在哪儿呢？”

“端阳，你看见院里那口井了吗？跟我出来，我告诉你怎么打水。”

简居宁拿着水桶向甄繁演示了一遍怎么从井里舀水：“这井深一百米，水质还不错，以后你烧水做饭用这里的水就行了。”

“不会连自来水都没有吧？”

简居宁冲她笑一笑：“我个人还是觉得用井水比较好。”

“莫非洗澡水也要自己烧？”

“这个你倒不用担心。”

简居宁带甄繁参观了浴室，甄繁对里面的按摩浴缸很满意。这是简居宁后来改的，原先是一个木桶，还没接水管。

旁边是甄繁的卧室，木床木桌木柜，好在简居宁好心地给她放了床垫，而不是让她睡硬板床。

“怎么放这么多枕头？我一个人睡不了这么多。”

简居宁马上了然甄繁的言外之意：“你比较一下，看哪个枕头睡起来更舒服。当然，你如果非要我陪你的话，我也愿意效劳，毕竟咱们是夫妻嘛。”简居宁看了一眼甄繁，“床垫要是不舒服跟我说，我给你换。”

床垫是他特意给她准备的，他以自己多年睡酒店的经验，比较了几个牌子，最终选定了眼前这款。不过他自己在家并不用床垫，只睡硬木床。

简居宁带着甄繁转了一圈，最终回到了客厅。

简居宁把他拟定的家务计划表给甄繁看：“一周七天，家务咱们轮流做，我四天，一三五七，你三天，二四六。当然，如果你非要贯彻男女平等，一定要一人三天半，我也尊重你的意见。”

“家务不是陈叔、陈婶负责吗？”

“他们家里有事情需要去处理一下，暂时不能在这儿。”

“那咱们可以再雇一个人。”

“咱们刚结婚，我不希望陌生人来破坏二人世界。”

家务清单整整一页，双面打印，甄繁没想到简居宁还挺节约用纸。她看着清单上的任务陷入了沉思，每天要喂驴、喂鹅、喂鸡、喂狗、磨豆浆、做两顿饭、打扫院子，饭菜还要保证荤素搭配……

“虽然你我都不坐班，不过也不能一直待在家里。鉴于此，午饭就不必做了。如无意外，晚饭最好在七点时准备好，如果谁临时有事儿，需要告知一下对方。”

甄繁的嘴唇翕动了几次，最终恶狠狠地挤出了个“好”字。

“正经也和你一块过来吧，这个院子里可能有老鼠。”

“还有老鼠？”

“这个院子挺久的了，又是木制结构，有老鼠也不稀奇。怎么，你很害怕？”

甄繁表情复杂地摇了摇头，她不认为正经有捉老鼠的本领。

“你是今天就住在这里，还是先回去收拾一下？”

甄繁最终还是被简居宁送回了自己家，两个人十分友好地告了别。

晚饭，甄繁给自己煮了一包泡面，还放了两个蛋。她最擅长的就是煮泡面，简居宁不是要吃她做的饭吗？吃死他！

正经在她耳边一直“喵喵喵”地叫唤，甄繁面色沉重地望着正经：“明天你就要去捉老鼠了。”

在沙发上发了十五分钟的呆，甄繁决定振作起来。

收拾家当之前，甄繁先去购物网站买了 10 桶饮用水，她可不想在井里打水。她的购物车里很快加满了各种口味的泡面、速冻水饺、速冻汤圆、自热火锅、狗粮狗罐头、小鸡饲料、电热锅……

她付完款，受直觉驱使在网站搜索了自己的名字，发现网站刚上线了她和简居宁的分手险，赔率买一赔二，销量最高的那家店已经卖了六百份。

对这些买了分手险的人，甄繁只能表示深切同情。

在十多张烤肉图里，甄繁选了最能体现简居宁手形的一张，和结婚证的照片一起发了出去。

文字简单易懂：“婚后的第一顿饭。”

微博并没 @ 简居宁，因为她知道他根本不会回，徒增笑柄。

随后，甄繁就把手机丢到了一边，开始给自己的行李打包。

和简居宁这种人结婚，确实能让甄繁的虚荣心得到短暂的满足，不过这并不是她公告天下的主要目的。她要一直强化简居宁是个已婚男人的事实，这样他再和别的女性接触就要小心了，毕竟群众的眼睛是雪亮的，有无数狗仔盯着他呢。

以她对简居宁的了解，他绝对不是什么清心寡欲的人，他最多能忍受几个月没女友的日子，时间长了，他肯定忍不住。到时，他肯定要主动提出跟她离婚，结婚前，他要承认说谎诓她她就让他滚了，但结了婚，她绝对不会轻易放过他。

他要是不离婚就在外面拈花惹草，被人拍到了，就等着身败名裂吧。

单身汉和已婚男人完全是两个概念。他既然跟她结婚，就要有这个觉悟。

尽管收拾了三个大行李箱，甄繁还是觉得有好多东西没有装进去。她最不放心的是保险箱里的东西，甄繁决定明天去银行租一个保险柜。

等她差不多打包成功时，她的微博评论已经破了三万。

简居宁的粉丝正在甄繁的转发里上演集体脱粉：

“在今天以前，简居宁在我心里一直都是完美的，但他选择了甄繁，他某个方面一定存在缺陷。我以后再也不会这么狂热地喜欢他了。”

“今天正式脱粉，我的心脏实在受不了了。什么时候简居宁和甄繁离婚，我再粉回来。”

“和甄繁结婚？简居宁的人设彻底崩了。他们俩在一起，给我的感觉就是，一个莎士比亚的狂热粉丝最近爱上了言情玛丽苏。”

“姐妹们，不要再抱幻想了，可能孩子都有了，要不怎么会结婚呢？”

第六章

/田园生活/

一个家庭如果经常遭遇意外，那么这个家里的人很容易走向唯心主义和神秘主义。

老甄也不例外，自从他家频频出事后，他就迷上了周易八卦。据老甄自己卜算，甄繁要么晚婚，要么早婚后离婚。鉴于此，老甄和媳妇儿从不催闺女找对象。

老甄是在网上知道女儿结婚的消息的。老甄老早就注册了微博，他的关注里只有一个人，就是甄繁。平常甄繁一直跟他们说大家多么喜欢她的剧，收视率多么高，光是喜欢她的粉丝就有四百多万，老甄一度以为是真的，毕竟现实生活里大家听说他有一个编剧闺女，也是竖大拇指，还有人让他管甄繁要明星的签名照，他怕闺女麻烦，都拒绝了。

老甄是上了微博，才知道网上有那么多骂自己闺女的，可他除了用自己的号为甄繁辩护几句，也没别的办法。他还不能让甄繁知道自己有微博，他知道甄繁不愿意他上网，不愿让他知道好多人不喜欢她。

自己闺女什么都好，就是爱逞强，尤其在在乎的人面前，打小就是报喜不报忧，对家里永远说老师多么喜欢她，同学们多么喜欢和她做朋友。老甄后来才知道，甄繁上小学的时候人缘特一般。

老甄本来是曲艺节目和抗战剧的忠实观众，但因为闺女，他开始咬牙看甄繁编的玛丽苏剧，每看一集都和老伴一起做笔记，以备和闺女聊天时讨论。

就在晚上他准备和甄繁微信视频，探讨《女校书》结局的时候，手机提醒他甄繁发了新微博。

打开微博，他一眼就看到了结婚证。

老甄对女婿只有两点要求，第一要细致包容性强。

自己闺女什么都好，就是心眼小，脾气还轴。

甄繁上小学的时候，数学老师课上说她不聪明、心理素质差，她放学直接把老师自行车的气门芯给拔了，还恰巧被同学撞见告诉了老师。老师让她写检讨，结果她愣是写了两千字，百分之九十的内容都在论证她心理素质多么好。数学老师认为她的态度十分不端正，让她要么重写，要么每节数学课都站在外面。她在教室外边站了半个月，半个月后，数学老师被停职了，因为私自在外开设辅导班被人给举报到了教育局，大家都猜是甄繁举报的。

老甄知道这事儿的时候，甄繁已经上了初中。要是他早知道的话，就帮甄繁写检讨了，写检讨也不妨碍举报嘛，干吗在教室外面站这么多天呢。

有时老甄自己也纳闷，甄繁的记性怎么这么好，十多年前他偶然说的一句话能记到现在。这孩子现在要和一个大大咧咧口无遮拦的人在一块，不知道一天能生多少气呢。

老甄对女婿的第二条要求就是要会做饭。

自己闺女什么都好，就是做饭差劲，这么多年也就只会煮泡面，本来身体就不是很好，老吃外卖方便食品怎么能行。他有时候也想和老伴一起去照顾女儿，又怕给孩子添乱，最终还是作罢。

老甄看着微博上的烤肉，觉得这个女婿还不错，起码会做饭。

不过，老甄怎么也想不通，为什么结婚这么大的事情，甄繁一个字也不跟他透露呢。

简居宁在院子里支了一把椅子，没有月亮的晚上，天空布满了星星，他坐在椅子上翻甄繁的微博，发现她终于不再晒带产品标志的东西了，也算可喜可贺。

他今天第一次在这个院子住。他本来想租下半个村子做民宿的，这个院子本来只是一个实验点，后来他去了江南的一个小山村就改变了想法。在城郊只能做中产阶级的生意，他更喜欢赚有钱人的钱，一是速度快，二是没有负罪感。在江南的那个小山村，一幢二层楼一晚标价十万，每天依然客满，他顺便还能卖几幅画，推销一下他的瓷器。去年他买下了一个汝窑工作室，专门做高端定制。

在他准备带甄繁来这儿住之前，这个院子一直是锁着的。仓库在前院，陈叔、陈婶也住在前面。

甄繁走后，他在后院给她搭了一个简易秋千，接下来的几个月，她可以坐在秋千上看看星星，毕竟每天喂驴喂狗喂鹅喂鸡挺累的。

前院里的狗正在汪汪汪地叫，据老陈说，这是哈士奇和边牧每天晚上例行的比赛项目。

伴随着狗叫声，他拿起手机给甄繁拨了个电话。

甄繁此时正在旺旺上和某宝上的客服进行沟通。

真的很正经："如果甄繁和简居宁在一年内离婚，真的会一赔二吗？"

分手更有钱："亲亲，是这样的呢。"

真的很正经："这个购买份数有限制吗？"

分手更有钱："亲亲，这个上不封顶哟！"

真的很正经："就是说我买十万份也可以吗？"

分手更有钱："亲亲，是的呢。您真的要买这么多份吗？"

真的很正经："你们真的会赔吗？可是我看你们的店铺抵押金只有一千，万一你们跑了怎么办？"

对方无应答。

就在这时，甄繁的手机铃声响了起来。

甄繁接通了简居宁的电话。

"我明天去接你吧，晚上你跟我回家见下我父亲。要是他们给你东西，千万收着，不喜欢的话可以退给我。"

"明天我可能没空。"

"我已经问了你们苏总了，你工作上应该没什么事儿，或者你有私事？方便透露下吗？明天不行的话就后天。"

"那就明天吧。"

"别穿高跟鞋了，你要是觉得自己太矮的话，我可以给你联系医生，给你做个断骨增高的手术。你做完手术，正好去六环的院子里静养，我会照顾好你的，端阳。”

“……”

“你那件绿裙子不错，不过你这几天好像胖了，穿不进去也不要勉强。”

“……”

“说好了，明天我去接你，早点儿休息。”

挂掉电话，甄繁觉得这个人最近怎么跟转了性似的，搁以前就算简居宁真嫌她，也不可能嘴上说出来，现在这是恼羞成怒了吗？甄繁有点儿怨恨自己嘴笨，下一次她肯定马上还击回去。她心想：高有什么了不起的，走路上都妨碍人的视线，我不就比你矮了二十厘米吗？你有什么了不起的。

之前送到干洗店的绿裙子又回来了，她拿来试，依然合身。

第二天早上，老甄给甄繁打来电话，问她是不是有男朋友了。

甄繁停顿了很久，才说道：“我领证了，本来想今天跟您说的……”

老甄并没有责怪甄繁，而是假装不知情，开始问东问西，最后老甄说出了自己打电话的目的：“什么时候把人带回家让我看看？”

甄繁想了想说道：“后天吧，后天我们去看您和我妈。”

挂掉电话，甄繁煮了一袋速冻水饺，顺便给正经做了一顿营养丰富的早餐。她想：以后我可能就没有那么多时间管正经了。

甄繁最后还是决定把冰箱里的方便食品打包，扔掉怪可惜的，加上她网购的东西明天才能到，先去救个急也好。幸亏简居宁没有完全泯灭人性，还在厨房里留了一个冰箱。

简居宁九点钟就到了，两个人并没寒暄，而是直接进入正题。

“你这里面都是什么东西？”

甄繁把饮用水和速冻水饺也装到了箱子里，箱子变得很重。

“都是女人用的东西，你就不要寻根究底了。”

甄繁拎着箱子要同他一起下楼。

“你别管了，箱子我提，你管好猫就好了。”正经此刻正躺在睡篮里喵喵直叫。

甄繁提着它下了楼。

甄繁坐在简居宁的副驾上抱着正经刷微信。

黎媛媛的微信公众号上发了一篇文章，题目是《为什么有人总在微博单方面秀恩爱？》。

甄繁扫了一半，便没再看下去。

她的微信未读消息早就超过了1000+，都是媒体同仁邀她做专访的。开场先是祝贺她大婚，然后扯过往的交情，最后问能不能给他们独家，头版已经预留下来了。

“你说我接受哪家的专访比较好？”

“看你心情。”

“你说我在接受采访的时候，是把咱们俩的故事描述成灰姑娘型的呢，还是狐狸精型的呢？”

“你说得未免太没有创意，你可以发挥一下想象力，比如……天使型的。我在遇见你之前整夜失眠，每天都因睡眠时间太短而烦闷，访遍名医也没有任何效果。就在我准备自暴自弃时，你适时地出现在了我的生活里，你的声音有一种能让人安静的力量……”简居宁突然转换了话题，“端阳，你最近睡眠质量怎么样？要是不太好的话去做个睡眠监测。”

“我挺好的。你给我的这个建议非常好，我会考虑的。”

“还有一件事，我想启铭一定还没跟你说，这种得罪你的事，还是我来说吧。我的父亲是一个很传统的人，他一直希望我太太婚后能在家相夫教子，虽然我内心并不赞成，但你知道像我这种二世祖，违逆父亲的意思是很难的。我的事业也就看起来光鲜，还是要仰赖我的父亲，不像你，一直靠你自己打拼，一切可以自主。”

甄繁想这个人这么自谦，肯定心里憋着坏呢，于是直接问道：“所以，你想告诉我什么？”

“启铭也不比我好多少，他也很顾忌我的父亲。我的父亲知道你在启铭公司做事后，就跟他打了招呼，如果以后你还在他公司负责具体事务，我的父亲就要让启铭的剧拉不到任何投资，而且之前给他的款子一律追回。你知道启铭最近资金周转有些困难，很需要帮助。启铭不知道怎么开口，问我怎么办，我说像你这种善良的女孩子，肯定能理解他的选择。而且他答应每年照常给你分红。”

“简居宁，你怎么不早跟我说？”

“我想你当初这么想和我结婚，肯定会为了我放弃一切。端阳，你后悔跟我结婚了吗？”

甄繁咬着牙说道：“我怎么会后悔？”

“那就好，我也是这么想的。你如果想继续读书，我也很支持你，你要想去国外的话，我也不会拖你后腿。”

“虽然两情若是久长时，又岂在朝朝暮暮，但我就想在国内待着，我要一直陪在你身边。一眼看不见你，我就想得慌。”

“在国内读书也好，我问过你们傅主任了，今年他有两个研究生的名额，以你的资质，现在准备考试也来得及。当然，你想考别人的研究生也可以。”

“读书多没劲，读了这么多年我早就读烦了。”甄繁说这句话的时候虽然面无表情，内心却感到了一股钝痛。

“不想读书也没关系，我有一个朋友是做历史纪录片的，听说做得还不错，国内外都有稳定的采购方，就是国内的受众面比较窄。我想向他引荐你，如果你去做的话大众向的传播度不会低，光你转型就是一个爆点嘛。他们那儿的选题很自由，你想做什么都可以，资金预算也很充裕，即使预算不够，我也可以帮忙。毕竟你现在不能工作是我造成的，我愿意做出一些弥补。”

甄繁没回答，就这么一直沉默着。

正经的小爪子又去抓她胸前的项链了，还伸进了衣服里，可这一切她都没有感觉。

这个人，可真是讨厌啊，她每次好不容易接受他们不是一路人了，他就来招惹她，一副为她好的样子。她昨天还以为他终于彻底恼羞成怒了，今天就又变成了这个样子。

她从来不会喜欢上对她缺乏善意的人，也不会爱上不爱她的人。

甄繁认为简居宁过去之所以成为一个意外，是因为她对他产生了误会。

可这个人为什么总要让她产生误会？

甄繁把正经的爪子从她的胸前拿开，简居宁瞥见了这一幕，她现在穿了一件白衬衣，上面的两颗扣子开着。他想起她以前在白衬衣里穿一件吊带，吊带里还穿一件文胸，他那时想她怎么也不嫌热。

见甄繁不答话，简居宁继续说道：“当然，咱们刚结婚，我还是希望你能陪我一段时间再出去工作。这件事儿你再想想，等你想好了，我给你联系。”

甄繁依然沉默。

“昨天的照片拍得不错。”

甄繁愣了一下才反应过来，非常恶心地恭维道：“谁叫您天生丽质难自弃呢？怎么拍都不错。”

“我是说你羊肉拍得不错。”

“……”

简居宁下车开了大门，直接把车开了进去，听见狗的汪汪汪声，正经吓得往甄繁的怀里躲。

“老大和老二小时候是和猫一起养的，后来那只猫送给别人捉老鼠了。正经和它们在一起，你不用太担心。”

甄繁这时才知道眼前两条狗叫老大、老二。

老大和老二看起来很随和，大鹅在它们中间也没引发任何争端，鹅叫声在一片汪汪汪声中居然很和谐。

“这两只狗能看家吗？”如果小偷来了，估计这俩也得列队欢迎。

“有监控和报警系统。你知道吗，越聪明的狗就越惜命。前两年来过一次贼，监控显示，这俩愣是一声都没叫，直接躲了起来，还是报警系统把小偷给吓走了。当然，爱惜生命也是一件好事。”

“这儿还有贼？”

“这儿挺偏的，有贼也不稀奇。不过你也不用太害怕，有我，总不会让你冲在前头。”

简居宁两手提着甄繁的箱子，甄繁提着猫篮，她已经烦死正经往自己衣服里钻了。正经听见了驴叫的声音，在猫篮里瑟瑟发抖。

不像老大和老二互相做伴，孤独的毛驴在青草味的房子里喝着它自己磨的豆浆。豆浆磨多了，简居宁喝了一杯，还剩下许多。

简居宁如今住在六环外，倒不只是为了甄繁，他是真想尝试一下农耕生活。

他并不认为田园生活会有多诗意，可难度还是超出了他的预期。因为新鲜，倒还算有干劲。他早上解决了所有动物和他自己的早餐。

陈叔、陈婶虽然带薪休假了，但每天还是会送来新鲜的蔬菜。

到了甄繁的卧室，简居宁把箱子放下来：“你收拾一下吧，一会儿吃午饭。吃完午饭，你如果无聊的话，可以去弹下棉花，前院还有一台机子可以用。我最近弄来一台织布机，你也可以尝试尝试，或者你喜欢烧窑，前院有现成的设备。”

“我不无聊。”

“那就好，一会儿你听见屋里铃响，就是饭好了，饭厅在一楼。”

等简居宁走后，甄繁就打电话质问苏启铭。

“嫂子，你就算不来，也有两成的分红，何必给自己找罪受，你不知道有多少人羡慕你？”

甄繁听到“嫂子”这个称呼直接震惊了，缓了很久才说道：“你为什么不早告诉我？”

“我不是想给你个惊喜吗？我也是昨天才得到这个消息的。下周一你来公司，我们给你弄了一个庆祝会，你看到了肯定特别感动。”

甄繁用拳头敲了敲自己的额头，挂掉了电话。

午饭，甄繁面对着桌上的菜发呆。

桌上唯一和肉有关系的菜是煎鹅蛋，还是间接关系。此外，桌上摆着白米粥、开水白菜和蔬菜沙拉。

这个开水白菜和国宴上用高汤吊的开水白菜可不一样，就是单纯的字面意思，用开水煮的白菜，什么调料都没有，据简居宁说这是专门为了给她去油做的。

“端阳，昨天吃了羊肉，今天要吃得清淡些。”

甄繁发着狠吃煎蛋，就这么一点儿荤腥。

“不要光吃蛋，喝一点儿粥。”

甄繁埋头喝了一口粥，抬头看他正在那儿慢悠悠地吃白菜，很闲适的样子。

以前她吃过不少他做的饭。意面他能做出七八种花样，他煎的牛小排很好吃，他做的法式蔬菜汤她能喝好多。

甄繁想起他们在一起的情景，如果单纯看行动力的话，他对她很不错了，而她没对他有任何实际性的付出，她只给他做过一顿饭，那顿饭很难吃，鱼煎煳了，肉没烂，唯一的青菜把人给齁死了。

可她偏偏喜欢揣测人家的动机，然后得出结论这个人很爱她。后来证明这是她的妄想。

甄繁埋头喝完了一碗粥，又拿碗去盛了另一碗："饭做得不错。"

"你喜欢就好。"

去简家前，甄繁换上了那条绿裙子和一双芭蕾平底鞋，还把头发盘了起来。

简居宁从一个丝绒盒里拿出一枚胸针，胸针是由一百多颗碎钻和祖母绿镶嵌而成的。

他把胸针别在她的盘发上。

他想起她以前的圆肩膀，她那时候是很健康的样子，眼神始终是亮的，表面看着瘦，里面却有肉，如今连肩膀都瘦了下去。

"你要不愿意别在头发上，别在腰上也行。"

甄繁摸了摸自己头发上的胸针，心想千万不要掉了。

像是看出了甄繁想什么似的，简居宁说："千万不要掉了，这个还要拿回来，我还要拿到拍卖会上去拍卖。"

他随后又拿出两个盒子："这是你送给二老的礼物。"

甄繁看了一眼，两块表，旧表，凭借她这些年对奢侈品的了解，她认定是古董表。

"他们会相信这是我送的吗？"

"当然不信。这个有什么关系吗？"

"我可以不去吗？你的父亲都对我这样了，我怕我忍不住……"

"如果明天你不需要我陪你回你的父母家的话，你可以不去。你知道像我这样的二世祖，是不能违逆父亲的意思的，你还是体谅我一下……"

又来了，甄繁没等他说完，便说道："咱们出发吧。"

饭桌上，苏女士一直忙不迭地给甄繁和简居宁布菜："到了家，千万不要拘束。"

甄繁顾不上吃菜，频频道谢。

苏启铭口口声声的"嫂子"叫得甄繁头疼。

简总虽然对这个儿媳颇为不满，但面子上并没表现出来。

苏女士对待甄繁十二分客气，弄得甄繁很不好意思。

苏女士结婚前签了协议，简家的财产她只有使用权，而无所有权。不过老简这么要面子的人，是不可能和她离婚的，使用权和所有权其实也差不多，在外面她始终是人人艳羡的简太太。对于她的儿子来说就不一样了，简总虽然对苏启铭一直都很客气，用钱上也一直都很大方，但她一直觉得丈夫还是把自己儿子当外人了。亲儿子和别人的儿子自然不一样。

苏女士隐约知道甄繁和简居宁以前的事情，这几年苏启铭和甄繁在一个公司，她还生怕自家儿子和甄繁搞出什么事情来。儿子就算娶不到索钰，也应该娶一个家世般配的女孩子，这个家世当然指的是简家的家世。

苏女士知道丈夫对眼前这个儿媳不太满意，不过她对甄繁倒有些佩服。以甄繁的家世、风评，嫁入简家简直是挑战不可能，但甄繁硬是嫁了进来，这个女孩子可真是不一般呢。

饭后，简总把简居宁叫到书房："你们的婚礼什么时候办？既然事情已经传了出去，总不能这么遮遮掩掩的。"

"您不是让我悄悄的吗？"

"消息都公布出去了，你这会儿跟我谈悄悄的？"

"我现在还不想办，没必要这么铺张浪费。"

"你不办，我找人给你办，到时候你只要人到就行了。无论如何，双方的父母要见一下面，你现在这样，好像我们自视甚高，瞧不起人家父母。你这孩子，平时看着挺聪明的，怎么到这种时候……"

简居宁坐在书房听着父亲的教诲，另一边甄繁正忙着推拒苏女士的蓝宝石项链。

"您的好意我心领了，但这个太贵重了。"

"一家人何必这样客气？你们的婚礼打算什么时候办？"苏女士本想说婚礼一生中只有一次，一定要好好操办，然后她想到自己是二婚，就把这句话给收了回去。

"我和居宁都觉得一切从简，不必大操大办。"

"这怎么行？别的事情都可以从简，这个可不行。"

回六环的路上，甄繁如实交代了苏女士送她一条项链的事情。

"你不是要接受采访吗？就戴这条项链吧，裙子得换一条。咱们之间的故事你想得怎么样了？"

"咱们真要办婚礼吗？"

“你不喜欢吗？”

“喜欢，非常喜欢。”

周六，甄繁因为要回老家，很早就醒了。她在简居宁的指导下，把前一天泡好的黄豆拿出来磨豆浆。

为免她看驴的时候太过寂寞，简居宁特地给她搬了一把椅子，还送了她一套书解闷儿。

书是《多能鄙事》，简居宁给她翻到了如何染布那页。

早上，甄繁不仅给简居宁磨了豆浆，还给他煮了泡面，荤素搭配，很有营养。

有荤，面里有新下的鸡蛋；有素，甄繁还给他的面里放了两根青菜。

“你觉得我做的早饭怎么样？”

“你以前每天早上就吃这个吗？”

“偶尔吃啊。”

“蛋打得不错。”简居宁知道甄繁不是故意刁难他，她是只会做这个，如今她总算能打一个完整的荷包蛋了。

他有时也纳闷，这个人怎么这么笨，但凡甄繁稍微聪明一点，他早就忘了她了。

简居宁很平静地吃完了那碗面，比他预期的还要好些。

“我看你微博上每天晒的早餐比这丰富多了。”

甄繁没想到这人还有闲心去翻自己的微博，她想都没想马上接茬道：“不能一直吃一样的嘛，总要换换口味，再说你这厨房太简陋了，实在影响我的发挥。”

说完，她继续用勺子喝汤。

简居宁并没说别的，他想着下回应该让她吃点儿好的。这个人这些年努力赚钱，就为了把自己的生活过成这个样子吗？

出发前，甄繁把前些天买的戒指给简居宁套上：“你这样的手指戴黄的很合适，显白。”

“你也是。”

甄繁让简居宁把陈叔、陈婶送来的新鲜时蔬都放在后备厢里：“放这儿浪费了，都拿回我家吧，就算你送给二老的礼物了。”

此外，甄繁还提了一个大箱子，里面装满了前些天她给父母买的衣服、鞋子。

去甄繁家的路上，甄繁选择了坐在驾驶位的后面。

“你怎么不坐副驾了？”

“副驾不安全，发生车祸时，司机出于本能要自救。我还是跟你同一侧比较好。”

这句话在简居宁听来并没有什么逻辑上的错误，在甄繁和他自己之间，无论是本能还是理性思考后，他毫无疑问都会选择自己，可世界上的人不都是这样吗？

在对他利益无损的情况下，他愿意为别人提供一些帮助，对于甄繁这种他觉得有所亏欠的人，即使利益有损，他也愿意帮帮她，但是不能牵扯他的根本利益。

不过这种心照不宣的事情，说出来就是另一番味道了。

甄繁这么说并不是针对简居宁，主要还是为了隐私，她不想让简居宁看见她在干什么。

她正在回复微信公众号的后台评论，“贾不正经”是一个历史类的公众号，偏向于妇女史，注册了不久，目前的粉丝刚到五百，粉丝还是她从问答网站里引流过来的。她并没做过任何宣传，没有人知道这个号是她的。

公众号截至目前一共发了不到十篇文章，最新一篇是讲“抗战夫人”和“沦陷夫人”的。她当年在校报上发的第一篇论文就是跟这个课题相关，不过这篇写得更加通俗易懂一些。

留言一共二十条，跟微博上的评论数量简直天壤之别，不过她每条都回得很认真。

她喜欢这个。

她这些年，单纯出于喜欢做的事情很少。上大学之前，她为了得高分每天揣摩出题人的心思。好不容易上了大学，选择了自己喜欢的专业，没读几年，就彻底告别了。后来工作了，每天揣摩观众的心思。她一直都在迎合别人，不过也只能迎合部分人，她没有能力去迎合那些在网上占有话语权的人。

像她这种牺牲自己喜好努力迎合别人的人，并不怎么受欢迎，反倒是简居宁这种随心所欲的人，却拥有大批粉丝。唉！

回复完评论，甄繁决定去学习学习黎媛媛篇篇阅读量十万以上的经验。

打开黎嫒嫒的公众号，这位时尚博主又为甄繁炮制了一篇文章《那些不办婚礼的结婚人士》，文章里将不办婚礼的人分为四种，前三种都是自觉自愿的，最后一种是想办而不得的，黎嫒嫒奉劝这类女人认清自己的位置，从不被爱的婚姻里抽身出来，评论里有人提到了甄繁。

甄繁看着看着就笑了，不知道自己真办了婚礼她又会怎么说。一个时尚博主为了自己变身情感博主也够搞笑的。

黎嫒嫒这么看不起甄繁，可这种挑动大众情绪的文章难道比那些玛丽苏剧高明？

大部分人只跟与自己类似的人比较，就像黎嫒嫒，她从来不会去和简居宁、索钰那些人比较，她觉得简居宁获得一切都是理所应当的。只有甄繁这种出身和她差不多的，却在某方面超过了她，她才这么愤怒。

甄繁想，如果她没有和简居宁有那么一段恋爱史，黎嫒嫒大概永远不会和她比较吧，那样黎嫒嫒也许会快乐一点。

红灯亮的时候，简居宁扭头递给她一个 iPad。

“昨天我跟你说的你考虑得怎么样了？这个里面下载了他们以前做的纪录片，你可以看一下。”

“简居宁，你是不是以为我以前做的工作很垃圾？”

“你怎么会这么想？”

还用想吗，这个人认为她堕落了，要帮她修正轨道，可又怕她缠上他，所以他们就变成了这种奇异的关系。

“咱们这样你觉得有意思吗？”

简居宁并未回答她的问题，而是岔开了话题：“每个阶段的需要不同，选择也会不同。如果那个阶段过了，还是应该考虑别的选择。”他的意思再直白一点就是，你已经过了为钱的那个阶段了，可以考虑别的了。

甄繁听出了他的话外之音。

明明她自己也在考虑的问题，但由他说出来，她就觉得难以忍受。

这个人真是很讨厌啊！

甄繁已经尽力把简居宁从自己的人生中剥离出去了，为此，她费了很大的力气，可这个人偏偏不肯谢幕。他要是爱她也就罢了，哪怕他现在接近她，是为了跟她发生关系，她也不会觉得有多难以忍受，都是成年人嘛，那也能证明她对他有吸引力。

可她知道，那不过是因为愧疚。

甄繁一想到简居宁因为愧疚同她结婚，就觉得气愤，完全忽略了是她自己要求的。

第七章

/多能鄙事/

甄家客厅的一面橱柜上摆着许多小泥人，甄繁从一岁到二十五岁的样子都有，这是老甄的珍藏，不往外卖的。老甄现在捏起了泥人，还开了家网店，生意还不错。

老甄和老伴以前是知足常乐的信奉者，人比人气死人，你再好，也有比你强的，富人有富人的开心，穷人也有穷人的乐子，犯不着跟人比。

他们也不像那种双标的家长，自己甘于平庸，却望子女成龙成凤。在子女的教育上，他们一直秉持着六十分万岁的原则。但甄繁并没有遗传这种乐天的基因，她热衷于跟人比较，考试得九十八分便郁郁不乐。以前老甄开导她，却被她反问："别人能得满分，我为什么不能？您是认为我天生比别人差吗？"

不过甄繁从不和别人比吃比穿，她小时候就非常懂事，从不像别的孩子那样看到什么东西非要家长给她买，反倒是他们张罗着，甄繁说不要，理由是她看病已经花了那么多钱了，其他地方就要省着点用。

后来家里接连出事儿，老甄才意识到知足常乐是要有幸运打底的，任何变故都很可能毁灭这份脆弱的快乐，穷人还是要努力挣钱。不过那时候他想挣钱也是心有余而力不足了。

老甄换肾后已经平安度过了四年多，如今身体还不错。当初他并不希望女儿给自己捐肾，自己就算手术成功也未必能活多长时间，女儿从小身体就不好，当年早产，生下来还不到五斤，后来好不容易好些了，又出了车祸。他没给她提供多优越的条件，总不能再给她添麻烦，可甄繁在这件事上表现得非常执拗。

她太轴了，家里没人能拗得过她。

为了对得起女儿给他的这个肾，老甄一直努力活着。

老甄现在对假肢适应得很好，行动起来和正常人没什么区别。

甄繁敲门前，老甄正在厨房给女儿做门钉肉饼，甄繁从小到大就爱吃这个，怎么吃也吃不厌。

开门的是甄繁的母亲，见到简居宁，笑着说："来就来，怎么带这么多东西？"

等肉饼好了，老甄也从厨房出来了。

甄繁今天穿着长衣长裤，老甄之前来电话特意叮嘱她，说今天可能下雨，一定要捂着腿。

甄繁只拿着一个手提包，一副清闲阔太太模样。简居宁不像她的丈夫，倒像是她的车夫，不过这个车夫长得人模人样的，拎着一筐时蔬和一个箱子，也没显出局促来。

老甄特地给女婿泡了茶，茶叶二百五一两，昨天特地从茶楼买的。他并不知道简居宁和甄繁的那些旧事，没人告诉过他。

甄母寒暄了几句，便去厨房做菜了，以前的雇主儿子变成了女婿，她还颇有几分不适应。

甄繁的母亲虽然曾在简家做事，但简居宁不怎么回家，两个人见面的次数也不多。她当年知道甄繁和简居宁谈恋爱的事后，第一反应便是她的女儿要毁在简居宁身上了，注定是没有结果的，两家家境差得那么大，简家的孩子不过是图个新鲜罢了，新鲜劲儿一过，就结束了。甄母也不是没劝过甄繁，当然以无用告终。甄母当年没听自己妈的话，又怎么能指望自己女儿听她的呢。

事情也确实在甄母的预料之中，两个人很快就分了。甄繁告诉甄母，是她主动分手的，甄母当然不信。后来甄繁再没谈过恋爱，甄母那时也怨过简居宁，招惹谁不好偏来招惹自己的女儿，甄繁第一次谈恋爱爱上这么个人，以后怕是再难看上别人了。

如今听说简居宁和自家女儿结婚了，甄母一点实感也没有，不过她觉得结婚结得这么潦草，以后可能也没个好结果。婚姻还是要讲究门当户对，不过木已成舟，她自然不能发表别的看法。

甄繁去厨房帮母亲择菜，留简居宁和老甄在客厅里。

老甄开始不知道说什么，便打开了家里的智能电视，特意调到了前阵子热播的《女校书》。

好巧不巧，正播到元稹和白居易为了薛涛反目成仇的桥段。

“微之，你怎么能辜负薛姑娘对你的一片深情？你难道不知她为你……”

简居宁坐在电视机前，一边喝茶一边听着羞耻的台词，心情十分复杂。

“繁繁以前特别懂事，别的孩子写作业都得家长监督，我们繁繁特别自觉，每天写完作业才看电视，还是看纪录片，也就周六周日看看动画片，那些电视剧从来都不看，没想到如今成了编剧了。”

简居宁看见了墙上挂的二胡，便问道：“您平常拉二胡吗？”

“我以前在剧团就是拉二胡的，我家两个孩子也都会拉。我们家繁繁《一枝花》简直是专业级别的。”

“您以前的剧团是哪个曲种的？”

“河北梆子，现在也没多少人听梆子了，我们那个曲艺团前些年解散了。毕竟京剧都衰落了，何况梆子呢。”

因看了网上的留言，老甄特意捕捉女婿身上的奇异之处，捕捉来捕捉去，老甄觉得这个女婿还算不错。

现在年轻人少有对传统曲艺感兴趣的，何况是从小待国外的，简居宁还能跟他聊聊梆子的曲目，实在难得。

聊了一会儿，老甄决定把女儿从厨房换回来。

甄繁被换回来之后，发现客厅里正在播放《女校书》，白居易正为薛涛茶饭不思。

她“啪”的一声关掉了电视机。

“写这种东西很痛苦吧？”

“我自食其力为什么要痛苦？标得还不够清楚吗？本故事纯属虚构。难道真的会有人通过这种剧学习历史吗？能被这种剧误导的人，跟看了《水浒传》就喊打喊杀的有什么区别？看这种剧，不就跟看八卦小报似的，权作无聊时的消遣。呵，我为人民群众排遣无聊的同时还赚了钱，我为什么要痛苦？算了，跟你说也说不明白。”她越说越激动，许是怕父母听见，她刻意压低了声音。

简居宁把削好的苹果递给甄繁：“吃吧，这个挺甜的。”

“你自己吃吧！”

甄繁回到了自己的卧室，看到马卡龙蓝的床单上卧着一只一米多高的玩具熊。那只熊是她十岁时父母送给她的生日礼物，如今已“年老色衰”，她以前每次回家都要抱着熊睡觉。甄繁把头埋在熊里，埋了一会儿，熊的毛便湿了。甄繁拿纸把熊擦了擦，又将它塞到柜子里，猫和老鼠的玩偶贴纸也被她放到了收纳箱。随后，她便回了客厅。

饭桌上，焦黄的门钉肉饼排在盘子里，甄繁的眼里便再没别的菜。

老甄专门为甄繁榨了西芹汁，西芹汁这种东西老甄自己觉得十分难喝，可甄繁很喜欢。

她吃了三个肉饼，一口喝了大半杯西芹汁。

老甄昨天特地打电话给甄繁，问女婿喜欢吃什么菜，甄繁说凡是她喜欢的他都爱吃。

老甄忙着给简居宁布菜，当他拿着勺子给女婿拨了一勺香甜玉米粒时，只听甄繁说道：“他对玉米过敏。”

说完，甄繁就恨自己多嘴，忙说：“爸，您吃您的吧，不用管他，他自己会夹。”

接着，甄繁又埋头吃起来。

吃完饭，便下起了雨。

雨点儿“噼里啪啦”地打在窗户上，老甄发了话：“繁繁，回屋躺着去吧，多盖条毯子，我一会儿给你做碗姜汤，你喝了再睡。”

“我没事儿。”

“别逞强了，居宁，带繁繁去卧室歇会儿。”

甄繁坚称自己没事儿。

“我困了，端阳，带我去你房间休息一下。”

老甄夫妻听见这声“端阳”都愣住了。

甄繁不情不愿地把简居宁带到自己的卧室，她庆幸自己先前把房间收拾了一番。她指着床说道：“你躺这儿吧。”说完便往外走。

“你一逢雨天就腿疼？”

“没有的事情。”

“是不是车祸之后就没好过？明天我带你去好好检查一下。”

“车祸？”甄繁的头一直没转过去，“你早知道了？”

车祸的事，她和苏启铭都没说过，简居宁怎么会知道？

甄繁的膝盖又疼了起来。她一直以为他不知道，甚至认为他同她分手有一部分是她爽约没去成英国的缘故。不过她也没解释为什么没去，她知道解释也挽回不了什么。如今看，幸亏没解释，否则徒增笑柄。

甄繁忍不住确认：“你不会在咱们分手前就知道了吧？你是不是觉得我像个傻子？”

“我不值得你这样做。没有任何一个人值得。”

甄繁早就不是简居宁记忆里的那个女大学生，她已经懂得简居宁话里的潜台词。

“简居宁，是不是没有那事儿，你可能不会和我分手那样快？你当年是不是觉得我特可笑啊？你明明什么都没承诺，我却要死要活非要上演八点档电视剧的戏码，跟一神经病似的。你是不是怕你再不提分手，我就要缠你一辈子了？”

沉默即默认。

这些年，甄繁一直不知道简居宁对她愧疚些什么，她到底有多惨值得他这样怜悯，今天她觉得自己确实挺惨的，她的爱对人家来说是一种负担，还有比这更可笑的事吗？

甄繁继续说道：“你的担忧其实很有道理，我认识一富婆，今年年初交了个小白脸男朋友，相貌、学历、修养样样比你差，一个月也要花好几十万呢。你当初是上得厅堂下得厨房，我就算心里烦你，也不会真舍得和你分手，毕竟你实用价值那么高。真的，你当初担忧得很有道理。可你为什么又回来找我了呢？你不知道没吃到鱼饵的鱼第二次咬钩会咬得特别紧吗？”

他走过来拍她的肩：“端阳，好好休息，我们不要再提过去了。”

甄繁突然转身踮脚，钩住他的脖子，去咬他的嘴，他的嘴倒是一直闭着。呵，这会儿倒玩起禁欲来了？

简居宁顺势一把把她抱到了床上，直到她咬他咬累了，他把她按在床上平躺。甄繁倏地又坐了起来，她拿起床头柜上的纸巾去给他擦嘴上的血，血迹没了，她还在擦：“你这张嘴到底亲过多少人啊？”

简居宁没理她，走到床尾去给她脱鞋：“你累了，好好休息吧。”

她坐在床上冲他笑："是我的不对，提那些往事扫兴，咱们既然结婚了，就要往前看，我会好好对你的。你这么好的一个人，我这次肯定不能放过你了。你不是困了吗？躺这儿好好休息吧。"

简居宁把她的鞋脱掉，又给她盖上毯子："我去看看你的姜汤好了没有。"

甄繁看着简居宁关上门，她开始是平躺着看天花板，后来又翻了个身。

她趴在床上，背部一直在抖。

刚同他分手那会儿，她从没怀疑过她的人生会更好，她想如果自己足够优秀，他回头来找她也说不定。后来她并未过成自己理想中的样子，她也不奢望他回头来找她了。结果他还是来找她了，不是因为她有多好，而是认为她很惨。

简居宁从老甄手里接过姜汤，又回到了甄繁的卧室。

甄繁听见门响，本来是趴着的，又侧过身背对着门。

她的头发散落在床上，他很想摸摸她的头，告诉她要是疼的话就跟他说。

但他并没有表达亲昵的立场："端阳，起来喝了再睡。"

"你放那儿吧。"

"你喝了我再走。"

甄繁坐起来，从简居宁手里接过白瓷碗，像喝酒似的直接把姜汤给干了，然后把碗递给他："我想自己待会儿。"

等简居宁关上门，她马上抓起手机看，微信上，她的保险经纪人同她说："你这个肺部结节必须提供两年内的随访报告，证明没有癌变，否则以后的保险公司几乎都会对你拒保。当然，如果你同意签责任免除协议的话还有选择余地。"

甄繁反问："当时因为肾的问题我已经签过责任免除了，再签一个，把能得的病都排除了，我还买保险干什么？我是在给保险公司做慈善吗？"

经纪人难得不再推销保险，而是劝她："之前购买的保险已经足够保障了，目前还是要好好调养身体，先不要考虑买保险的事情了。"

甄繁并没有回复，而是去知网上看相关案例，有病人检查出结节随访两三年后发现是恶性肿瘤，而且不止一例。她准备再去外文网站上看一看，但心情实在烦躁，又作罢。关上网页，她在床上翻来覆去打滚，她当时服用抗炎药后病灶没怎么吸收，但因为结节不大，又没有吸烟史，连厨房油烟史都没有，医生建议她定期随访。甄繁想如果下周去检测，结节还不消失，她就去做穿刺活检。

搜索肺腺癌，不乏年轻没有吸烟史的女性患者。

甄繁越看越烦，趴在床上拿枕头蒙脸，不过她很快又坐了起来，她想，她再这样郁结难疏，就算现在没病，以后估计也得有。

人生苦短，一定要及时行乐，现在简居宁就是她的乐子。她一定要戳破他道貌岸然的假面。

想到这里，甄繁突然振奋起来，她穿上鞋子走去客厅。

客厅里，简居宁和老甄正在下象棋。

简居宁有一搭无一搭地下着，老甄告诉他，甄繁是一个极为死心眼的人。

“下着雨，你出去干什么？”老甄见甄繁要出门，马上问道。

“我去买包口香糖。”

简居宁说：“我去给你买吧。”

“不用了，就在同楼层，走几步就到。”

她出门前，冲简居宁笑了笑，是那种很家常的笑，不带有任何伪饰的成分。

晚饭时，甄繁一反中午埋头吃饭的样子，在餐桌上开始给简居宁布菜，语气也轻柔了不少：“居宁，你尝尝这个。

“居宁，这个也不错。”

夜里突然刮起了大风，甄繁所在的小区停了电。

甄繁在床头柜上点了一支圆蜡烛，蜡烛红彤彤的，她坐在蜡烛底下拉二胡，简居宁搬了把椅子坐在她对面。洗完澡后，她换了一件银灰色的丝绸吊带裙，外面披了件开衫，脚上没穿袜子，两只脚就这么荡着，简居宁注意到她的脚指甲很圆。

“以前我一直想给你拉这首曲子，也不知道你喜不喜欢。”

简居宁把她散落在前面的头发掠到耳后：“你这头发怎么还没干？”

她的头发披在肩上，刚要吹风便停电了，用毛巾擦也没擦太干。

简居宁借着手机的亮光找了一块干毛巾，站在一旁给她擦头发。她的头发黑且密，头发盘起来时就会显得脸很小，虽然她的脸本来就不大。

在红烛的映衬下，她耳朵上的那颗痣也显得红了。

甄繁的手指一直没离开琴弦。

“现在干了吗？”

“再等会儿，疼吗？”

“不，就是有点儿痒。”

曲罢，甄繁把二胡放在椅子上。借着蜡烛的光亮，她展开自己的左手，抚摸自己的戒指，黄金确实显白，她掌心的纹路很乱，是个一辈子操心的手相，不过她的生命线很短，也不知道这一辈子什么时候到头。

甄繁把手放到自己的头上，手指触到了简居宁的指节：“一会儿我给你看看手相。”

许是她太瘦的缘故，她的裙子显得很宽松，简居宁站着能将她颈下的肌肤一览无余。他感觉有些口渴，连带着声音也有些沙哑：“你什么时候还会看手相了？”

“自学成才。”

确认她的头发干了，简居宁把她的头发都捋到耳后，他的手在甄繁的耳后停留了一会儿，也不知是他的手烫还是她的耳朵烫。

甄繁见他一直站着，于是说道：“在床上坐啊。”

“我今天没洗澡，衣服也没换。你早点儿睡吧，我在沙发上睡。”

他今天没洗澡，一是他不习惯在别人家洗澡，二是他有借口可以不睡在床上。

简居宁表情无甚波动，只是交叠的双腿调整了下位置。搁以前，他从不会克制自己，但现在不行，关系已然够混乱了。

甄繁拉过简居宁的手，手指在他的手心轻轻地画起了十字：“你的桃花运不错啊。”她说话的时候头是低着的，胸脯随着呼吸一阵阵起伏。

简居宁把他的手从甄繁手里抽出来，放在她的肩上拍了拍：“端阳，睡吧。”

“睡不着。”

“躺着躺着就睡着了。”

甄繁一口气吹灭了蜡烛。

夜里，她躺在床上听窗外的雨声，翻来覆去怎么也睡不着觉。她有点儿气愤，这人怎么这会儿就成柳下惠了，以前他可不是这样的，那时她什么都不做就能引发他的兴致，她起初还有些不适应，甚至怀疑他有些变态，不过很快她就习惯了，他对她发的那些狠马上就能得到补偿——他烤的面包总是正到火候。

今天她这么准备，他也没给点儿反应，他这是嫌自己年纪大了？他还比自己大两岁呢，有什么资格嫌她年纪大？随后，甄繁又想起了婚礼上那个新郎和年轻新娘，还有那张婚纱照，这可能就是简居宁的未来。甄繁愤愤地想：总有一天，这个男人会对那些小姑娘说那些下流话。这个人，就算破产了，也能靠吃软饭置办下不小的产业。

甄繁看着窗外，心里对着想象中二十年后的简居宁骂“老流氓”。

老简居宁对年轻女孩子说下流话的时候，她还活着吗？

甄繁暗暗下决心，她必须得活到那一天，她要是早早死了，简居宁或许会伤感，但伤感于他只是一味调剂，就如同愧疚于他是调剂，不算人生的主旋律。历史上多的是一边写悼亡诗一边续弦纳妾寻欢的男人，何况她这个妻子还很有些水分，她死了，倒增了他的素材了。

圈里有一男编剧，发妻死得早，多年没续娶，每次见着小姑娘就讲他和发妻的深情往事，靠着这一套，得了不少小姑娘的青睐。简居宁固然不会如此猥琐，但估计也能靠她博个深情的浪子名声。

这么想着，甄繁翻了个身，她的膝盖又疼了，本来昨天应该去做理疗的，结果因为搬家就没去。

没有灯也没有月亮的夜里，只是昏暗的一片，当眼睛失去用途的时候，鼻子就格外灵敏，窗户没有完全关上，偶尔有雨腥味飘进来。不过简居宁的鼻子里充斥的完全是甄繁的味道，甚至不是她身上沐浴露的香味，而是完完全全属于她本人的、独一无二的。

他一米八多的身高蜷缩在一个小沙发上，尽管雨点儿“噼里啪啦”的，他还是能听见甄繁的呼吸声和她翻身的声音。

床头柜上放着一个老式收音机，甄繁趁着手机发出来的光旋开了收音机。

深夜节目里当然免不了男科医院的广告。

她上高中的时候，广播里就放这一种广告，十分不堪入耳。她那时的耳朵也很纯洁，一听这种东西就马上调台。

但现在她可以放任这个声音一直说下去。

风呼呼地刮着，甄繁的耳朵里充斥着风声雨声，还有简居宁的呼吸声，她深吸了一口气，在疼痛的支配下突然有了勇气。

简居宁浑身燥热，他从沙发上起身准备出去透口气，走到门边，录音机突然没了声音。

“我渴了，给我倒一杯水行吗？”

几分钟之后，蜡烛又燃了起来，简居宁把一杯水递给甄繁。

甄繁握着水杯一小口一小口地喝着，每喝一口就抬头看他一眼。

简居宁注意到她的眼黑是黑，白是白，十分清明。

忽然，她“啊”了一声：“我的眼睛里好像进了什么东西。”

她捂着自己的眼睛：“好像是一个小虫子，你能不能帮我吹一吹？”她以前曾观摩学习过那些八点档，好像总有这种桥段。

怕简居宁不相信，她又补充道：“能帮我一下吗？”

简居宁果然把脸凑了过来，甄繁钩住他的脖子便去碰他的嘴，一下一下地亲：“你的嘴唇这么干，我给你润一润。”另一只手去解他衬衫的扣子，“张开嘴好不好？”

她开始只是轻微地碰一碰，后来便开始去含他的嘴唇，像他以前常对她做的那样。他很精于此道，光是亲吻便能玩出许多花样，每次都能弄得她七荤八素的。

甄繁一边解他的扣子，一边把他往床上拉。

她等着他上钩，再拒绝配合，并且理直气壮地拆穿他。

甄繁靠在床上，偏着头，不再看简居宁，他正在给她按摩。

外面的雨已经停了，风还在呼呼地刮着。

她低着头，觉得十分羞耻，真是太不争气了，明明马上要等到那一刻了，怎么腿就抽筋了呢。

蜡烛一直吐着亮光，甄繁用眼角的余光去瞥简居宁，她现在不好意思正眼看他。他的衬衫扣子又系上了，她也不知道自己哪来的力气，竟然把他衬衫上的扣子给揪掉了一颗，还有一颗要掉不掉的样子，他又没带换洗衣服，明天怎么穿着这个见她的父母。

“现在好一点了吗？”简居宁把甄繁的小腿放在他的膝盖上，颇富节奏地揉捏着，不带任何情欲成分，跟刚才他那双手做的截然不同。

简居宁是通过她的手知道她这几年过的日子的，她整个人都是软的，有一种包容天地的弹性，当然是不常锻炼的，一点力量感也没有。当他压在她身上的时候，她与弹簧床仿佛是一体的，随时供他陷进去。估计她也不怎么晒太阳，靠吃外卖和快餐食品过活，她的生活不怎么精致，甚至谈不上生活，只是活着。赚钱是她的主要目标，养家的同时让自己看起来很光鲜，其实内里一团糟。

等甄繁点了好几次头之后，简居宁把她的腿又搁到了床上。

“我睡不着。”

听到甄繁说她睡不着，简居宁提议给她按按脚上的穴位。

她的脚被放在简居宁的胸口前，他的手指在她的脚上很知轻重地按着。

甄繁虽然知道简居宁会很多奇奇怪怪的东西，但绝想不到他还会按脚，不过他的学习能力很强，让别人按了几次学会了也不稀奇。

“疼吗？”

“还好。你给别人按过吗？”

“你是第一个。”

甄繁并未从这句话里获得任何满足。

“你现在有喜欢的女孩子吗？如果有的话，我愿意同你离婚让你自由。”

他不是怕她缠上他吗？她偏要装出这副深情款款的劲儿来恶心他。

甄繁睁着那双黑白分明的眼睛瞧着简居宁，比她编的那些电视剧里的女主人公都要显得无辜。

“如果没有的话，我希望我们能继续下去。当然，如果你想离婚，我也不会拦着你。”

果然，他回避了这个话题：“早点儿睡吧，再睡三四个小时，天就要亮了。”

甄繁不想去谈简居宁过去讲的那个轻浮的谎言，没意义，当他把她的脚从膝盖放到床上的时候，她开了口：“一起睡吧。”

见他不回答，她笑着同他说：“我现在不会对你做什么的。”她伸伸双手，“我这样，也做不了什么。”

躺在床上，甄繁像个八爪鱼似的把简居宁给抱住了，像抱柜子里那只年老色衰的熊一样，她冲着外面漆黑一片的夜晚微笑。简居宁背对着她，自然没看见她的笑。

甄繁并没像她说的那样什么都不做，她去吻简居宁露出来的皮肤，手指伸到他的衬衫里去。他回过头来吻她，然后两个人便又滚到了一起。

但简居宁并没让甄繁得逞，在做到最后一步前，他又停住了。

简居宁早上醒来的时候，一眼便瞧见甄繁正坐在沙发上给他补扣子。甄繁此时看起来很贤良，她左手的拇指和食指将衬衫的扣子套了个圈，右手拿着针线，笨拙地补着，眉头皱起来，看起来正在为着那个扣眼为难。

甄繁从小就是个积极分担家务的好孩子，不过她大多做的是扫地、擦桌子、刷碗这类的事情，像做饭、缝缝补补这种细致的家务活她是不会做的，她自幼就没做主妇的天赋。

她又换上了衬衫长裤，头发绑了起来，不过绑得并不怎么好，前额还散乱着碎发。她埋着头，露出一截白脖子，看着比实际年龄要小一些。

简居宁想起好几年前的某个清晨，甄繁好像也是这个样子，他开车把她送到学校门口，那天起晚了，她早上八点有课，下了车便撒开了腿往前跑。等他要进车里的时候，她猛然转过身冲他挥手，没等他回应，她又一溜烟跑不见了。那时候的她还是个健康的女孩子，为了展示自己很有活力，一步迈两个台阶……

直到甄繁把扣子缀上，她才发现简居宁在看她。她把衬衫拿起来看，扣子好像缀歪了。为了缝这个扣子，她差不多已经花费了一个小时，那颗掉了的扣子她找了好久也没找到，于是她便开始翻自己的柜子，到后来终于发现她有件衣服的扣子和掉的那颗差不多，当然细看也是很有些区别的。

她拆了自己衣服上的扣子，补在简居宁的衬衫上，本以为不会有什么问题，结果仔细一看，不仅扣子长得不一样，还缝歪了。

她冲着简居宁不好意思地笑了笑："再等会儿。"她收敛起之前的敌意，努力做出个贤惠的样子来，等着简居宁上钩。

"这种粗活儿还是我自己来吧。"简居宁虽然成长环境要比甄繁优越得多，但他十二岁便去了英国，读的是寄宿制学校，他的自理能力比甄繁要强得多。

简居宁很快就缝上了那颗扣子，比甄繁缝的好多了，不过衬衫在甄繁的“努力”下，已经皱得不成样子。

“能不能麻烦你帮我熨一下，我这样子出去不是特别方便，你要是不愿意就算了。”他除了衬衫外，还有一件亚麻西装，但单穿看着很奇怪。

此时天已经亮了，甄繁从黑夜里借来的那点蛮力和勇气已经消失殆尽，她看着简居宁赤着上半身，不由得把眼睛放到了别处：“这点儿小事儿何必这么客气。”

简居宁对此并无信心，他怕自己的衬衫被烫个洞，更怕甄繁自己把手烫伤了，他实在不相信她的操作能力。

不过甄繁也并没那么笨。

简居宁穿着甄繁给他熨烫的衬衫坐在客厅的餐桌前吃饭，老甄的早饭很是丰盛，不过甄繁的眼里只有焦黄的门钉肉饼。

老甄见她这副样子，说道：“不用急，肉饼我给你放保温盒里了，一会儿你带走。”

吃饭的时候有人敲门，是邻居的儿子小郑，前些日子邻居在门口晕倒了，还是老甄打的120，并采取了急救措施。

为了感激老甄，邻居儿子在这个早晨送来了好几筐时令水果。

小郑这几年做建材生意发了财，买了别墅，可老两口就是不愿意去住，他时常跑这里，买的别墅反而空了。

小郑是甄繁的初中同学，看见她便自来熟地说道：“甄繁，今年的同学聚会你又没去，咱们得有六年没见了。”

甄繁笑笑：“有那么久吗？”

他们临走前，小郑又特地折返回来送来了一筐荔枝，他说甄繁当年最爱吃这个。

甄繁愣了会儿，觉得人家既然送来了又让人家拿回去不合适，便拿出钱包要付钱。后来两个人一直争执，小郑只好把钱收下，面上仍是笑着：“我妹妹这是阔了。”

回去的路上，简居宁说道：“我总觉得你和你那个老同学有些故事。”

“嗯，怎么会？普通同学而已。”

他们做过一段时间的同桌，那时小郑家是做水果批发的，时不时给她带些水果。

甄繁开始拒绝，后来好意难却，作为回报，也从家里带些零食给他。两个人只做了一学期的同桌，小郑便调去了后排，成绩也下降了。后来她再见到小郑时，主动打招呼，这人却视她如无物，两人从此便成了路人。

“他叫你叫得倒亲切。”

简居宁这时明确了甄繁写那些几男爱一女的戏码确实是赶鸭子上架，她甚至不适合做编剧。她在感情上真是迟钝得厉害，她无法看出那些潜藏在平静外表下的情感，所以她才会长时间把他当年对她的那点儿好当作爱死了她的证明，后来又为这假象被戳破而痛苦。

“人家说话就这习惯，碰见谁都姐姐妹妹的，可能这样生意好做些吧。”甄繁当然不认为简居宁在吃醋，她也不想去探讨他的内心，那没任何意义，当下她只想恶心他。

“你的腿还疼吗？”

“不疼了，就是下雨的时候偶尔会疼。”

“上次去医院，医生怎么说？”

“要么做手术，要么保守治疗。手术也只能保证百分之七十的痊愈率，其实理疗效果也不错。再说到了秋天，就不怎么下雨了。”

当天，简居宁拉着甄繁去拜访了一位基本不在医院坐诊的老中医，这位中医给简居宁的爷爷和姥爷都看过病。以前甄繁对拥有特权的人抱有很复杂的情绪，不过当她作为特权的享受者时，她也没有丝毫的不适。也许她并不比简居宁高尚，她不比任何人高尚。

经过老中医的推拿，甄繁感觉好多了。

回程的路上，甄繁发现并不是那条开往六环的路：“是不是走错了？”

“今天我们不去那儿了，我带你换个地方。”他以前很想根治一下她的虚荣心，但现在他决定满足她，有些事情必须尝过了才知道没意思。昨天他就把陈叔、陈婶给叫了回去，那么一院子的动物总不能没人照顾，因为承诺了带薪休假，这次把人叫回去当然要发双倍的工资。

“不行，你不知道正经有多没出息，一下雨就要钻床底，昨天肯定吓死它了，今天它再看不见我，就要出问题了。”正经被甄繁养得不像猫了，它变得越来越依赖人。甄繁最开始一人住着无聊，本想养只狗的，狗比猫要忠心得多，但养狗太麻烦，她怕自己照顾不好，才起了养猫的心思。

简居宁只好又带她回了六环，正巧遇上她买的快递都到了——十桶桶装水、各种风味的泡面，每种风味都有一箱……

简居宁看着门口一箱又一箱的包裹问道：“你到底都买了些什么？”

“就是平常会用得到的东西啊。”说完，她睁着无辜的眼睛瞧他，甄繁发现他吃这一套。

简居宁让快递员把这些快递都送到老陈的厨房。

“是不是放到后院比较好？”这些都是她买来的啊。

“咱们这阵子应该不会再来了。”

甄繁看着快递员把她买的东西一箱一箱地搬运到厨房，忙不迭道谢：“真是辛苦您了。”

最后，她扯出两百块钱交给快递员作为搬运费。

她一一挥别了院子里的毛驴、大鹅、边牧、哈士奇，以及为她友情贡献鸡蛋的肥胖母鸡，并给它们照相留念。

正经见到甄繁便开始喵喵地叫起来，一跃跳到甄繁的怀里，像个吸盘一样黏住不放。

直到上车前，这只无赖猫都挂在甄繁的身上。甄繁只提了一个行李箱走，她有一种直觉，不久后她还会回来。

简居宁主动为甄繁开了后车门。

“这样不太好吧，好像你是我的司机。”

“我就是你的司机，赶快上来吧。”简居宁并没提昨天甄繁主动坐后座的事情，昨天雨夜之后好像变了好多，但他也说不清到底变了什么。

甄繁坐在后座上编辑微博，图片一共三张：毛驴的单独亮相；毛驴在辛苦拉磨；毛驴辛苦产出的豆浆。

文字也很简单：“感谢简先生的豆浆。”

豆浆是她自己磨的，不过要是没有简居宁提供的毛驴，她也无法磨豆浆，感谢他也很正当。

简居宁最终把甄繁送到了他的四合院，他的母亲卢尔特夫人还没走。

丑媳妇总得见公婆，何况简居宁并不认为甄繁丑。

他把甄繁带到自己的房间，让她换了套衣服，然后把她带去前厅，去见他的母亲。

卢尔特夫人见着甄繁，表面上自然要保持客套，不过她只同甄繁点了点头，便不再理她，而是跟简居宁谈起明天沙龙的事情来。

自从卢尔特夫人回国后，这个四合院就成了她宴客的场所。

简居宁并没回答他母亲的话，而是岔开话题道："妈，您看苏阿姨送给甄繁的这串项链怎么样？"

简居宁的意思很明显，于情于理，人家继任的婆婆都送了这么贵重的东西，她这个顶着贵族头衔的婆婆自然不能送得比对方差。

卢尔特夫人心里埋怨儿子不懂事，这不是逼着她送东西吗？

可甭说她现在财政遇到了困难，就算是她当年，也不会把贵重的东西送给这个并不让她满意的儿媳，充其量送一个碎钻胸针。

但她是个要面子的人，怎么能轻易输给姓苏的女人？

卢尔特夫人知道她这个儿媳戴的蓝宝石肯定是无烧的，连大带小一共 24 颗，这个姓苏的女人竟能把这么一串项链轻易送人，不用说，姓苏的肯定还有别的珍藏。想到这里，卢尔特夫人眼里闪过一丝不易察觉的不甘，她什么时候输给过别人？

不过为了这个赌气也太不值得，她想起自己的首饰盒里有一枚红宝石胸针，是她现任丈夫送给她的生日礼物。她当初还因为宝石是烧过的，颇不满意，明早送给甄繁也无不可，反正甄繁没见过什么好东西，也分不出有烧、无烧。这个她当初不太瞧上眼的东西，如今要送给甄繁，她倒有些心疼了。

她心里这么盘算，面上仍是微笑："这样的东西，甄小姐戴上倒漂亮，真是难得。其实首饰最重要的是适合，甄小姐戴水晶或许会更漂亮些。"

甄繁本来在这个老美人面前是有些自惭形秽的，卢尔特夫人有一种极富侵略性的美，后来这美虽然被岁月磨平了不少，但在气势上有增无减。甄繁曾在一些杂志上见过她，那时甄繁只看脸，便知道她是简居宁的母亲。

不过真接触了，甄繁发现简居宁是他母亲的进化版本。同样是表面客气，心里无视甚至蔑视，简居宁周到得根本发现不了，但他的母亲每一个表情都在宣告“我比你高级”。

甄繁的那股子自卑也被愤怒给压制住了。说她配水晶得宜，言下之意就是她配不上宝石这种贵重的玩意儿。就算对她不满，也没必要把话说这样难听。甄繁是那种别人敬她三分，她还以七分，如果别人蔑视她，她就会马上反击的人，后来被网民“教育”了几年，她脾气收敛多了，但好脾气是在网上，搁网下她时常搂不住火。

“顾阿姨，您可真美，一点都不像五十多岁的女人。还有，我已经结婚了，您还是直接叫我甄繁吧。”

卢尔特夫人的脸立马僵住，她告诉甄繁不要叫她什么顾阿姨，之后便说了一句法文，其实音译过来就是卢尔特夫人。她知道甄繁肯定不会法语，如果甄繁再问起来，她就要对她不会法语表示诧异，然后再把卢尔特这一姓氏悠久的历史陈述一番。

没料想，甄繁一点儿都没有为听不懂法语难为情的样子。

甄繁朝她微笑：“抱歉，我习惯和中国人讲中国话，您刚才说的我没听太清楚，能麻烦您重复一遍吗？顾阿姨。”

卢尔特夫人忍着不耐烦，笑道：“你随便叫什么都可以。”

她心想：甄繁可真是没教养，儿子怎么找了这么一个人？这么想着，她连那颗烧过的红宝石胸针都不想给甄繁了。

简居宁看着这两个女人你来我往，颇有一种看热闹的心情。他的母亲对年龄很敏感，早前他当着众人的面叫她“妈妈”，她便会不高兴，因为暴露了她的年龄。甄繁这是戳了她的死穴。

饭间，甄繁享受着自己冲动的“成果”。在简居宁母亲的眼里，甄繁不仅是空气，还是极为稀薄的那一种。这位中年美妇一招一式跟在话剧舞台上似的，有一种程式化的美感，偶尔说两句话也是同简居宁探讨明天的沙龙。

“明天索钰也会来，她的电影票房好像已经过了五亿。一个长得美又有才华的女孩子多么难得。”

甄繁知道这是故意在捧一踩一，借索钰来打压她，她想这位贵夫人的手段也不过如此，心眼儿可能比她还小，可她也不能为了回击去说索钰的不是。她的胃口立刻失了大半，又怕这位贵夫人耻笑她的餐桌礼仪，吃饭时，她一直收束着胃口，显得很拘谨。

简居宁很有眼力见儿地给甄繁布菜，这在一定程度上缓解了甄繁的尴尬。

“端阳，明天家里有朋友来做客，你作为女主人不出现总不太合适，明天得辛苦你作陪了。”他又冲另一边说道，“妈，客人的单子您跟端阳交代一下，明天她认错人就不好了。”

卢尔特夫人被这声“女主人”刺痛了，甄繁要是这家的女主人，她算什么？都是她的朋友，甄繁来凑个什么热闹？

不过她说得还是很客气：“是我的一些老朋友，甄繁未必愿意认识。不过甄繁如果想认识的话，我也可以帮她引荐一下。”

简居宁知道母亲是在找回主动权，毕竟是自己的母亲，也不能太与她为难。

饭后，简居宁带甄繁在院子里转，刚入秋，晚间有凉风拂过，简居宁把外套披到她身上。

甄繁对卢尔特夫人极其不满，不过任何情况下都不好去诋毁别人的母亲，尤其是现在。她要让简居宁钻进她的套，然后彻底暴露。

“你的母亲这么好看，是不是你看别的女人都有一种不过如此的感觉？”

“十岁之前，我一直觉得她是世界上最好看的女人。”

“现在呢？”

“我的字典里早就没有‘最’这个字了。”

“你现在哪种女人都能欣赏吧，挺兼容并蓄的啊。”甄繁丝毫不掩盖自己的醋意，如今吃醋是她的本分，她务必要让简居宁感受到她的占有欲。

甄繁进了最里面的院子，简居宁领她进了书房，书房大概有四十平方米，三排书柜一直延伸到屋顶。进门处的书柜里排满了烫金书壳的外文书，作为一个钻到钱眼里的人，甄繁的第一反应就是这些书很贵吧。她上学时很少买书，都是从图书馆借书，如果需要长期持有，便拿着借来的书去复印部复印，书房这种东西是属于有钱人的。

就算后来她有了一些钱，她也没怎么买过纸质书。

“这些书你都看了吗？”

“你猜？”简居宁冲她笑，“我都看过，你信吗？”

“这有什么不信的？”

“看过和看完是两种概念。这里的书我只有十分之一从头看到尾，剩下的三分之一只看了开头和结尾，再剩下的我只翻过目录。对于那些我只看过目录的书，我也不会否认我看过，我属于不好读书，也不求甚解的人，除了我想看的书，大部分的书只翻翻目录。不过你知道大部分人都是这样，包括那些所谓的文化人，所以有时候就会出现两个人就一本他们没怎么看过的书争论得面红耳赤的情景。”

甄繁发现简居宁难得诚实，倒不好意思接话了，只听他继续说道：“明天来的这些人，他们大多数都是和我一样，滔滔不绝谈论的书，可能只翻过目录，看过《纽约时报》的书评而已，未必有多么艰深的研究。至于他们的观点，如果你看书够多的话，便会发现那完全不是他们自己的独创。当然，你最好也不要戳破他们，你只需要睁着你的眼睛一直看着他们就好了，或者你把眼睛稍稍斜过去，再向上抬高一点。其实你长了一双适合表现不屑的眼睛，你这种眼神如果坚持两分钟，他们的底气就会完全丧失。”

甄繁发现简居宁此时看她的眼神掺杂了一些欲望，于是她微微仰起头，睁着一双眼睛死命看他，可他的吻始终没有落下来。她不知道是简居宁的表演功力太好，还是她现在对他完全失去了吸引力。

甄繁坚持了三十秒终于垂下头来，她指着书桌旁一只半坡风格的大花盆说道：“你这里还有昙花，什么时候会开花啊？”

“今年八月份已经开过了。”

就在这时，有人敲门，简居宁去开门，回头他把一盅燕窝莲子羹放在书桌上，又挪了挪椅子：“坐这儿吃吧。”

“可刚才不是才吃过饭吗？”

“你不是怎么都吃不胖吗？何必收束胃口，下次别这样了，我妈还得在这儿住一阵子，如果你总是这个样子，我还得天天给你加餐，厨师也很麻烦。”

甄繁埋头拿着勺子吃，她想，这次缠上他不放，可不能怪她，谁叫他明明心里只有三分情，表现出来却有十分呢。她得好好教训他，让他把虚伪的那套好好收一收，绝不能让他再去祸害别的女孩子了。

简居宁拿出一张黑胶唱片放在唱机里，是《游园惊梦》。

屋里点着一只羊角灯，烛火透过薄薄的灯壁露出来。

甄繁本以为简居宁喜欢传统文化是拿来骗钱的，没想到他真喜欢上了。这个人脑子太活泛了，不像她一根筋，感情上也势必如此。她放弃深想这桩事，继续吃她的燕窝莲子羹。

唱机唱到“原来姹紫嫣红开遍，似这般都付与断井颓垣。良辰美景奈何天赏心乐事谁家院”时，甄繁觉得这是个很适合偷情……不，很适合调情的氛围。

要做柳下惠，何必放这个，可简居宁就坐在对面翻书，根本不看她。

“你吃完了，就回房休息吧。”

甄繁并不想放过这个机会：“我想看会儿书再回去。”

“那你看吧，我先去休息了。”

甄繁在心里骂道：王八蛋。

甄繁不甘心地问道：“用不用我给你放洗澡水？”

“不麻烦你了。”

“夫妻之间，怎么能说麻烦？”她语气中带着一丝愤恨，可当简居宁抬头看她的时候，她又换上了一副纯良无辜的面孔。

独自躺在床上，甄繁翻过来倒过去地回顾简居宁的每个眼神，他其实快要绷不住了，只是怕他一主动，她就会赖上他，所以装得跟柳下惠似的。越是这样，她越不能放过他。他不是要当善人吗？善人可不是那么好当的。

夜里睡不着，甄繁开始翻微博。

热门评论里某面相大师的评论十分刺眼。

看相大师：“我之前说甄繁的面相难嫁豪门，但没有说绝对不可能。不过没有嫁豪门的命，却享受了豪门的福，其他的运气肯定会有折损。这次走的也是偏门，不是正道，势必是奉子成婚。从面相看，两个人的子女宫都十分饱满，甄繁的人中纹路清晰无杂纹，我看头个孩子是男孩的概率比较大，大家猜是男是女。”

底下的评论都在骂他马后炮蹭热度，她那口气也就舒展起来。

奥斯卡最佳编剧真烦始终走在黑她的最前线：“烦烦，你和简少爷何时办婚礼呢？请回答我！到时我愿意给你出一块钱的份子钱。”

评论里除了仍质疑她和简居宁不配的，还多了一个广大的群体，就是让她出书出攻略的。索钰嫁给简居宁是般配，她嫁给简居宁就叫励志。

甄繁从中发现了新的商机——靠着写《高嫁指南》之类的图书也能发家致富，或者她还可以搞个婚前培训班，单凭她是简居宁的太太，她便能拉到投资，也不愁招不到人。

如果她真这样做，她这辈子就和简居宁彻底绑定在一起了。

随着网友更新换代，她以前的历史也会被遗忘，过不了几年，她没准也能成为简居宁他母亲那样的人，顶着简夫人的头衔四处行走。

可简居宁他母亲那样的人……

要想恶心别人，先要恶心自己，还是算了吧！

卢尔特夫人的沙龙里，并没有出现索钰的身影。

甄繁现在成了简居宁的合法妻子，作为这个院子的女主人，受邀而来的客人也不好公开对她进行嘲讽。甄繁头一次参加这种沙龙，她作为一个听众安安静静地坐在沙发上，准备用一上午的时间耐心领教这些时常见诸报端的名流对社会文化发展风向有什么高见。不过当她听到沙龙里某个长得很有文化的人把“澹（tán）台灭明”念成了“詹（zhān）太灭明”时，她就失去了领教的兴趣。

那个人很有些声望，时常在报章上对甄繁制造的文化垃圾进行批判。直到现在，甄繁也认为他的批评不无道理，不过刚见到他的那种羞耻自卑感仅仅因为他读错字顷刻间一扫而光。

都是普通人，也不比她高明多少，要想打破对一个人的崇拜，见个面就可以了。

甄繁搬到新家的第四天，她依然和简居宁分房睡，不过她从没停止表达对简居宁的爱意。

她很能理解简居宁的不主动。别说现在简居宁不想结婚，就算他想结婚，她也根本不是一个好的结婚对象。抛开家世名声这种事不谈，她身上还有一堆病，只有一个肾就是个很大的问题，更别谈还有其他毛病。

如果她无私一点儿，或者识趣一点儿，她就应该远离简居宁。

可她并不无私，也不想识趣。她要告诉他，善人不是那么容易当的。

在甄繁搬到新家的第六天，甄繁彻底把简居宁“救世主”的名号给传扬出去了。

甄繁在一天内接受了二十家媒体的采访，在谈及她和简居宁的关系时，她的中心思想始终是简居宁对她多么好，单是为了治好她多年的失眠，简居宁给她测评了几十款床垫、上百款枕头，为了她能早早入眠，每天晚上用他那极富魅力的声音用不同国家的语言给她朗诵诗歌，即使两个人没住在一起，他也会在晚上给她打电话，跟她聊天，直到她快要睡着时才挂断电话。为了她的饮食更健康，他特地在郊区打了一口一百米深的井，买了一头驴磨豆浆……

甄繁描述得极其生动，且富有感染力，当她提到简居宁给她打了一口井时，她的眼里甚至有泪光闪动："你能想到一个男人给你的新婚礼物是一口井吗？我当时真是……不怕你笑话，眼泪就马上掉下来了，真的，就是很感动。如果你们有时间的话，我可以请大家尝一尝那口井里的水，真的很甜。"

采访她的记者听得目瞪口呆，惊叹世界上还有此样的男人，只恨自己的男朋友不仅没有简居宁多金好看，还远不如人家体贴。

而在谈到简居宁为何对她如此痴情时，甄繁难得不好意思："我和广大网友一样，都不知道他为什么独独选择了我，可能这就是缘分吧。缘分到来的时候，确实有中彩票的感觉。希望大家都能找到适合自己的那个人。"

在采访的尾声，甄繁主动谈到了未来事业规划，她现在决定放弃以前的编剧事业，从虚构走向非虚构。她正在做历史科普的视频和音频，不久后就会上线，希望大家能够支持。

最后，甄繁恳切希望大家不要把对她的不满转移到简先生身上："真的，我特别理解大家对我的不满，但我希望这种不满是针对我一个人的，而不要株连到家人身上，简先生已经对我做得足够多，我实在不希望……"

甄繁本来已经讲得足够夸张，但经过媒体记者的加工，简居宁的形象又有了再次提升。

在纸媒网媒大规模报道的第二天，采访内容就以不同的标题登上了微博热搜。

自从甄繁和简居宁在一起后，她不用花钱就可以直接免费上热搜了。

热搜前二十充斥着简居宁给甄繁打了一口井、简居宁测评一百个枕头的内容。

在热搜微博的评论下，主要有三个阵营：第一类是感叹简居宁怎么这么好的；第二类是惋惜这么好的简居宁怎么就被甄繁给拐到手了；第三类则是无缝衔接自己的生活，纷纷@自己男友，内容无非简居宁长成这样，有钱成这样，还能对女朋友这么好，你赶快学一学。

全网都处于对简居宁的一片赞歌及对甄繁走了狗屎运的艳羡中。

最主流的言论是："简居宁是什么绝世好男人！唯一的不足就是眼瞎了，看上了甄繁。"

只有黎媛媛在一片倒戈声中，认定甄繁在说假话。她发了一条微博："有些人说谎也不打草稿。"

不过并没有多少支持者。

当甄繁的名字还挂在热搜上的时候，她风风火火地来到了苏启铭的公司。

她推开办公室门给自己拉了把椅子，连招呼都没打，开口便是："简老先生的投资，你拿到了吧？"

没等苏启铭反应过来，甄繁把自己打印成册的计划书递给苏启铭看。

"繁繁，虽然我也很相信你的能力，但是你要做科普节目……你也知道这几年你的名声，做这种事情未必有人买账，有这钱的话还不如拿着去买房。"

"黑红也是红，不是我自夸，像我这种人转型还是很有些关注度的。"

"繁繁，好好当你的阔太太不好吗？何必出来工作呢？你也知道我爸……"

"他老人家只是不同意我做编剧，可没说不同意我做别的。启铭，我很想支持你的事业，但如果你对老朋友这样冷漠的话，我不能保证以后不会做出一些对你不利的事情。我要做这件事，找别人也未尝不可，但是我考虑你，完全是看在咱们过去的情分上，想给你分一杯羹。咱们三楼一直空着，完全可以做成一个演播厅，要是咱们自己不做的话，平常也完全可以出租出去，其实租金还算可观。"

甄繁面带微笑地把节目策划脚本递给苏启铭。

苏启铭最后说："我会好好考虑这件事。"

"明天给我答案，启铭，你可得好好考虑。"

和苏启铭商定之后，甄繁开车回到了简家的四合院。

在路上，甄繁接到了老甄的电话，电话里是试探性的询问："繁繁，最近睡眠怎么样？"

甄繁一听便知道父亲肯定是看了报纸上那些失实话语。

"爸爸，我挺好的。您别看网上和报纸上那些东西，都是为了曝光的策略性言论。当然，居宁对我很好这件事，绝对是真的。"

当天晚上，甄繁吃到了真正的开水白菜，她一直在等着简居宁问她，可他什么都没说。

开水白菜是真不错，甄繁想起前几天的宴席上也有这道菜，某位看起来很有格调的人把开水白菜和贾府的茄鲞相提并论："越是简单的食材越能体现出厨子的技术和主人的品位，只有'暴发户'才天天鱼翅鲍鱼"。甄繁觉得这种人很无聊，连吃都能和品位高低联系在一起。

饭桌上，卢尔特夫人向来视甄繁如空气，甄繁的对策便是也视她为空气。

卢尔特夫人说简居宁的初恋游弥明天上午就到机场了，游弥是一位自由摄影师，年纪轻轻便获得过许多奖项，如今和父母一起在英国定居。游家很早就移民英国，简居宁当年去英国，简总还特意托游弥的父亲照顾简居宁。

"其实细看的话，甄繁有些像游弥。"

"我怎么没这个感觉。"

"也对，两个人的气质完全不同。"

"这跟气质有什么关系？"简居宁制止了他母亲把这话继续说下去。

甄繁听出了言外之意，这位顾阿姨不可谓不恶毒，她一方面暗示简居宁娶她是因为她像简居宁的初恋，另一方面还不忘讽刺她是一个气质不佳的赝品。

"顾阿姨，这条鱼不错，您多吃点儿，能有效延缓衰老。"甄繁特意把衰老加重了读音，虽然拿一个女人的年龄说事儿挺没品的，但甄繁自从知道这是简居宁母亲的软肋后，便例行在她主动发起攻击后刺她一刺。

卢尔特夫人不悦地皱了一下眉："家里客房还空着，我跟游弥说了，让她不要住酒店了，直接住在这里多好。你们也好久没见面了吧，正好聊一聊，游弥前不久刚从南极回来。"

"我已经帮她预定了酒店，妈，您就不用管了。"

只是几句平常的对话，甄繁却有一股扎心之感，但她很快控制自己不去深想，而是面带微笑地说："我倒觉得顾阿姨说得有道理，有朋自远方来，让人家住酒店多不合适，既然家里有客房，何必住在外面。再说顾阿姨在这里待着多么寂寞，有人陪一陪总是好的。"

饭后不久，甄繁去敲简居宁书房的门。

"有事儿吗？"

甄繁拿出两个盒子，说道："前几天我把你的纽扣弄掉了，本想买件衬衫赔你的，但找人定制又怕尺码不对，就给你买了两条领带。不过我买了就有些后悔，毕竟两条领带的布料加起来还没一只袖子多，也不知道你会不会嫌我小气。"

领带颜色和形状都中规中矩。

"谢了，我正需要这么一条领带，这个颜色很不错。"

甄繁知道他在同自己客套，他怎么会缺领带："我想进来和你聊会儿天，你方便吗？"

她这些天格外温良恭俭让，一副看上去愿意为简居宁跪地开花的样子，可简居宁并不上她的套。

她手里捧着简居宁泡的茶："你当初和我在一起，是因为我长得像你的初恋吗？"

甄繁今天穿了一件淡青莲斜襟水渍长旗袍，那是她五年前做的，因为简居宁说过她适合穿旗袍，可她还没穿给他看，他就同自己分手了。前几天她从衣柜里翻了出来，整件衣服弥漫着樟脑丸的味道。她吃完饭换了这件衣裳，站在镜子里，恍然间她又想起几年前试衣服的情景，当年她做一件旗袍可真肉疼。现在的她有了些钱，倒比几年前还瘦了，原本就修身的旗袍竟然还有些空。

简居宁盯着她的耳朵看，觉得她应该换副耳饰戴："当然不是，你怎么会这么想？"

"那你为什么和她分手啊？你提的还是她提的？"随后，甄繁马上补充道，“你不愿意说也没关系。”

“她提的。”简居宁决定满足甄繁的好奇心，“你还有什么要问的吗？”

“你当时是不是特伤心？”

“并没有。我很早就知道，感情这种东西保质期并不长，不知道怎么就消失了，人力也挽救不了。”

那年简居宁十八岁，游弥在同他恋爱期间爱上了一个比简居宁大十多岁的男人，在一个早熟的女孩子眼里，同龄的男孩子总是显得十分幼稚。简居宁被分手以后以为自己会很伤心，但两天之后，他就从骑马这件事上找到了新的乐趣。当游弥为同他分手而感到十分抱歉的时候，他还主动去安慰她。

简居宁把当年对游弥说的话又向甄繁转述了一遍：“爱情只是人与人关系的一部分，它并不比其他的感情更深刻。如果想要维持比较长久的关系，做朋友可能更好。”

这个人真是自恋，竟然真以为她又爱上他了。

甄繁冲他摇摇头，笑道：“不，几十年的夫妻比几十年的朋友要常见得多，夫妻关系才是更为长久的关系。朋友间断交割袍断义就够了，但一对夫妻要想离婚可要麻烦得多。”

随后，她表示了对丈夫朋友的善意：“你明天要有事的话，我可以去机场接她，反正我最近也不是很忙。你母亲刚才不是说你小时候还在人家里住过吗，如今人家回到故土，你自然得做个东道主。你尽管忙你的，我可以帮你招待她。”

简居宁双手交叠撑着下巴盯着甄繁看，这个人的耳朵又红了，他不否认甄繁对他有肉体上的诱惑力。

甄繁本是低着头的，但很快又把眼神迎了上来：“你不要怕我吃醋，我信得过你。”

要多善解人意有多善解人意。

简居宁笑道：“你信得过我？”

甄繁的心“咯噔”一下，但随即就沉静下来，绕到简居宁椅后给他按肩：“我信得过你是一个遵守规则的人，不管咱们为什么结婚，在婚姻里你总不会出轨。而且，你做的那些生意还是需要大众好感度的，你知道网友们对出轨这件事多么敏感。”

简居宁马上意识到甄繁在威胁他："端阳，你是从哪里得知我给你测评了一百多个枕头？要是你很喜欢那头驴磨的豆浆的话，我明天就可以带你去喝，你要想常住的话，我也乐意奉陪。"

他对甄繁的怜悯和愧疚是建立在她对他无所求的基础上的，之前但凡她接受了他的补偿，那些愧疚就烟消云散了。她越不想要，他就越想补偿她，怜惜心也就越重。而当她真想从他这里拿走什么的时候，那种想要补偿的心理就淡了。

甄繁体会到了简居宁的不满，她知道一旦牵扯到他的利益，他温柔的一面就将消失，这个时刻，她并不意外。对于他所谓的难言之隐，虽然两个人都心知肚明，但暴露又是另一回事，甄繁一直在等这一天。

她并未停止在他肩上的动作，压抑住怒气柔声说道："我住在哪里都好。你知道我现在要转型需要一些曝光度，并且是正面的曝光度。可我总不能自夸，一般来说，一个优秀的人喜欢的人总不会太差，我说你多么喜欢我，外界就会发掘我的好，这只是一种宣传策略。你是看了那些报道不高兴了吗？"

说着，甄繁加重了手劲："你觉得这个劲儿怎么样？我特意看书学的。"

她那双连扣子都缝不好的笨手给他按肩的力道却每一下都在点上。好几次了，一威胁完他，她马上就露出一副可怜样，也不知道真是如此还是故意装的。

简居宁终于明白为什么这些年来他对甄繁还念念不忘了，其他的那些女朋友都是他的同类，和她们在一起的时候，他做的都是他喜欢的事情，而分开后，他也知道她们会过得很好。这是一种非常现代且轻松的关系。

甄繁不一样，当初在一起时，他要迁就她，而她要隐藏自己，两个人都不轻松。分开后，她也过得不好，还偏要装自己过得很好。可恰恰因为这个，总是能激起他的怜悯和不适宜的责任感。

但他的责任感是有限的，他并没有和这种人生活一辈子的准备，太沉重。

就像他手里拿的那本《多能鄙事》，书里那些织染的纯人工操作看着很有意思，他还准备建一个馆专门复盘，但真要他回到农耕时代，他并不愿意。

克服欲望的方法就是释放它，但他选择了压制：“端阳，麻烦你去冰箱里给我拿瓶冰水。”

甄繁迟疑了一会儿，说了声：“好。”然后她快步走向那个和书桌颜色融为一体的冰箱，拿了一瓶冰水。

甄繁拿到手便去拧金属瓶盖。

简居宁说道：“你这样不行，我自己来。”

甄繁并没直接交给他，而是费了半天劲用东西撬开，像是试毒似的，她先喝了一口，才递给简居宁。

瓶口碰过她的嘴唇，简居宁再喝，就是间接接吻了。

勾引几乎摆到了明面上。

简居宁接过去喝了小半瓶，他见甄繁又要过来给他按肩，忙止住了她：“你坐那儿，我有话跟你说，听启铭说，你要跟他做节目。”

甄繁虽然知道苏启铭不是个守口如瓶的人，但这么大嘴巴还是出乎了她的意料：“现在还在计划中，并没确定。”

她只是想简居宁露出真面目，并没想和他商谈工作。可简居宁主动提，她突然有了展示一番的冲动。

“能跟我说下你的思路吗？”

“因为是转型，步子不能太大，首要的是控制成本，综艺节目里成本最低的就是访谈和科普性节目，一个演播室，一个主讲人，嘉宾的出场费比娱乐明星要少得多，摄影师按次请，编导找业余顾问，连五险一金都不用缴。音频视频都可以作为变现渠道，以后还可以集结成册作为图书出版，基本上不会亏损。”

她越说越激动：“现在历史科普类节目同质化严重，我们这个节目会非常垂直，只做女性史，主讲人也只找女性，我们会给女性提供机会。即使在高校里，女教师的地位也很尴尬，许多女教师做到副教授就把重心转移到了家庭上，这是她们没有上进心吗？不，这是社会期待值对她们的塑造。在过去，性别压迫并不比阶级压迫少见，你知道吗？避孕药在二十世纪五十年代才被美国人发明出来，但即使发明出来了，女人只有经过男人允许才能服用，生孩子的是女人，生育权却掌握在男人手里，你觉得这是不是很荒谬？即使在美国这种号称人权至上的国家，直到二十世纪七十年代，女性才可以自主购买避孕药。”

甄繁喝了一口茶接着说道：“你刚才说男人没有专一的基因，其实女人也没有，过去许多女人守着牌坊不过是社会塑造的结果。”说完，她抬头看他笑道，“你是不是特怕我是那种从一而终的女人？”

简居宁并未直接回答这个问题，而是反问：“你是吗？”

她不是，但现在她说：“我是。”

“我父亲说要给咱们办婚礼，我拒绝了他，你对此没意见吧？”

甄繁愣了愣，很快便笑道：“我没意见，我并不喜欢形式化的东西。”

“你身体不好，早点儿去休息吧。”

“这才几点啊？以后我能和你在一间书房工作吗？”

“我没问题，看你心情。你做节目没经验，需要我给你介绍人吗？”

“暂时不需要，我已经约了几个行里的人在聊，这周会去观众席旁听，顺便观摩观摩。那位游小姐明天要来吃中饭吗？如果她来的话，我安排一下。”

“她不来这里，如果没事儿的话，你去忙你的吧。”

“哦，好吧。谢谢你给我找的新床，睡起来很好。”

“那就好。”说完，他又低头看他的书，是逐客的意思。

又失败了，好在还有工作。

甄繁趴在桌上打开电脑登录当年的学校邮箱，试了好多密码都显示错误，后来输入简居宁的生日竟然登上去了。

如今她要做历史科普，自然要找嘉宾，而找嘉宾自然免不了联系母校的老师和同学。只可惜她成了编剧后俨然成了 Z 大之耻，和母校的那些人也就断了联系，这些年她从没参加过一次同学聚会，因为她自己也觉得不太光彩。

做妇女史的老林当年很赏识甄繁，还主动问甄繁要不要做她的研究生，知道甄繁拿到国外的录取通知书后，还特意请甄繁到西门附近的西餐厅吃了饭，临别送了甄繁一瓶威士忌。那瓶威士忌甄繁至今留着没开封，不好意思喝。

甄繁不停地敲击键盘，然后按删除键，二十分钟后依然空无一字。甄繁抓着自己的头发去撞桌子。

就在这时，甄言给她发微信：“你方便吗？方便的话我想跟你开视频。”

甄繁拿出镜子前后左右照了照，理了理头发，确认形象良好后向甄言发出了视频邀请。

她要让甄言认为她过得好，这并不是出于虚荣心，而是她想让他放心。

其实她结婚后于情于理都该请甄言来新家吃饭的，可万一甄言来了简居宁他母亲给甄言脸子看，还不如不来。

在简居宁他母亲嘴里，索钰票房五亿，游弥各种获奖，而甄繁只配戴水晶。

这个家里，母亲对她极尽挖苦，儿子对她守身如玉。

不知道是简居宁太柳下惠，还是她对他已经失去了吸引力。

“繁繁，你什么时候办婚礼？我刚发了奖学金，正好给你随份子。”

“我特讨厌形式主义的东西，婚礼实在太烦人了，你姐夫非要办，被我拒绝了。对了，你们奖学金怎么会发这么早？”甄繁记得以前这时候她还没递材料呢。

“是一个新成立的社会奖学金，发得很早啦。明天你有时间吗？我请你吃饭好不好？”

正经这时候跳进了屏幕里，一直“喵喵喵”。

第八章

/小美人鱼的故事/

甄繁和甄言约好中午在K大东南门见面。

她早上去一档历史科普节目当观众，为了不被认出来，特地换了一身卫衣牛仔裤，还在鼻子上架了副眼镜，最重要的道具是一头假发，黑色短发有刘海，让她看起来比实际年龄还要小不少。

主讲人是甄繁大学时的老师，老师在台上讲米诺斯文明讲得眉飞色舞，她当初写欧赫墨罗斯主义的论文时，这位老师还特地帮她跨馆借书，不过自从甄繁毕业后，两个人就断了联系。

从演播厅出来，甄繁开车去了K大，她和甄言说好了中午去K大吃饭。

她上学的时候，虽然嘴上各种鄙视隔壁的K大，但胃很诚实，只要有空她就骑着自行车去隔壁K大吃饭。她的车停在东南门，甄言骑车来接她。

“繁繁，你怎么戴上假发了？”

“你怎么这么快就认出我来了？我还想给你一个惊吓呢。”

“你不热吗？”

甄繁摇摇头上了甄言的自行车后座：“咱们去七食堂一层吧，我记得里面的炸藕盒特别好吃，还有，七食堂的麻辣香锅我觉得是K大最好吃的了。”

“七食堂早就拆了，现在上面盖了新食堂。”

“哦。”

甄繁坐在自行车后面，一手扶着自行车车座，一手扶着自己的假发。有风吹过，她怕把头发给吹歪了。

“大宝，你骑慢点儿，一会儿我的假发掉了。”

到了食堂，甄繁跟着甄言走：“人太多了，要不咱们换个食堂吧。”

甄言在冷饮窗口买了一杯酸奶给她，插上吸管递过去：“你去占个座儿，我去给你买。”

甄繁喝了一口酸奶：“我要吃炸藕盒、炸茄盒、炸胡萝卜丸子、麻辣香锅……”她说完才觉得自己吃得太不清淡了。

不过甄言并未批评她的饮食习惯，只说道：“你去那儿等着吧。”

坐在一堆学生中间，甄繁又想起了以前，那时候她没什么钱，可觉得自己有无限可能，后来年纪大一些，发现人生的路不是越走越宽，而是越走越窄。

她占的四人座，两个女生端着面站在她旁边，甄繁没等她们问就说：“你们坐这儿吧。”

甄繁一边喝酸奶，一边看着打饭窗口发呆，虽然窗口前排了一队人马，但她还是能准确找到甄言的身影。

好一会儿之后，甄言端着餐盒过来，东西之多令旁边的两个女生目瞪口呆，光是炸物就有六七种。

“甄言，你好啊！”旁边的女生主动打招呼。

甄言因为参加过K大十佳歌手大赛，还拿过名次，在同届的学生里颇有些知名度。十佳歌手大赛是K大一年一度的保留节目，传播度很广，决赛观众席的票要排长队才能拿到，每年十佳决赛都会在学校论坛上刷版。他当年本来是玩票，没想到进了决赛，还为此在校内赢得了一票粉丝。

甄言冲两个女生很有礼貌地笑笑，然后对甄繁说：“繁繁，你等久了吧。”

他从一包纸巾里扯出一张递给甄繁。

同桌的两个女生并没有意识到眼前的这个女孩子便是最近常上新闻的甄繁，只是内心遗憾名草果然有主了。

甄繁接过纸巾擦了擦手：“怎么买了这么多？”

她嘴上虽然这么说，但内心还是很高兴的，拿起筷子便夹起了一大块藕盒。

甄言只要了一碗清汤面，他很快就吃完了半碗面，然后便看着甄繁在那儿动筷子。他拧开矿泉水瓶盖递给她："别光吃，喝点儿水。"

甄繁接过矿泉水瓶喝了一口："你光吃面怎么够？"

"我快十点才吃的早饭，现在不怎么饿。"

"你晚上是不是又熬夜了？"甄繁知道自己这个弟弟除非有特殊情况，很少在六点之后起床。

"没有。"甄言撒谎已是炉火纯青，"你看，我连黑眼圈都没有。"

旁边的女生听着这两个人有一搭没一搭地说着，等两个女生要走的时候，甄繁才吃完一半。

两个女生沉闷了一顿饭的时间，刚出食堂就迫不及待地聊起天来。

"刚才你离甄言这么近，怎么也没要他的联系方式？"

"人家都有女朋友了，当着人女朋友的面要人家微信成什么了？"

"你怎么知道是女朋友，也许是姐姐妹妹呢。不过那个女孩子那么瘦怎么能吃那么多。"

旁边的女生走后，甄繁说道："刚才坐你旁边的女孩子长得特可爱，你怎么不管她要一个联系方式？我想她一定不会拒绝的。"按照常理来说，甄言这个年纪的男孩子几乎都有恋爱的需求，他的条件又不错，肯定不缺女孩子喜欢。如今不谈恋爱，甄繁觉得还蛮奇怪的。

"繁繁，你知道你现在说话像谁吗？"

"像谁？"

"当年咱们胡同口一直热衷于做媒的张大妈，你现在颇有她老人家的神韵。"

"去你的吧。你是不是嫌我管得太多了？"甄繁埋头吃香锅里的午餐肉，她想自己确实很有恶婆婆的潜质。网上说千万不要嫁有姐姐的家庭，有几个姐姐就相当于多了几个婆婆，她告诉自己千万要引以为戒。

"其实也没有。"

吃完饭，甄言推着自行车把她送到东南门。到了门口，甄言把一瓶青柠味的口香糖塞到她的手里："吃两粒就行了，别一直嚼。"

转身前，他摸了摸她的假发："怎么想起戴这个来啦？"

“你姐我现在也是一个名人啦，被拍到总不好。”

“晚上可千万不要忘了，我在门口等你。要不要让你家那位一块去？”

“他有别的事儿要忙，咱们俩去就行了。你要想带别的女孩子去也可以。”

和甄言告别后，甄繁去了Z大，她拿着那个多年前的校园卡混进了教学楼。

她本来想选老林的课，结果来早了，便去看了老钟——那个QQ和微信都把她拉黑的老钟。

老钟在教师队伍里算得上顶热心的人，当年老钟还请甄繁去家里吃过饭，临走前还给了她一袋板栗。

甄繁做编剧的第二年给老钟发拜年微信，发现自己被拉黑了。当她看到拉黑信息的时候手一直在抖，她也放弃了给其他老师发拜年短信的念头，何必自取其辱，又让人家为难。

后来她再没联系过自己的校友，她怕再发现自己被人拉黑了。

下课铃一响，她就马上转战612。

置身在一群以她为耻的学弟学妹中间，甄繁一直低着头，老林在台上讲女性的缠足史，她低着头在讲台下做笔记，后来眼镜片蒙上了一层雾，她也没拿下来擦，就这么低着头。

老林还躺在甄繁的微信通讯录里，只不过她没勇气给老林发微信来试探自己是不是也被老林拉黑了。当年她和老林，还有几个同学暑假一起在南方做田野调查，晚上没电，大家聚在一起看星星，谈到未来，她以为自己是一定能走学术这条道路的。

她曾经也是有过很多朋友的，后来道不同不相为谋。

下了课，她去到卫生间，眼泪就这么不受控地流了下来。她一直在隔间待着，直到上课铃声响了，她才从隔间出来，水哗哗地流着，她一直在洗手。就在她准备起身的时候，有人给她递来了餐巾纸。

甄繁在镜子里看见了老林。

“甄繁，刚才我看那人就像你。”

“林老师……”

晚上，甄言请甄繁吃饭。

“甄言，你这是发财了？请我吃这么贵的地儿。”

四合院极窄，环境布置比其他的私家菜馆要差好多，但名声很大，原先这院子一天只做一桌菜，如今扩展了客源一天能做好几桌，不过还是需要预约。

在服务员的带领下，两个人进了一个小包厢。

“我要这个。”甄繁点了一份最便宜的套餐。这里不单点菜，只有不同价码的套餐。

“繁繁，你不用给我省钱。”

隔壁，简居宁坐在游弥对面，甄繁给他发信息说晚上不回家吃饭，他回了一个“好”字。

“这炒红果跟我想象中的不太一样了。我好几次梦见吃炒红果，可真尝到了觉得不是当年的味道。”游弥说道。

“当年做菜的老爷子已经去世了。不过这跟厨子是谁可能没多大关系，面对得不到的东西，我们总会夸大它的好处。”

简居宁此次再见游弥，发现她确实和甄繁有点儿像，不过游弥一头短发，成年后长相越来越具有侵略性，和甄繁完全是两款。

他给游弥定的酒店就在附近，游弥曾试探性地提出要住他家，被他直接拒绝了。家里有两个女人已经够他受了，再来一个他可吃不消。就连他母亲要在家宴请游弥的提议也被他给否决了。

简居宁今天上午有事处理，派司机去机场接的游弥，晚上才抽出空来略尽地主之谊。

小时候，他们两家曾在这里聚过餐。

“你结婚怎么也不通知老朋友？你前年参加我婚礼可是破费了。”

游弥前年结的婚，婚后没多久，她的丈夫就因为跳伞出了事故，摔成了胸部以下高位截瘫。她的丈夫确认康复无望后，向她提出离婚，不过游弥并没有同意。

事故其实正合她心意。她年纪轻轻就爱上了她的丈夫，不过他爱上了许多人，她好不容易才争取到当她妻子的资格，可这并没有阻止他继续寻花问柳。只有一个生活不能自理的人才能完全留在她身边。

最开始的时候，她照顾丈夫很有耐心，后来耐心便渐渐消磨了，他对她的依恋也让她觉得很麻烦。当然，她自认还是爱丈夫的，最爱。

“威廉的身体有好转吗？”

“还是老样子，不过心态好了不少，终于接受了命运对他的安排，心情好的时候能喝半瓶红酒。”游弥涂了一个大红唇，白色烟雾从她的嘴里喷出来，“这次我回国是跟你谈合作的，你也知道威廉的老子有一个加强排的儿子，向来不缺继承人，威廉身体出问题后，就被老爷子彻底打入冷宫，名下产业只有一个酒庄。我看中国的红酒市场很大，很想分一杯羹，不过并没有门路。我知道你博物馆的周边产品卖得很不错，不知你有没有意愿和我合作？”

游弥从包里拿出一瓶红酒：“你知道我对你记忆最深刻的是什么吗？你用一次性纸杯喝红酒。那时候我家在英国立足不久，刚摸着上流社会的门，一举一动都要按照程式来，生怕行差踏错被人笑话，可你总是视那些规则于无物，我那时觉得你这个人可真有意思。可自从赫克特自杀后，我感觉你整个人都变了。人总是会死的，而且他自杀同你并没有关系，甚至同顾阿姨也没太大关系。谁能想到，一个二十多岁的男人会靠自杀来报复别人？况且我觉得他是通过他的自杀在发泄他的不得志，毕竟他直到去世，连一幅画都没卖出去，只能靠教人画画为生。”

简居宁为这位老朋友竟和自己母亲一个想法感到惊诧，换了甄繁肯定不会这样想。

“评价一个画家的价值，并不是他的画卖不卖得出去，以及他的画卖了多少钱。通常越善良的人越敏感脆弱，反倒是你我这样的人能够刀枪不入。”

游弥不以为意：“你把那些新兴画家的画炒到几百万一幅，难道是为了嘲讽吗？”

“当然是为了赚钱。”

升大学前的那个假期，简居宁一直住在伦敦，他的母亲和法国男友吵架分手后来英国调剂心情，美其名曰来探望儿子。在简居宁的公寓里，简母遇到了教儿子画画的赫克特，没多久两个人便陷入了爱河。假期还没结束，简母的法国男友便来伦敦同她求婚，她决定终止和赫克特的关系。这个脆弱的画家在多次挽留无效后，在简居宁居住的公寓自杀了，他是从十六层楼跳下去的，死前立下遗嘱，他生前的所有画都留给简母。

不过一个无名小卒的画作并不值得简母保留，她在伤心了两天之后，便准备回法国。简居宁问她画怎么处理，简母说随便。她亲吻儿子的额头向他道歉："对不起，有人自杀影响了你房产的价值。"

游弥开了她自带的红酒，然后拿了两个一次性纸杯："你多少年没用过纸杯喝酒了？时间过得可真快，我们都结婚了。"

她是故意提起赫克特的，简居宁有个好舌头，他能分辨各种酒的味道，但人情绪大幅度波动时就会丧失味觉。

在来这里之前，游弥在瓶里注射了刺激性的药物，这药是她丈夫的私藏，不过他现在已经没有使用的机会了。

隔壁的甄繁吃了两人份的炒红果。

"繁繁，你最近怎么这么爱吃酸的？"

"酸的开胃。"

套餐的量不大，姐弟俩很快就将碗碟都扫荡干净。

游弥看着简居宁整整喝了两杯酒，挑起老朋友的伤心事，她也很抱歉。

她其实并不想和简居宁发生关系，但她太需要一个孩子，谁叫这位老朋友不肯帮她呢？她只能出此下策。

她看着简居宁的喉结一直在动，脖子上隐现青筋，游弥知道这件事儿差不多了，再有自制力的男人吃了这种药也不能无动于衷。

游弥内心向简居宁的新婚妻子说了声抱歉，然后又装作波澜不惊地问道："能不能麻烦你把我送回酒店？现在打车不太方便。"

简居宁的喉咙发紧，他意识到可能红酒出了问题，忍着不适给司机打了电话。

挂掉电话，他对游弥说道："你在这儿等着，一会儿有人来接你。这瓶红酒既然是你送我的，那我就拿走了。"

简居宁说完就一手抄起外套，一手拎着红酒走出了包间，账单早已经付了。

院里的晚风并没减轻他身上的燥热。院子窄而小，他三两步便出了院子。

他浑身仿佛着了火，迫切地想回家洗个冷水澡。

没承想却看到了“熟人”，女人的背影他再熟不过，只是她顶着的假发有些陌生。

“我都多大了，你还送我回学校？这会儿完全可以坐地铁。”

“开车就一会儿的工夫，你走过去我不放心，又不是白天。”

“繁繁，你可真啰唆。”

甄繁踮起脚准备给甄言的额头一记栗暴，没想到甄言俯下身子让她敲。

甄繁的手只在他的脑门点了一下：“你怎么不躲啊？”

甄言在她的头上摸了一把：“那你是打还是不打啊？”

“武力震慑好不好？最重要的是震慑，谁要真打啊？”甄繁正了正自己的假发，“跟你说了，不要动我的头发。”

甄言想她可真是小孩子脾气，一顶假发竟然能当玩具玩得不亦乐乎，也不怕热。

没走两步，甄繁就被脚下的小石子绊了一下。

甄言忙扶着她的腰，转身走到她对面：“没事儿吧，繁繁？”

游弥想如果简居宁拿酒去化验，势必会知道自己动了手脚，这次如果不把握机会恐怕就再难有机会了。她从包间跑到院外，看见简居宁愣在那儿，她急忙上前去挽住他的胳膊：“怎么不等等我？”

“姐夫！”甄言先开的腔，他用了一种近乎夸张的声调。

游弥抓着简居宁的胳膊马上放了下来，她只是想要简居宁帮个忙，但并不想给老朋友添不必要的麻烦。

只不过甄繁扭头过于迅速，还是把那一幕尽收眼底，她想这女的手可真够快的。

经过她这几年对于物质的熏陶，第一个冲进她脑子的信息竟是这个女人的穿着。

这一幕远没有六年前简居宁和索钰给她的冲击力大，当年甄繁是第一次体会了什么叫自作多情，后来不过是一次又一次的重复而已。再酸的醋一次次加水稀释，味道也淡了。

何况是现在。

“居宁，这位是游小姐吧？”甄繁确认那个女人是游弥，她和自己长着一模一样的鼻子，简居宁的母亲说过她俩有点儿像，看来并没有说谎。

甄繁笑着同游弥打招呼：“真是巧，在这里碰到你们。这个点儿还早，要不要到家坐一坐？家里还有多余的客房，住下来也是可以的。”

“是甄繁吧，刚才我们聊天一直提起你，你比网上的照片看起来还要漂亮。我住你家真的不会给你们添麻烦吗？”游弥特意查了甄繁的信息，一个风评非常不佳的人。简居宁自从赫克特自杀后，便以一种奇异的速度融入了世俗，娶索钰这种人才符合他的人生轨迹。

简居宁并没等游弥说话：“家里怎么有酒店方便？司机马上到了，游弥，就辛苦你在这里等一等了。”

说罢，简居宁便上前搂住甄繁的肩，他的力气太大，好像要把她的皮肤给抓破了。他感到了甄繁的抗拒，但这抗拒更加剧了刺激，他把耳朵附到她的耳边：“你等这一天不是等很久了吗？”

她没否认，她确实等很久了，她等着拆穿他，但并不是现在这样。

如果甄言没看到这些，其实很完美。

就在这时，司机到了，游弥只好不甘心地上了车，她面带微笑地同甄繁说再见。

甄繁在简居宁的压迫下仍微笑着同游弥寒暄，两个女人说好改天见。

“我今天喝了酒，不能开车，麻烦你了。”简居宁的手仍然没离开甄繁的肩膀。

“我得先送我弟去地铁站。”

“这么晚了，就不要坐地铁了，家里还有空房，要不就留下来吧。我和你姐结婚这么多天，也没请你来家吃过饭。”

甄言想都没想便说：“好啊。”

甄言看着窗外的月亮发呆，小时候每逢他生病，甄繁就捧着一本童话书给他讲故事。他至今记得甄繁版小美人鱼的结局：小美人鱼看到王子爱上了别人，顿悟人间不值得，于是回到海里和家鱼们快乐地生活在了一起。

一个凄美的爱情故事，到甄繁这里，直接变成相亲相爱一家人。

最后，甄繁一本正经地得出结论：爱情都是泡沫，亲情才是永恒的。

甄繁劝诫甄言：“大宝，你可不要为了别人舍弃最爱你的家人啊。”

那时，爱情对甄繁不过是一个名词而已，简居宁还没进入她的生活。

甄言最早是从甄繁的钱夹子里认识简居宁的，当时简居宁的两寸照片躺在甄繁钱包的最里层。四年前他再看甄繁的钱包，最里面已经没有了相片，再后来，那张照片又回去了，只不过不再是完整的一张，只是一个不甚整齐的拼图，一眼便知道是撕碎了又粘上的，只有之前撕得稀巴碎才会是那个样子的。

甄繁对甄言一点儿不防备，钱包、手机随便丢给他。他辜负了她对他的信任。那张照片告诉他，甄繁曾努力地把简居宁驱除出她的生活，不过最终失败了。

今晚甄繁开车带他们回简家，甄言坐驾驶座后排。甄繁从没让甄言坐过副驾驶，理由是远没其他座位安全。副驾驶的位置被简居宁给占了。

如果让甄繁在他和简居宁中间选一个人活着，他知道，甄繁会毫不犹豫地选择他，因为他是她的家人。

可往常觉得高兴的事情今天细想心里却有一丝绞痛。他和甄繁之间除了姐弟关系，没有任何可能，为了不让这份感情产生裂痕，他必须安于他的位置。他以为他已经习惯了，可当简居宁说“你好好歇着，我和你姐有事儿要忙”的时候，他突然痛恨起自己的身份。

作为一个成年男人，他当然知道有事儿指的是什么事儿。

简居宁没开灯就把甄繁按在了门上，甄繁本来想取笑他，她想说“您不是有生理疾病，心有余而力不足吗，怎么见了一趟游小姐就这样了呢”，可最终要说的那些话全被他堵在了嘴里。

后来简居宁的动作轻柔了许多，他尽力压制着他的欲望，希望甄繁也舒服些。

刚才那句话又被他给重复了一遍：“你是不是等这一天等很久了？”

“你怎么这么了解我？”甄繁嘴角噙笑，分不清是冷笑还是嘲笑，眼睛瞪着他，辨不明是挑逗还是挑衅。

不过她的眼睛很快就垂了下去，她单手钩住他的脖子，比他还要用劲儿地亲着他的脸。

简居宁身上那股欲望又被甄繁点了起来，他把甄繁直接放倒在了塌上。

在最后一刻到来之前，甄繁还有余力冷笑：“你不是不行了吗？

怎么现在又行了？难道我真有这么大魅力？简居宁，你的嘴里有一句真话吗？”她知道他说的难言之隐是假的，他应该也明白她知道，现在证明这确实是假的。

简居宁堵住了她那些要说出来的恶毒的话。

“端阳，你还是喜欢我的吧？”

他这句话说得很轻，仿佛是说给自己听的，可甄繁还是听到了。她还是喜欢他，她和他结婚也并不只是为了戳破他，而是为了让自己死心。

这些年好像是一个循环，每当她觉得自己一个人也可以过得很好时，他便出现在她的生活里，连带着施舍一些小恩小惠。她以前总是没出息地被这些小恩小惠打动，然后生出一些不该生出的心思。如果不是他每次在施舍后，都会立场鲜明地要同她保持距离，她都要怀疑他是刻意吊着她了。

她突然开始发疯似的骂简居宁，用最肮脏的字眼。她曾经选修过一门戏曲史的课，期末论文她写的是元杂剧中的骂詈语，那些被她从唱词里摘出的字眼远比现代汉语里骂人的话要恶毒。即使面对最恶毒的网友攻击，她也没把那些话骂出来。

他说她还喜欢他，很不幸的是，那好像是真的。

简居宁并没去堵她的嘴。

甄繁闭上眼，她想起了游弥的那张脸，确实与她有三分像。她当然不会以为简居宁同她在一起，是因为她像游弥，那是纯情偶像剧里的男人，一生只爱一个人，除此之外都是替代品。两人长得像，不过是审美一贯性的体现。

甄繁直到今天才知道，他当初同她在一起，不过是因为她的脸符合他的审美。可世界上并不止那一张脸，她只是其中之一，并不会成为唯一。

而不管她如何抹杀，他还是她感情史上的唯一。

如果甄繁是现在才遇见简居宁，她绝对不会喜欢上他，可不幸的是，遇着他的时候，是在十年前。

甄繁最终停止了骂他，她想，只要她努力，她肯定能成为同简居宁一样的人，做自己喜欢的事情，能够喜欢很多个人，发掘每个人身上的优点，然后爱上他们。总有一天，总有一天……

她所需要的只是时间罢了，不会太久了。

这么想着，她的眼角毫无防备地湿了，随后她又感到了他的一股热力，他的嘴在她的眼睛上碰了碰。

甄繁感觉自己的双手被放开了，她伸出她刚被解放的双手，抱住他的脖子，接着用一种极为轻柔的声音说道："下次别这样了，我的胳膊都麻了。"仿佛刚才骂他的是另一个人。

甄繁这才知道折磨一个人最好的方式，并不是暴烈的虐待，而是试探似的温柔，你以为他会有更多，但每次他只给你一点。就像他以前对她做的那样，每次她都很努力对他死心了，可每次他都会出现在她的身边，给她播撒些希望，每次希望之后都是更大的失望。

不同的是，这次她早有预料。

"你能不能快一点儿？"

"不能。"

大概是半夜的时候，甄繁醒了，或许她一直没睡着，她浑身像被拆过又组装了一样，说不清是麻还是酸，只不过膝盖并没特别的疼。进入秋天之后，就再没下过雨，不知是没雨的缘故，还是理疗起了作用，抑或简居宁找的老中医手段高超，这些天她的膝盖倒是没再疼过。

甄繁一睁开眼便看到了窗外的月亮，不知怎的，她想起了塞勒涅和恩底弥翁的故事，永恒大概只出现在死亡或者梦境里。

她起身坐了起来，双手圈住简居宁的脖子，然后慢慢收紧。当她的拇指触摸到简居宁的喉结时，她的手指停了下来，两个拇指对着，在他的喉结慢慢地摩挲。

简居宁不知何时醒了，他一把拉过甄繁，把她扯倒在自己上面，又开始了新一轮的功课。

甄繁没管他，在那儿径自说道："你有没有听过小美人鱼的故事？"

"你可以再给我讲一遍。"

"王子其实一早就知道救他的是小美人鱼，可他一个王子怎么能娶一条鱼？简直滑天下之大稽。至于公主，不管救没救他，都是要娶的。真相太过残忍，为了自己的体面顺便照顾下小人鱼的自尊，他只能装作不认识自己的救命恩人。那条鱼多么蠢，竟然认为人家不娶她，是没认出她！"

“也许只是太执着了。”

“其实就是蠢而已。简居宁，你是不是觉得我很蠢？”那些犯蠢的时光，时不时就被她拿出来咀嚼，她多希望能将这些记忆封存。

“我早就不蠢了。”

简居宁把甄繁抱在怀里吻的时候，看到了一双眼睛在幽幽地发光，只有猫的眼睛在夜里会发光。

简居宁伸出手拉上了床幔。

许是招待客人的缘故，早饭格外丰盛。

这天早上最让甄繁高兴的是，简居宁的母亲还没起床，甄言不必承受她的怪声怪气。

甄言注意到简居宁今天的衬衣领子扣到了最上面一颗。回学校的时候，甄言提议他来开甄繁的车，让甄繁坐到后面。

他看到了甄繁眼里的血丝，每次她睡不好觉，第二天就是这副样子。

甄言本想说你坐后面睡一会儿，话到嘴边却变成了：“我拿了驾照后还没怎么上过路呢，繁繁，这次我来开吧。”

甄繁很爽快地同意了，她坐在后面很快就睡着了，在睡着之前，她想，一定要给甄言买辆车了。除此之外，她还想到了自己的那个公寓，空置着可惜，但租出去，又怕别人把自己的家给糟蹋了。

甄言并没把车开到 K 大，而是开到了 Z 大西门：“繁繁，醒醒，到了。”

甄繁睁开眼，愣了好一会儿：“你怎么开到这儿了？”

她从车上下来，指着车说道：“你把它开过去吧，反正我中午还得过去找你。”

“我跑过去就好了，最近有三千米的体能测试，我得锻炼锻炼，中午见。”

第九章

/ 做你唯一的观众 /

“在任何一个国家，如果人们无意追求奢华的生活，那么，人们会变得懒惰，失去生活的兴趣，他们对社会将毫无益处……最后一排穿格子衬衫的女同学，请你谈谈对大卫·休谟这个观点的看法。”

英国史课上，甄繁坐在最后一排听楚师哥的课。她的打扮很有学生样，黑红格子衬衫配牛仔裤，加上眼镜和假发，说她是高中生也有人信。

甄繁过期的校园卡不能刷卡进图书馆，她在网上花了三百块钱买了一张可以使用的校园卡，除了去蹭课，便是去图书馆写策划案，比去咖啡馆省钱得多。每天中午同甄言去吃食堂，他们换着食堂吃，十天时间里把 K 大的食堂都吃了个遍。

她每天穿卫衣长裤出入学校，吃食堂，骑共享单车，每天花几十块钱竟然产生了一种自己很有钱的错觉。

真正做起节目来，甄繁才知道远非她想的这样简单，凭她的名声要想组建一个制作团队都困难。老林在朋友圈帮她发了个招聘启事，结果靠着老林的知名度还是乏人问津，基本上有点儿追求的都不会来投奔甄繁。招商找播出平台也很麻烦，以前拍剧的时候都是苏启铭负责，别说现在苏启铭不想帮她，就算想那也是两条线路。

老林向甄繁推荐了楚辙，虽说楚师哥现在只是个助理教授，但他在校的人脉很广，他的父母还是电视台的领导，本人也参加过历史类节目的制作。楚师哥与大多数人不同，坚信历史是门实用学科。他善于从现实中发现问题，然后从历史中去寻找答案，他讲课并不是按照历史的发展顺序，而是每节课讲一个自己感兴趣的专题。

甄繁和楚辙的渊源还停留在她上大一的时候，那时楚辙在学校论坛上找人翻译外文资料，报酬颇丰。甄繁刚读大一没多久，抱着试试看的心态写了份简历，没想到在一众学长学姐中脱颖而出，据楚辙自己说，他之所以选中她，是因为她看上去很真诚。

楚辙认出了甄繁，凭着他的耳朵认出的。他是一个地道的声控，认人不是通过长相，而是声音。他当初之所以在一众人里选择了甄繁，完全是因为她的嗓子，过后他还有点儿后悔，毕竟选这么一个高考完没多久的人给他翻译资料风险还是很大的。不过甄繁办事出奇的靠谱，倒也没给楚辙添什么麻烦。那时候甄繁跟在他后面“楚师哥楚师哥”地叫着，叫得他春心萌动，不过因为马上要出国留学，他也就没采取行动。后来他从国外回来，得知自己这个小师妹毅然决然投入了戏说剧的怀抱，还颇有点儿“卿本佳人，奈何做贼”的惋惜。

甄繁本来站起来还有点儿磕巴，但随后她马上进入了状态，一个人在那儿说了十多分钟。如果不是快要下课了，楚辙会让她一直说下去。

Z 大的家圆食堂二楼某包间，楚辙拿着菜单问甄繁要吃什么。楚师哥很有反客为主的天赋，本来是甄繁要请客的，她准备找个好一点儿的餐厅，没承想师哥要来食堂。

“我都行，师哥您随便点。”

“还记得吗？咱们上一顿饭还是在这儿吃的。”

甄繁当年除了给楚辙翻译资料，还当过他一段时间的生活助理，每天给他收发个快递什么的，报酬还算丰厚。楚辙出国前，甄繁为他饯行就是在这儿。当时甄繁也是说随便点，结果楚辙挑着贵的点了一桌，虽然食堂里贵的菜加一起也没多少钱，但那时的甄繁还是很肉疼，最后剩下好多菜楚师哥还一一打包，她当时都有点儿后悔请他吃饭了。后来她去买单的时候，才得知师哥早就付了账。她还是请他吃了饭——两个冰激凌。

“师哥，您看见我昨天发的邮件了吗？”

楚辙并未直接回答：“师妹，你最近是在玩 cosplay（角色扮演）

吗？”她这个学生样和新闻里差太多了。

甄繁一把摘下假发，冲楚辙不好意思地笑笑。

楚辙昨天确实收到甄繁的一封邮件，信上说她要做一个什么什么样的节目，然后邀请他合作。他看完信就抛到了一边，不过他如今改变了想法。

启铭影视制作公司的三楼正在施工。

苏启铭觉得甄繁当初给他提的建议很好，三楼空着确实是资源浪费，他决定打造一个演播厅出租。产业园里有不少中小型的综艺制作公司，按日出租，绝对不愁客源。他对甄繁的什么科普项目没有兴趣，认为不会赚钱，不过面上他还是极力敷衍甄繁。

“繁繁，我是很支持你的事业的，你看我特意给你的新项目空出了两排办公位，不过你招不来人我也没有办法啊。至于资金的事情，我是有心无力，你也知道我的钱大部分投在了房产上，现在又不能回款，公司新剧正在排，现金流还是很紧张的。你也不要急，可以拿着策划案先去找赞助商嘛，找到了再开节目也不迟啊。又不是真人秀，你的成本也不高，找两个赞助商就可以填预算了。实在不行，你还可以找我哥啊，嫂子，你靠着一头牛为什么非要来薅我这只瘦羊呢？或者你可以直接找咱爸嘛，咱爸公司广告部一年几个亿的预算，赞助你不还是小意思。总之，繁繁，你有这么多条路可以走，就不要走我这条羊肠小道了。”

见甄繁沉默，苏启铭又开了口：“繁繁，要不要来点儿酒？”

“你经济紧张天天皇家礼炮？”

“以前的存货啊，现在是一天不如一天了。繁繁，不是我说你，知道什么是独立女性吗？不是放着你爷们的资源不用就叫独立女性，真正的独立女性，要懂得利用自己能利用的一切资源……”

出于想一毛不拔又想要帮助老朋友的心理，苏启铭给简居宁打了电话。

甄繁最近回家的时间都很晚，不过简居宁通常都会比她更晚。大部分时间里，厨子精心准备的晚饭只有简居宁的母亲一个人在吃。

卢尔特夫人还在儿子的四合院里住着，本来是说好住几天就走的，可她正在忙一个中法合作的文化项目，暂时不能回法国，就耽搁下来。

她感觉儿子并不是很欢迎她常住下去，不过住在这里，有现成的厨子、司机，她也就懒得计较儿子心里到底想什么了。她最不满的是，晚餐的时间越来越推迟。

饭桌上，三个人各怀心事。

饮食男女，甄繁和简居宁最近基本只在饭桌上和床上见面。

自从两个人关系有了突破性进展之后，甄繁便不再与简居宁在话上兜圈子了。

简居宁再也不装柳下惠，两个人在频率上倒是符合新婚夫妻的特征。

简居宁每次做完都会例行温存，像是为了照顾她的情绪。她开始还耐着性子等他结束，后来他离开她的身体没一会儿，她就从床上爬起来开始穿衣服，接着她便趿拉着拖鞋回到自己的房间，理由是她困了，得回去睡觉了。至于她为什么一定要回自己的房间睡觉，理由是正经离了她睡不好。

他们住在最里面的那层院子，一共两间卧房，开始时是在甄繁的房间，直到有一天甄繁看见了正经的眼睛，昏暗的灯光里，正经的小猫眼跟电灯泡似的幽幽亮着，即使把幔子拉上，她也忘不了那眼神。后来他们转到了简居宁的卧室里。

每次回到自己的房间里，甄繁就开始亮着灯写策划案。她不喜欢那种橘黄色的灯光，便把房间里的灯光调得极白极亮。正经有时会在桌子上喵喵喵地叫，同时用小爪子来抓她的手，甄繁便会把它的爪子扒拉到一边，重复几次，正经就睡着了。

她则继续喝茶提神，她喝的并不是什么名品茶，而是喝普通茶包，放在茶杯里一冲就好，喝完继续查资料，写方案。

这天吃完饭，简居宁例行叫住了她，像往常一样，甄繁没有拒绝。如果不谈感情，和他的身体接触并不算坏。

自从完全放弃讨简居宁的喜欢之后，甄繁感觉整个人都轻松了不少。过去的十年，她人生里的一大主题就是讨简居宁喜欢，开始时是刻意为之，后来则是惯性使然，不过结局都以失败告终。

现在她已经不在乎他喜不喜欢她，也没必要分开，她的节目还用得着他。

一进书房门，甄繁就钩住了简居宁的脖子，去找他的嘴，往常他很快就会回应她，但这次并没有。她也不以为意，松开他的脖子，抬头冲他笑了笑："今天没兴致？那就算了。"

他搂着她的腰："你就这么想要？"

甄繁把他的手从自己的腰上拨开，径直走到书桌前，在一把椅子上坐下，从桌上拿了瓶口香糖倒出两粒放嘴里，边嚼边说："我这个岁数，生理需求旺盛一些难道不很正常吗？有什么事儿找我？直接说吧。"

简居宁的手撑在甄繁的椅背上，他附在她的耳边说道："我没事儿就不能找你？"

"那也不是。"甄繁晃了晃口香糖瓶子，"你以前不是不爱嚼口香糖吗？什么时候买的？"

"明晚八点有空吗？"简居宁从夹子里拿出两张音乐会的票，第八排的票。

她也有两张，第九排的。

甄繁敲了敲自己的太阳穴："有空倒是有空，不过我自己也买了票。"

"那就好。"简居宁的下巴搁在她的肩膀上，甄繁觉得有些痒，他的嘴在她的耳边亲着，没一会儿他突然问道，"你不会还找了别人吧？"

"我和我弟一起去。"

简居宁愣了会儿，又继续去亲她的耳朵。

"听说你的项目还在招商？"

"你要想投资的话，我非常欢迎。不过咱们这种姿势谈这种事不太合适吧。"甄繁想挣脱他站起来，没想到整个人都被箍住了。

她冲他笑："你让我起来拿方案给你看。"

简居宁并没答应她的要求，而是捧起她的脸，去吻她的嘴。

甄繁的情绪被撩拨了起来，便很热情地去回应他，相对于甄繁的激烈，简居宁比前一次要温柔许多。

甄繁被他搂抱了没多久，就睡着了。简居宁给甄繁披好衣服，抱着她回了自己的卧室，她睡得极熟，连他给她脱鞋袜的时候都没醒来。

简居宁把毯子盖在甄繁的身上，没一会儿甄繁就在床上打了个滚，毯子就像衣服一样裹在了她的身上，她很快就屈起了膝盖，头压在折叠的双手上，整个人缩成了一团。

他关灯上床的时候，突然听见甄繁在骂他："简居宁，你个王八蛋。"

还没等他说点儿什么，又听她说道："你长得可真好看。"

简居宁不知道她做了一个怎样的梦，他把甄繁的双手从她头底下拿开，将鹅绒枕送到她的头下面。做完这些后，他隔着毯子去抱她，她又缩了缩，攥着毯子的手握得更紧了些。简居宁对着空气苦笑："我又不跟你抢。"

这天夜里，简居宁失眠了，听觉变得格外灵敏，甄繁的每一声呼吸，他都听得清清楚楚。

第二天，甄繁从简居宁的怀里醒来，她的记忆还停留在书房里。

就在她把简居宁的胳膊拿开时，她身侧的男人突然开了口："不再多睡会儿？"

"不了，我去看看正经。"

简居宁并未拦她，他饶有兴味地看着甄繁在一旁手忙脚乱地穿衣服："别忘了把你的方案拿给我看。"

甄繁趿拉着鞋离开了简居宁的卧室，走出门去，天还没大亮，已是初秋，四周都透着点儿凉意，她只在院里逗留了会儿，就回了卧室。

真是自作多情啊！她还以为正经离了她就睡不着觉呢，结果它老人家睡得那叫一个香。

正经躺在她的床中央，把自己盘成了一个圆，可能是睡眠质量太好，还有规律地打起了呼噜。

出于猫道主义精神，甄繁并没有去打扰正经的睡眠，她走到案台前，打开了电脑，开始修改方案。

在白得发亮的灯泡下，甄繁又重新估量了一下她的计划。相比鸡贼老友苏启铭，楚师哥明显要靠谱得多，而且发挥的余地要大得多。苏启铭不是个愿意帮忙的样子，把项目挂靠在启铭影视下面不是长久之计，还不如自己拉楚师哥入股成立一个公司。有楚师哥给项目背书，就显得可靠多了，而且，楚师哥还可以以他的名义去招员工和请嘉宾。

甄繁打开了一个新的空白文档，开始罗列自己的优势。她想起自己的商住公寓，公司注册地址可以直接用这个，反正她现在不去住，出租出去她也不放心，用做办公地址正好。

她整整敲了三页文档，自吹自擂，妄图达到说服楚师哥的目的。

早晨吃饭的时候，甄繁突然想到了公司名字——“真有辙”。

“你怎么突然笑了？”简居宁觉得甄繁笑得十分奇异。

“没什么。”

“方案什么时候拿给我看？”

“临时有变，等我重新弄好了再给你看。”

两个人告别前，简居宁指点甄繁：“甄言这么大了，肯定有女朋友了，你把多余的那张票给他，让他请人来看，省得浪费。”

甄繁心想：浪费的是你的票，我的票怎么会浪费。

她回过头对简居宁说：“甄言没女朋友，要有我早就知道了。”

楚辙听到甄繁起的公司名叫“真有辙”，不由得笑了出来，他拿她是真没辙。这个项目不能说不好，但要说多有前途，也说不上，他生平最喜欢偷懒，不然甄繁也不会靠给他收发快递挣了半年的生活费。不过当甄繁一脸真诚地看着他时，说出拒绝的话来并不容易。

“师哥，咱俩股份五五开，您技术入股，资金地址这些琐碎的事情都由我解决。

“师哥，您讲课这么有水平，怎么可以只造福Z大历史系，您得造福社会啊！”

“可主讲人不都是女的吗？”

甄繁开始了对楚辙无底线的吹捧：“师哥，您作为幕后那真是非常的重要……”

“你这些话是不是对别人说过好多遍？”

“那可没有，有您这么多优点的再也找不出第二个。”

“这些话我可当真的听了。”

由于说的话太多，甄繁整整喝掉了一壶茶。楚辙想起甄繁以前爱吃绿豆糕，又给她点了一盘。

“师哥，我找了代理公司，预计半个月就能注册成功，您去找人，我去解决资金。”

甄繁并不是孤注一掷的人，她清点了一下自己的资产，只用一分钟的时间，她就终结了砸锅卖铁来做节目的可能性。她决定先空手套白狼拿着策划案去招商。

这种人文类的节目，一般赞助商就是饮品或者补脑益智产品，高端一点的是汽车。甄繁想起了简居宁父亲的公司，她想苏启铭说得也未必全无道理。

谈话谈到尾声，楚辙从兜里拿出一张票放在桌上："甄繁，你今晚有空吗？"

为免甄繁误会，楚辙又解释道："本来已经约好了人，没想到临时被放了鸽子，我想起你以前对布鲁克纳很感兴趣。这次的乐团还是第一次来华演出，票很抢手。"

甄繁不好意思地笑了笑："其实我就随便听听。"她不太愿意回想过去，那时太傻了，她本以为那样会离简居宁更近一点儿，却把自己搞成了一个笑话。

说完，她拿着票仔细看了下："师兄，真巧，我的票和你挨着呢。"

"你和你先生一起？"

甄繁点点头："不过他在第八排，我和我弟在第九排。我先生这人特执拗，一般音乐会他都坐第八排，碰上演出在大剧院，第八排效果不好，他也如此，八是他的幸运数字。"为了解释她和简居宁不坐一排，甄繁简直是煞费苦心。

"你们什么时候认识的？"

"大概是十年前吧。"

在听到"十年前"三个字的时候，楚辙突然明白了过去甄繁的某些行为。

甄繁读大学那会儿，手机铃声都是拉赫玛尼诺夫、布鲁克纳这些古典音乐家的作品。

那时候甄繁作为楚辙的生活助理，除了给他收发快件，还负责给他打印、复印东西。甄繁有时也会借用一下他的打印机，但楚辙记得很清楚的是，她每次打印东西都自带打印纸。有一次她打了一沓古典乐的论文，楚辙还以为找到了同好，拉着她聊了起来，结果深聊才知道，这个小姑娘只懂个皮毛，不过他倒也没觉得她附庸风雅，反倒认为她不容易。

别人的大一暑假要么旅游，要么出国游学，要么回家，甄繁除了去培训机构兼职，还要给他处理杂务，除此之外，他知道她经济紧张，还特意介绍了她一份翻译图书的工作，稿费全归她，但是署别人的名字，甄繁毫不犹豫地接受了。

她这么忙，就算附庸风雅，也是很难得的。楚辙特意把自己的古典乐杂志借给她看，后来杂志还回来的时候还特意包了书皮。

下午，甄言突然给甄繁打电话，说他朋友正在医院，他得看着，晚上的音乐会他去不了了，电话里一连串的对不起。

“没事儿，押金什么的都没问题吗？”

“都还好。”

甄繁盘问了一番，还是不放心，她让甄言处理好事情之后，再同她视频。

一个撒谎的人总是怀疑别人也在撒谎。她以前自己出了意外总是编各种各样的谎话骗家里人。

看到视频里甄言完好无损，甄繁这才放了心，她让甄言在帮助朋友的同时也要照顾好自己。甄繁一整天的时间都同楚辙待在咖啡馆里。

吃过晚饭，甄繁开车带楚辙去音乐厅。今天楚辙的车限号。

“你觉得我坐哪儿合适？”搭便车就有这点麻烦，坐副驾可能会被人家的另一半看不过眼，主动坐后排又好像拿人当司机。楚辙是论迹不论心的坚定贯彻者，不管他心里想什么，面上总是要与甄繁这个已婚妇女保持安全距离。

“您坐哪儿都合适，不过最好坐后边，安全。”

音乐厅门口，甄繁戴着口罩和楚辙站着聊天。楚辙在音乐论坛上原价出票，他的账号已经有十多年，可信度极高，不到三分钟的时间里，票就卖了出去。票是面交，买主微信付了定金，现在还没来。

聊着聊着，甄繁突然看见了简居宁，她下意识撇过脸。

就在这时，她的手机响了，铃声早就从拉赫玛尼诺夫的第二钢协换成了《铡美案》里的一段西皮快板。

在西方古典音乐厅的外围，这段铿铿锵锵的唱词十分引人注目，她急忙按了接听键。

备注是“简大善人”。

简居宁最近几天对这个唱词十分熟悉，听到唱词，他下意识地扭头去看，没承想看到了一个熟悉的身影。甄繁今天穿了一件长袖连衣裙，外面套了件千鸟格的风衣，因为瘦，又穿着平底鞋，站在楚师哥旁边显得十分小鸟依人。

“端阳，你在哪儿？我在门口等你。”

“你先进场吧，我还要等一会儿呢。”

简居宁挂掉电话，发现离他不远的地方，有一双眼睛在盯着他。他扭头，那双眼睛的主人他并不认识。

在简居宁转身的一瞬间，黎媛媛几乎是跑着过去的，她穿着高跟鞋，差点儿崴了脚。

“简馆长，我能跟您合张影吗？就占用您一会儿时间，您要是没时间也没关系。”

由于眼前的这个女人表现得十分谦卑，简居宁没有拒绝，带着标志性微笑同她合了影。

见黎媛媛还没走，他问道：“您还有事吗？”

“没有……再见！”

黎媛媛将她和简居宁的合影修图后加了个滤镜，又选了几张自己的自拍放在微博上。配图文字是：“今天去听我最爱的乐团，门口偶遇简馆长。简馆长果然是资深古典乐爱好者。”

微博评论下有人问黎媛媛看见甄繁了没有。

黎媛媛斩钉截铁地回复：“没有，布鲁克纳可不是谁都能听得懂的。”

黎媛媛买的票十分靠前，所以直到散场她也没看到甄繁。

还有人问黎媛媛：“你不是脱粉简居宁了吗？”

黎媛媛表示：“看着简居宁的背影又粉回来了。”

简居宁走到光线暗的地方，点燃了一支烟。一支烟吸完，他准备去检票，结果甄繁还站在那儿有说有笑。

简居宁走过去，一手搂过甄繁的肩膀：“端阳，你怎么还不进场？”

“还有好长时间呢。”甄繁随即向简居宁介绍道，“我师哥楚辙，当年我们系的风云人物……”甄繁花了整整五分钟的时间来吹捧楚辙，接着又向楚辙说道，“这是我先生简居宁。”

吹捧这东西也要有来有往，楚辙对着简居宁说：“久仰久仰……”

进场时，甄繁选择坐在第九排，简居宁旁边的位置是空的。

中场休息时，简居宁离开座位去吸烟区吸烟。

等简居宁从吸烟区回来的时候，看到后面的两个人还在聊。

楚辙看看简居宁，对着甄繁感叹："也不知道是谁买了这么个好位置还不来？甄繁，要不你往前面坐吧。下半场快开始了，这会儿不来人，估计是不会来了。"

"那多不好。"

楚辙一贯不拘小节，他向甄繁传授起自己当年光荣的占座史："我读中学的时候，总是买最便宜的票，然后再看哪个贵宾票的位置空着，就抢着上去坐。不过也有尴尬的时候，有一次中场休息的时候有人来问我，这是不是我的位置，我当时梗着脖子说那还能有假吗，结果人家把票拿出来，在我面前甩了甩，让我好好看清楚这位置是谁的，我只好说看错了，然后再去找我的位置，结果也被人占了。"

甄繁很佩服楚师哥，这么尴尬的事情还能讲得如此云淡风轻，她可不行。

简居宁坐在前面，只听甄繁说："坐哪儿不是坐，反正总共也就三个来小时。又不是牛郎织女，一年只见一次面。"

楚辙觉得这对夫妇有点儿怪，可是哪儿不对劲，他也说不出来。

散场后，甄繁把自己的车借给了楚辙："师哥，你直接开我的车吧，一会儿我坐我先生的车回家。"

"我打车就行。"

"反正我明天也得去Z大，再说你要不开走，车就在这儿放着了，我明天还得再来开一趟，您开走就算帮我忙了。"

甄繁坐在简居宁的正后方同甄言视频。

"大宝，我现在在你姐夫车里，你放心，没任何问题。你一定得照顾好自己，千万别熬夜，听到了没？"

挂掉视频，甄繁例行翻自己的微博，结果刷到了简居宁和黎嫒嫒的合影。

"你不是说和甄言一起吗？"

"我弟临时有事儿来不了了。"

"和你的楚师哥聊得不错？端阳，我以前可是低估了你的交际能力。"

“你没低估。你知道有一种人，不管嘴多笨的人跟他聊天，他都不会让话掉下来，楚师哥就是这种人。”

“你说这些话是想让我吃醋吗？”

“啊？”甄繁又把简居宁的话回想了一遍，“你怎么会这么想？”

“端阳，你不觉得你的丈夫和你在同一场音乐会，而你和别的男人坐在一起太过分了吗？我不知道你对咱们的婚姻是什么看法，但是我认为彼此面子上至少应该过得去。端阳，别跟我玩这种小孩子把戏，那对你并没有什么好处。”

“我在你眼里就这么无聊？我就这么没有自知之明？”

她怎么会用这种把戏让他吃醋，她可不认为他会为她吃醋。

甄繁将头发向上捋了捋，尽力让自己平静下来：“好吧，感谢你对我的忠告。”

“你想要什么，可以直接说，不用那么迂回。”

甄繁想了想，问道：“你能为我弹首曲子吗？”

“你想听什么？我给你弹。”

“都行，你弹什么我都爱听。”

简居宁坐在那架只此一家别无分号的墨绿色钢琴前给甄繁弹起了《半个月亮爬上来》。

这首曲子带给甄繁的回忆并不算美好。

“能不能换一首曲子？”

“你不喜欢？”

“可不可以给我弹一首不是所有人都知道的曲子？”

甄繁打开手机开始录小视频，视频里只有简居宁的手指和墨绿色的琴键。

大概三十秒后，她按了结束键。

这段视频最后被甄繁发到了微博上，配图文字是：“同简先生听音乐会归来，我说，要不你给我弹首曲子吧，结果简先生就弹了这首。”甄繁特地在文末配了个话题#做你唯一的观众#。

甄繁所有的摄像天赋都集中在了简居宁的手上，视频里的那双手比实物还要好看三分。

热门评论都在夸简居宁的手指好看。

有人好奇钢琴的颜色，热心网友上前解释："钢琴厂商是可以为贵宾客户调色的。"

甄繁是通过热评才知道简居宁弹的曲名的——萨蒂的《玄秘曲》。

发完微博，简居宁再弹什么就不重要了。她推开窗户去看夜幕，外面起了一层薄薄的雾，天上那几颗伶仃的星星看得也不真切。

"你要喜欢的话，我可以教你弹。"

简居宁把甄繁按在琴凳上，把她的手指放在琴键上。

甄繁按了几个键，突然把自己的手从简居宁的手里挣脱出来："算了，我手笨！"

"不喜欢就算了。能把你的方案给我看看吗？"

简居宁靠在椅子上，看着甄繁在打印机前打印。

不一会儿，她把一沓文档放在他面前。

甄繁虽然放弃了讨简居宁喜欢，但辛辛苦苦做出来的方案还是希望得到认同。

"能给我按按肩膀吗？"

甄繁迟疑了一下还是走到了简居宁的身后，把手搭在他的肩上。

"再重一点儿。"

甄繁加重了自己的手劲：不是摆谱吗？疼死你。

"你拇指按的地方轻一点儿，你昨天刚咬过。"

甄繁又用手指在那个地方使劲按了一下："和其他地方没什么不同啊。"

"《不奻》？这个名字倒有意思。"

甄繁忙着解释："奻字本身的意思，一是愚，二是争吵，都是对女性的刻板印象，女人聚在一起会发生争吵，两个男人就不会了？女人比男人笨？不奻就是要颠覆对女性的刻板印象。"

这层意思是甄繁后来附会出来的，她最开始取这个名字就是为了引人注意。

"你和那个楚师哥是合伙人关系？"

甄繁"嗯"了一声。

"我建议你最好找一个专业一点儿的合伙人，从他的履历上看，他应该没有制作节目的能力，而你自己也是生手。"

“纯粹技术上面的东西我们可以找其他人解决，什么是专业？我们做的是历史科普节目，历史科班出身是最重要的。况且我们这种节目，可以说对制作没什么要求，随便从外面招个导演，很快就能上手。”

“好吧。端阳，那你跟我说一说你们节目的卖点在哪里？同质化节目这么多，你们跟别人比优势在哪里？当然你可以说是女性垂直化，但是越垂直意味着受众越窄，如果没有特别的卖点，你很难找到人投资。就算你能找到投资，你也很难找到平台去大力推你的节目。是，你的师姐、老师们都很优秀，在校内都很受欢迎，但任何节目本质都是大众传播，不是你们历史系自己满意就可以。”简居宁抬头看甄繁，“端阳，如果我没估计错的话，你现在应该还没找到投资吧？”

甄繁停止给他按肩膀，微笑着同他说：“既然这么看不上，何必勉强自己呢？我今天累了，想早点儿休息了。”

简居宁又重复了一遍刚才的话：“你如果需要我帮忙，可以直接说。”他停顿了一下，“毕竟我们是夫妻关系，总比找外人强。”

“我肯定会邀请你帮忙的，不过不是现在。”甄繁抱着文件，拎起包回了卧室。

甄繁走后，简居宁又从烟盒里拿出了一支烟，刚点燃，他又把烟头使劲按灭在了烟灰缸里。好端端的一支烟就这么浪费了。

甄繁一把倒在床上，正经过来用爪子一下一下去碰她的背。

尽管又被鄙视了，她很生气，也很不忿，但她觉得简居宁的话也不无道理。

她生气地在床上打了几个滚，正经被她压得喘不过气，在那儿喵啊喵。她从床上坐起来，在正经的肚子上揉了揉：“你没事儿吧？”

确认正经没有被她压坏，甄繁从床上爬起来继续更改方案。

虽然她备受鄙视，但是学术成就远高于她的老师、师姐们远没有她有曝光度。

她想做的不仅是一个科普节目，而是要做一档很火的科普节目，她要靠这个彻底翻身，并且她还要靠此赚钱，她可不是一个不食人间烟火的仙女。

“一个没有声量的节目跟没有这个节目没什么区别。师哥，你是不是觉得炒作很可耻？”

“炒作对我来说是个中性词，只不过，你这样对自己太狠了吧？”

“还好，我已经习惯挨骂了。像我这种风评很差的人来做科普节目，肯定有一拨人要看看到底有多差。抛砖引玉，我就是块砖，没有我这块砖，就没人意识到玉有多么可贵。等关注度上来了，就是师姐们的舞台了。”

甄繁决定把自己祭出来，她调整了节目的规划。她要亲自出马主讲前三期，来增加曝光度，后期要踩着她来宣传她的师姐和老师们。

“不是，我的意思是，你为什么非要把自己定位为一块砖呢？其实如果你讲得不错，更能吸引关注度。”

“是吗？”

“你什么时候这么不自信了？甄八千。”

“您就拿我逗乐吧。”

“我没开玩笑。”

“为什么在邀请人里你没写你钟师姐？”

“钟师姐回国了吗？”其实甄繁早就知道钟师姐回国了，不过她怕楚师哥尴尬，才没把师姐列在邀请名单里。Z大历史系至今在传，楚师哥为了钟师姐立志终身不娶。

“都回来有半年了，老林没跟你说？”楚辙并不知道自己在甄繁心里已经成了一个情种，他只是惊讶甄繁消息的滞后。他以前是追求过钟教授的女儿，因为人家善庖厨，而他唯一的做饭技能点在煮泡面上。不过被明确拒绝后，楚辙也就把这件事儿抛到了脑后，没想到传着传着，他就成了一个痴情汉。

在楚师哥的张罗下，第一季的其他四个主讲人都确定了。唯一可惜的是，钟师姐因为不想出镜并未同意甄繁的邀请。

自从重心转移到《不妆》上来，甄繁登录微博的频率明显减少。如果不是电话被打爆，微信聊天栏一路飘红，甄繁还不知道微博上她疑似婚内出轨的消息已经传得沸沸扬扬了。

甄繁现在住在Z大附近的一个公寓里，她已经连着好几天没有回简家了。也不知道简居宁最近是不是很闲，几乎每天都能缠上她几个钟头，严重影响了她的工作。为了能够赶快做好前期工作，早日开机，甄繁索性住在租来的房子里。

她本来注册的公司地址是自己的公寓，不过房子离Z大太远，她最后还是把工作地点定在了Z大附近，现在的商住公寓是她租来的。录像和后期剪辑楚辙找了其他公司承制，甄繁在忙的就是节目内容和招商。

她每天不是穿成个贵妇似的去招商，就是在公司和人碰本子。经过她的软磨硬泡，她已经初步和一个茶饮料公司及一个蛋糕公司达成了合作协议。她答应那家茶饮料公司，饮料摆满整个主讲人的台子，主讲人会每隔二十分钟喝一口他家的茶饮，以达到宣传目的。

除了邀请的几个嘉宾时不时来跟她讨论，楚辙也经常会带一帮学生过来。这帮学生有本科生也有硕士博士，甄繁开始问给人多少钱，楚辙对她说："不必太客气，这帮人一个比一个能吃，你只要每天把冰箱塞满就可以，等节目开播的时候，再给大家包个红包。"

学生里还有写那篇《甄繁师姐，请你放过Z大历史系！》的小姑娘，剩下的常客当时都参与了转发。不过大家都很有默契地忽略了那件事。

大家聚在一块，从节目流程到主讲内容一遍又一遍地碰。如今流程和主讲内容已经基本定了下来，甄繁准备在下周录节目。

没想到中途出了这么一个岔子。

甄繁点进了"甄繁疑似出轨"的热搜。

最开始说她出轨的是一个狗仔账号，这个账号在狗仔群体里并不知名。

该账号先是发布了一个不到一分钟的视频。视频里甄繁和楚辙两个人从车上下来，并排走进了一个小区，最后又进了同一栋楼。

甄繁想起这个视频应该是她带楚辙看房子时被拍的。如今过了有小半个月，现在放出来，也不知道是何居心。

之后，这个狗仔账号又先后放出了甄繁和楚师哥一起喝咖啡、一起逛家具店的视频。

视频刚发布时，一水儿的评论在谴责她出轨，她点进那些微博号看，大多数是僵尸号。

很快舆论就扭转了过来，大部分网友认为甄繁不会出轨。

只是那些理由并没让甄繁感到高兴。

甄繁一开始看着这些评论很生气，不过她很快就意识到这是一个宣传的机会。

她找到之前合作的律师起草了律师函，在收到拟好的律师函五分钟后，她就将其发到了微博上，并@了那个狗仔账号，请他们立刻停止侵权。

随后，她又连发三条微博。

第一条，她隆重推出了她的楚师哥，把往日吹捧师哥的话又在微博上复述了一遍，且有过之而无不及；

第二条，她开始宣传自己的节目：“今年夏天，在我决定转型之后，我和楚辙师哥策划了一个节目《不妏》……”甄繁把自己策划案里那些夸张的文字又在微博上放了一遍，节目多么与众不同，多么关注女性，她是如何耗费心血；

第三条，她表示自己和简先生的感情很好，她过往是有一些问题，谴责攻击她都没问题，但请不要转移到简先生身上，不要攻击他们的感情……最后她又说简居宁如何支持她的事业。

最后，甄繁准备再发微博@那个狗仔账号进行一番谴责，没想到账号早就删了。

“甄繁出轨”的声音很快就被“甄繁炒作”给湮没了。

评论里有人为简居宁惋惜，莫非真的好汉无好妻？

甄繁打电话给楚辙，安慰他不要为了网上的舆论生气。

楚辙愣了一会儿才说道：“我其实无所谓，你自己不要在乎才好。”

挂掉电话，甄繁又给简居宁发了条微信：“今晚我就不回家了。”随后她就把手机放到了一边。

甄繁在家吃泡面时，门铃突然响了。她悄悄走到门口，从猫眼小心翼翼地往外看。今天她的地址刚刚暴露，很怕有陌生人找她的麻烦。

“端阳，别看了，是我。”

甄繁今天穿得很随意，只在裙子外罩了件针织衫。

“坐吧。”甄繁给简居宁拿了把椅子，客厅已经被装修成了办公场所，中间是一张足以容纳十多个人的木桌，木桌空落落的，那碗泡面显得十分瞩目。

“你天天就吃这个？”

甄繁打开了一瓶矿泉水，灌了两口：“平常吃得还挺好的。”

简居宁今天像是刚从什么正式场合出来，穿得很正式，还打了领带。此刻，他单手松了松自己领带：“怎么这么多天不回家？”

“最近有点儿忙。”

简居宁的手指在桌上敲了敲："甄端阳，这就是你同别人逛家具店买的家具？还有，你我感情很好，你是从哪里感觉出来的，你可以说出来同我分享一下。"

甄繁因为太忙，已经两次没去理疗了，今天下了些雨，她的膝盖又疼了起来。她觉得简居宁的话有些阴阳怪气，不过她决定不理他，而是选择转身去拿药。

就在她转身的时候，简居宁把她按在椅子上。

"简居宁，你别这样，我身体不舒服！"

简居宁并不管她，将她困在了自己身前。甄繁背对着简居宁，双手被箍住。她没办法咬他，更没办法抓他，于是便张口骂他，越骂越不堪入耳。

他附在她的耳边说道："端阳，你正好试试你这房间隔不隔音。不隔音的话，咱们好换一个。"

甄繁闭上嘴沉默。

甄正经躺在猫窝里穿着手术服，戴着伊丽莎白圈忧伤地"喵喵喵"。

正经这些天一直跟在甄繁身边，甄繁把正经单独放在简家不放心，每天上班前就让正经钻到航空箱里，她提着航空箱放到车的后排，到了办公的地方，她再把正经放出来。正经作为一只猫，却很喜欢热闹，其他人来公司的时候，正经愈加活蹦乱跳，食量竟然还变大了。后来甄繁不回家，正经也就跟她住在这儿。楚师哥偶尔也会把他的暹罗带过来，暹罗是只公的，两只猫经常眉来眼去。甄繁前两天在给正经检查了身体后，还是给它做了绝育手术，毕竟对于一个有心脏病隐患的猫来说，怀孕比绝育后果更加严重。

在一片猫叫声中，简居宁要把甄繁放在桌子上。

她同他商量："我腿疼，能不能换个地儿？"

这个公寓，楼下办公，楼上住人。

简居宁把甄繁抱到了楼上卧室的床上："前天我说带你去做推拿，你说你的腿已经好得差不多了，做理疗就够了。现在你怎么又说自己腿疼了，端阳？"

"是你刚才弄疼我了。"

简居宁把甄繁的腿放在自己的膝盖上，用手轻缓有度地按着，试图缓解她的疼痛："现在好点儿了吗？你也不要再拖了，明天上午我带你去。"

"我好多了，你也挺忙的。我要是真有事儿，还不知道自己去医院吗？"甄繁转动着自己被绑着的双手，"我手麻了，给我解开好不好？你大老远跑来履行你作为丈夫的义务，我感动还来不及，还能打你不成？"

甄繁的手被解开后，她左手握着右手手腕一直揺，突然，她的手一挥，那姿势像是要去扇简居宁的耳光。简居宁就这么一动不动地看着她，也不躲闪。

那只手高高举起，轻轻落下，最终在简居宁的脸上滑了一下。

甄繁看着他笑："你这鼻子长得真好。"然后捧住了他的头，把嘴唇印在简居宁的唇上，她的手插在他的头发里，由于太过用劲，左手无名指的金戒指狠狠地摁在简居宁的头上……

等简居宁完全结束后，甄繁坐起来穿衣服。

他的手还停留在她的腰间："不早了，睡吧。"

"我还有工作没做完，你要是不走的话，就先睡这里吧。"

简居宁在她的耳后吻着："端阳，我说过你有问题我可以帮忙，我能理解你想要成功的心情，但你做事最好还是有些底限，不是什么事都可以拿来炒作的。"

甄繁背对着简居宁，她的手继续扣扣子，不过扣眼扣错了，她又拆开重扣，一连几次才扣对。当扣上最后一颗扣子时，她才开口："你的意思是今天的事情都是我在炒作？"

沉默。

甄繁去掰简居宁扣在她腰上的手指，某一瞬间，甄繁注意到，简居宁诓她买的戒指并没戴在他的手上，不过她也只看了一眼而已。

"简居宁，有时候我都纳闷儿，你怎么就能够这么了解我？是，我就是为了新节目在炒作。你不是说我做的节目不会有人看吗？我怎么也得垂死挣扎炒作一把，不过就是时机选得不太好，按理说播出的时候炒作效果更好。"

她本是去掰他的手指的，没想到连她的手也被覆盖在了他的手下。他不说话，只是继续在她的脸上亲着。

甄繁感到了他温热的手指和他手指上的茧子，她拿手指尖去挠他的手心，继续说道："反正这样炒作也不会有风险，大家都不信我会出轨。

你看网友评论了吗？他们都不相信我会放弃你这个粗大腿，除非我疯了。你说大家素未谋面，就隔着根网线，怎么就那么了解我呢？他们说得很对，我怎么舍得放弃你啊？为了同你结婚，我可是煞费苦心。”

她的表达欲越来越旺盛，连腿疼都忘记了：“知道我当年为什么喜欢你吗？因为你是我能接触到的最有钱的人。和你这样的人在一起，能够无限满足我旺盛的虚荣心。可我还来不及向别人炫耀，你就跑了，我真是太遗憾了。你知道我为什么没要你给我的房子，还把其他东西都还给你吗？我是欲擒故纵等你回心转意呢，可也一直没等到。我甚至后悔没收你的房子，那个地段的房子五年前一平方米就十万多了呢。可现在想想，有舍才有得，我当时要收了你的房子，你肯定不会回来找我了。我今天怎么能够以你太太的身份去炒作呢……”

甄繁把她对简居宁的感情说得越不堪，她就越痛快。喜欢他这件事才会让她感到难堪，其他都无所谓。

深夜，甄繁披着衣服从床上下来，吃了止疼药。桌上的泡面早就已经凉了，她从橱柜里拿出一罐黄桃罐头拧开盖继续吃，一边吃，一边敲键盘。下周就要录节目了，她的讲稿已经改到第六遍了，每次看她都觉得有各种各样的问题。

她太害怕失败了，这些天她总是生出一股时日无多的错觉。

敲着敲着，甄繁就睡着了，整个人趴在键盘上，无意义的汉字一连打了好几页。

甄繁是在床上醒来的。

简居宁翻遍甄繁的厨房也没发现米或面，冰箱里的速冻食品倒是充足，好在还有蔬菜。简居宁不知道的是，这些菜甄繁不是买给自己，而是买给正经的。

他用平时做意大利面的方法做了方便面。甄繁愣了一会儿，但随即她就反应过来，拿着手机“咔嚓咔嚓”拍照。简居宁的色彩感真是绝了，味道好不好不说，卖相却是一等一的好，连滤镜都不用加。

她拍完马上把照片传到了微博上，仅仅半分钟就敲定了配图文字：“简先生来视察工作室，顺便给加班的我做了一份方便面。我在做《不妒》的过程中，遇到了许多困难，别有用心之人的污蔑更是让人心寒，但庆幸的是，简先生一直支持我信任我。《不妒》录制倒数第五天，加油！

《不妆》目前对外募集十位现场观众，感兴趣的可以关注@不妆官博。”

发完微博，甄繁拿湿纸巾擦了擦手，开始埋头吃饭，她很快就吃完了一碟：“你的手艺可真是不错。”

“对不起。”

甄繁愣了下，拿着空碟子问他：“还有吗？我还没吃饱呢。”说完，甄繁将玻璃杯中的水喝了大半杯，她看着简居宁，他今天没打领带。

简居宁把自己的面推给甄繁，她并未拒绝，接过来继续埋头吃。没吃多少，她就有了明显的饱腹感，可是她的嘴并没停下来，一直在那儿吃着。

简居宁的手浮在甄繁的头顶，想摸又没有摸下去。他把甄繁正在吃的盘子拉到自己面前，拿着叉子吃她剩下的。

甄繁眼看着自己的盘子被抽走，这才抬起头来：“你干吗啊？”

他抬眼看她，从纸巾盒里抽出一张纸去擦甄繁的嘴角：“端阳，你这儿有番茄酱。”

擦完，他把纸巾扔进了一旁的垃圾桶，继续吃甄繁吃剩的面。

他很快就打扫干净，一边拿纸巾擦手，一边说：“端阳，招商的事情怎么样了？”

“很好，有许多家企业都表示了投资意向，不过我们现在还没确定下来。”

“我们最近在做汝瓷茶具，目前正在寻求曝光，希望能在你们节目有品牌露出，能不能把你的招商计划书给我看一下？”

“抱歉，你说得太晚了，我们已经和一家茶饮公司基本达成了意向，给他们做全套的品牌曝光。总不能将饮料瓶打开放到你们大几千块的茶杯里吧？那样可严重损坏茶具的品牌价值。可如果不这样，你说主讲人喝茶杯里的茶还是喝瓶装饮料？我不知道别的节目怎么做，但我觉得这两个放一起很矛盾。”

“可你不是说还没确定吗？”

“总得有个先来后到吧。”甄繁将剩下的半杯水喝完，“当然，你如果这么看好我们节目的话，我们也可以寻求其他方面的合作。”

“你等一下。”甄繁说着就去翻抽屉里的策划书，她走得很快，没一会儿就把合作计划放到了简居宁面前，“你看一下，上面有我们承诺的所有曝光方式。”

“除了不能口播，我们几乎涉及了市面上所有的曝光方式。我们也考虑过口播，不过讲课讲到一半，就突然跳出来说 ×× 饮料真是好，太神经病了……茶具虽然不能合作，但是至简有那么多文房周边，和我们的节目都很契合……”眼下，简居宁在甄繁的眼里，就是一个能提供很多钱的合作对象。

她也不认为简居宁投资，是给了她多大便宜，如果节目成功的话，双方是互赢，没有谁占便宜一说，如果失败了……

甄繁不能容许自己失败。

甄繁又想起简居宁全方位、多角度投资索钰的电影，不仅如此，简居宁还为索钰贡献了许多宣传材料。简居宁或许不爱索钰，但他信任她的能力，他很看得起她。事实上，索钰也并没有辜负简居宁的信任，她确实让简居宁赚了钱。

甄繁努力不让自己想起旧事，喝了一口水，准备全身心地迎接简居宁的问题。

“节目的播出平台定了吗？”

“我们初步合作对象是文艺频道，至于视频网站，想和我们合作的那就更多了，我们正在挑选之中。”

在甄繁主动与人洽谈后，大多数网站确实表示了合作意向。是合作意向而非购买意向，合作也仅仅是播出上的合作，网站对前期制作投资并无兴趣，也不认为节目有购买价值。不过如果甄繁把网络独家播出权给他们的话，这些网站可以为其提供一些不错的推荐位，仅此而已。这些人精对甄繁都很客气，有家网站还建议甄繁去做婚恋节目，说网友对这个更感兴趣，相对什么所谓的历史科普，他们更愿意投资这种能赚钱的项目。

文艺频道的合作并没最终确定下来，今天甄繁还要和楚辙去谈。

她今天有许多事情要做，就连原先预定的肺结节随访都推迟了。

甄繁继续向简居宁推广她的节目，她把打印好的最新策划案拿给简居宁看：“这是我们终版的节目流程，这版在我上次给你看的那版基础上做了很大调整。”

见简居宁不说话，甄繁又说：“你还有什么要问的吗？有什么不了解的都可以问。”

“我回去再考虑一下。你去换下衣服，我带你去做推拿，这个点吴老先生还不接诊，我们去插个队。”

“你还要再考虑啊？”甄繁努力挤出一个笑容，“推拿我去不了，今天我还有工作要谈，时间已经约好了。”甄繁看了下表，“一会儿就有人来上班了，你走吧。”

“你和人约的哪儿？现在才七点一刻，十点之前我尽量把你送到那儿。对了，你们公司员工够勤快的啊，这么早就要来上班了。”

公司里除了甄繁，只有两个人坐班，而且是十点上班。

没等甄繁回复，简居宁继续说道：“你赶快去换衣服，我带你去。”

“我们定的九点。”

“那好吧，如果我没记错的话，你车今天限号，我一会儿捎你过去吧。”

“我和楚师哥约好了，我们一起去。真的，你有事儿就去忙吧，不用在我身上浪费时间。”

“如果咱们要签合同的话，你觉得你是上午方便还是下午方便？”

甄繁马上微笑：“看你时间，我都行。不过我上午是真有事儿。”

“我在你这儿看下合同，你不介意吧。”

“好啊，你想喝点儿什么，咖啡还是茶？要喝茶的话，红茶还是绿茶？龙井怎么样？要不要来点儿小点心？”

甄繁给简居宁端来了华夫饼，她住的这地儿离K大不远，甄言昨天来过，给她做了许多小点心。

“你先尝尝华夫饼，我去给你泡茶。”

“不用了，你给我倒杯白水就行了。”

甄繁把玻璃杯放到简居宁面前：“还有什么问题吗？”

“你弟经常来这儿？”

“我弟就在附近，偶尔来。”甄繁从桌上拿了块华夫饼放在嘴里，咬了一口说，“这是我们草拟的合同，你看下有什么问题或者还有什么要补充的，只要咱们把意向定下来，细节我们可以再敲。当然你们是甲方，合同最终还是你们定。”

“我后天去英国，大概一周后才能回来，我们最好在出国前把事情确定下来。你们这儿负责商务对接的人是谁？”

甄繁拿手指指了指自己，微笑道：“我。”

“我可不可以问一下你们公司一共有几个人？”

“这个你完全可以放心，合同里我们承诺的到执行时只多不少，不会出现职能部门缺失的情况，我们的制作合作公司也做出过业内许多知名的项目，非常有经验。如果违约的话，你们完全可以追究我们责任。”她从桌上的名片夹里拿出一张名片十分恭敬地递给了简居宁，“这是我的名片。”

简居宁接过名片来看：“真有辙？有辙？这名字是你自己起的还是？”

“我自己起的。”

“端阳，你可真会起名字。”

“这多亏了楚辙师哥的名字吉利，‘真有辙’就比真没辙强得多。”甄繁是个很迷信的人，她觉得楚辙简直是她的锦鲤，自从楚辙加入后，以前她觉得没辙的事情都变得有辙了。

“你起这种名字，你那位师哥的另一半不会有意见吗？”

“这个名字只是表明公司是我们合开的啊。我起的是公司名字，又不是我孩子的名字，为什么我未来嫂子要有意见？”随后，甄繁又思考了一番，“不过你说得也不是没有道理，我当时确实没考虑到这一层。大不了以后再变吧，反正我师哥现在也是单身。”

“端阳，我建议你还是趁早更名，否则很有可能影响你师哥的择偶，毕竟不是所有人都像你这么心大。你这个名字很容易让人产生误会。”简居宁分不清甄繁是认真的还是故意的，有时候她敏感到下一场雪都会在她的心里留下痕迹，有时候又迟钝得可以。

“非常感谢你的提醒，不过这个就不劳你费心了，我会和楚师哥商量的。咱们还是继续聊合作的事情吧。”

简居宁的手一直在翻合同页，甄繁集中精神回答他的问题。

“我今天会把你的合同转给法务部，让他们重新核定一下。不出问题的话，我们明天就签。端阳，今晚下班我来接你，咱们一起回家，你没意见吧？”

甄繁本来还想说晚上有别的事情，不过她最终还是点了点头：“好，那再见。”

在简居宁走之前，甄繁善意地提醒他：“你最好还是戴着婚戒，否则外界会认为我们感情有变。如果那些喜欢你的女孩子认为你单身，一个个凑上来，对你对我都没有好处。如果戒指不小心丢了，那就再买一只，那个卖戒指的不是你的朋友吗？”

除了表，简居宁不喜欢戴任何饰物，他没说好还是不好，而是又重复了一遍刚才的话：“今晚不要有别的安排，我下班来接你。”

简居宁本来打算直接去公司，途经某个大型百货商场，想起甄繁的冰箱实在单调，直接去地下一层买了一堆东西，然后他又折返回去。在那个熟悉的门口，简居宁看见一个不算熟悉的男人在按指纹开锁。

开门的是楚辙，他手里拿着蟹粉小笼包和皮蛋瘦肉粥，他刚吃过，临走前又在店里给甄繁打包了一份。他转身进门的时候看见了简居宁，便开门请简居宁进来。

甄繁已经换好了衣服坐在桌前等楚辙，她手里拿着笔在方案上圈要点，手上的钻表和红宝石戒指十分醒目。她刚换了一套白色套装，当衣服十分简洁时，身上的首饰就会更加引人注目。甄繁曾因炫富被网友们骂得怀疑人生，不过现实告诉她，在这种和名利圈靠得很近的圈子，作为一个没有太大话语权的乙方，穿得越贵，就越有可能受到礼遇。

甄繁想：只要我足够努力，总有一天，我不需要用衣服来证明自己。

甄繁听到门响，头也没回，便说道：“师哥，你终于来了，你昨天给我的资料真是太有用了，要是没你，我都怀疑咱们这节目根本办不下去。”甄繁这话，七分真心，三分吹捧。

“哎？师哥，你吃了吗，要没吃的话……”甄繁转身，没想到迎上简居宁的目光，他手里拎着两个大袋子。

没等甄繁开口，简居宁便说道：“端阳，东西我给你放冰箱了。”

临走前，简居宁看见甄繁脚下的高跟鞋：“端阳，换双平底鞋吧。”

甄繁嘴上答应得十分爽快。

楚辙发现今天的甄繁和以前有些不同，之前甄繁同他在一起工作时，总是穿卫衣衬衫，这让他偶尔会产生一种还在当年的错觉。

“师哥，我穿得很不对劲吗？”

“没有，很好。”

红灯亮时，楚辙的手握在方向盘上：“甄繁，工作再忙也不能总不回家，身体要紧。工作和家庭要平衡好，你家那位已经很支持你的工作了，挺难得的。”

“师哥，你说得对，他确实挺难得的。”在他人面前，甄繁对简居宁从不吝惜溢美之词。

甄繁把自己手里的书合上，问道：“师哥，你知道钟师姐离婚了吗？”得知钟师姐离婚后，她还为楚师哥高兴了一下，尽管是建立在钟师姐婚姻失败的基础上，很不道德。

“你什么时候变得这么八卦了？”楚辙很想告诉甄繁自己并不是一个一辈子只喜欢一个人的情圣。他对钟教授的女儿早就没那种意思了，不过他还是忍住了。也许让甄繁误会，他们的相处会更自然。

甄繁很真诚地说道：“师哥，你也不要灰心，总有一天，师姐会发现你的好的。”

“感情的事情其实跟人好人坏并没有关系。一般来说，好人就是没戏的另一种说法。”

“师哥，这些话虽然我说很不应该，但我还是忍不住要说，钟师姐当然是很好的，不过除了师姐，也还有很多好姑娘。前几天，我去学校，碰上了章师姐，章师姐是越来越漂亮了……”

第十章

/替身故事/

卢尔特夫人好几天没看见甄繁了，她猜想儿子的感情肯定出了些问题。这也在她的意料之中，两个不同阶层的人势必不能长久，她觉得儿子十分不成熟，图一时新鲜不是不可以，何必要走到结婚这一步。

她今天在家宴请画家柳介甫。她还是顾小姐的时候，柳介甫就是她的裙下之臣，不过也仅止于此。

男人们爱她，对她从来都不是新鲜事，她一直认为，男人的爱慕是对女人最好的滋养。对于这种爱慕，她不仅不拒绝，甚至会鼓励纵容乃至怂恿，但发生实质性的关系不行，那有损她的名誉，英国的事情完全是桩意外。她年纪越长越后悔，那件事极大地影响了她在儿子心中的形象。

以前柳介甫召之即来挥之即去的时候，她不拿他当桩事，如今柳介甫结婚了，对她不像往日那样殷切，卢尔特夫人却不禁有些失落。为了缓解这种失落，她给柳画家发了帖子，请他和夫人来家小聚。“夫人”只是顺带写的，如果柳介甫识趣，他就应该单独前来，但偏偏他不识趣，还带来了他的小娇妻。卢尔特夫人对此十分不满，不过面子上很过得去，微笑着同小娇妻一桩一桩历数柳画家的过往趣事。

简居宁并没先同老朋友打招呼，而是直接带着甄繁进了最里面的院子。

他一共买了三十多双平底鞋和中跟鞋，此时坐在椅子上看着甄繁一双又一双地试鞋。

"要是穿着不合适的话，明天直接去换掉。"

想到简居宁将要成为自己的甲方，她客气地道了声："辛苦了。"

"不客气。"简居宁并不辛苦，他只是说了尺码和要求，让秘书给那些店打电话让他们把鞋送过来。

胡桃木长桌上，甄繁专注吃着自己面前的食物。每当宴客时，简家的饭菜便成了分餐制，一人一份，减去了布菜的烦恼。

看着桌对面的画家夫妇，甄繁不由得想起那幅婚纱照。

此时正是十月份，小娇妻把大衣脱了，穿着一件露背无袖裙坐在柳画家旁边，忙不迭地在桌上秀恩爱。

小娇妻把老柳碟子里刚剥好的虾夹到自己面前的碗里，说道："我们老柳开始不会剥虾的，后来因为我爱吃虾，他越剥越熟练。"

这恩爱秀得很没有技术含量，却起到了不错的效果。甄繁注意到婆婆的眉毛上挑，心里想必已在翻江倒海。甄繁经过多日与她的斗争，发现她每当不高兴要掩饰时便是这种表情。

"柳太太，听说你对色彩搭配很有研究，不知你认为今天的菜肴在色相上如何？"

小娇妻以为卢尔特夫人是真心请教，便一本正经地说了一溜，从流行的撞色说到塞尚的色彩美学，最后点评桌上的开水白菜："这道菜太过暗淡了，需要亮色点缀一下。"

甄繁抬头看见卢尔特夫人笑了，那笑很熟悉，类似的笑她在简居宁的脸上看到过不止一次。

卢尔特夫人把话头转向柳介甫："介甫，你这位太太是第一次吃开水白菜吧？"

小娇妻的脸立马红了。

"我们童童年纪小，见识少，让你见笑了。""年纪"这两个字是重音。

柳画家的用词很有杀伤力，一方面讽刺曾经的"女神"年纪大了，另一方面又表示了亲疏有别，不是"童童"，而是"我们童童"。

卢尔特夫人的脸色一瞬间变得很不好看。

画家主动给小娇妻剥蟹，就在那只清蒸蟹被完美肢解时，卢尔特夫人突然开了腔：“真是抱歉，我忘记你太太怀孕了，还给她也准备了螃蟹。怀孕的人最好不要吃螃蟹。介甫，当初我怀宁宁的时候，你可是一遍又一遍叮嘱我的，如今怎么就忘了呢？你剥的蟹还是自己吃吧。”

宴席的后半场，卢尔特夫人又占了上风，三言两语就把柳介甫的小娇妻给杀了个片甲不留。

当局者迷，旁观者清。

饶是甄繁再迟钝，此时也已将三个人的关系摸得差不多了。

有现成的例子在，甄繁总算知道简居宁为什么认为她故意让他吃醋了。

送走画家夫妇后，简居宁让甄繁先回去休息，他要跟母亲聊一聊。

“妈，您在国内住了这么多天，妹妹肯定很想您吧。”

卢尔特夫人知道儿子这是在逐客，她忍着不快说道：“父母总不能一直陪在孩子的身边，让她提前适应适应也是好事。”

甄繁洗完澡后穿着浴衣坐在桌前改讲稿，正经安静地趴坐在一边。正经刚换了软圈和手术服，此时已不复做完手术时的萎靡，它晃动着自己的胖尾巴，眼睛像探照灯似的开始巡视周围。

听到开门声，正经发出一声悠长的“喵”。

简居宁把甄繁抱到床上，给她揉腿。正经钻进甄繁的怀里，让她抱着。

正经脖子上的圈从硬圈变成了软圈，这使得它的小脑袋能够露出来。甄繁一边揉正经的头，一边用调侃的语气说道：“你对我这么好，我怎么能喜欢上别人呢？”

正经闲极无聊，从甄繁的怀里站了起来，用它的小爪子去触摸甄繁颈下的那片皮肤。

甄繁毫不留情地把正经从自己的怀里拿开，然后对着简居宁微笑：“我现在困了，想睡觉了，你也去休息吧。”

简居宁没理她，继续给她揉腿。正经感觉受到了冷落，从床上跳到了地下，准备忧伤地去舔伤口，不过它脖子上戴着圈，身上又穿着手术服，舔伤口于它来说是一个难以完成的任务，在尝试失败之后，它只能回到自己的猫篮里继续“喵喵喵”。

甄繁想说“你能不能别揉了”，可考虑到明天还要签合同，她硬是忍着没说出口。

她抬起头来盯着简居宁看，越看越觉得他可真是他母亲的儿子。

“我刚认识你那会儿，一直想你母亲得有多好看才能生出你这种儿子来。后来，我第一次在杂志上看见她时，第一感觉便是自惭形秽，同一杂志上的女明星跟她一比立马黯然失色。遗传的力量可真是强大，简居宁，有没有人告诉你，你真的很像你母亲？”

甄繁本想继续说下去，可她的话都被他吞咽下去了。

他的双手捧着她的脸，手上的茧子刺得她疼。甄繁的脸都要被他给揉皱了，她想，幸亏他没戴戒指，否则非得在她的脸上留下一个大印子。

甄繁被简居宁在身后抱着，她并不喜欢这种感觉，于是她用一种轻佻的语气说道：“你这样抱着我，搞得我挺难受的。亲爱的，你能不能行行好，换个房间去睡。”

她整个人都被他箍住了，只有嘴是闲着的。

甄繁觉得嘴闲着也是闲着，如果不说点儿什么，怪浪费的。

“我有时候会觉得你喜欢我，但之后我就疑心是我在自作多情。不过现在我想，不管多少，你总是喜欢我的，只不过这喜欢就跟喜欢小猫小狗没多大区别，你可以给我吃给我穿带我去看病。我其实一直想不明白，你对我的愧疚是哪儿来的，现在我代入了一把正经，总算想明白了，你之所以会对我产生一种不切实际的责任感，是因为你觉得我离了你什么都做不好。要是小猫小狗要跑远了、丢了，你也会失落，甚至会生气。你本质上还是看不起我，只不过你连看不起我都不敢承认，毕竟你是一个标榜人人平等的人。我其实宁愿你像索钰他们那样光明正大地看不起我。简居宁，我真的受够了你这虚伪劲儿。”甄繁没说出口的是，他待她其实还不如她待正经。

“端阳，我没那么重口。”简居宁把下巴搁在甄繁的肩膀上，嘴凑到她的耳边，“虽然咱们签了财产协议，但如果我哪天飞机失事死了，你和我父母有同等的继承权，小猫小狗会享有继承权吗？端阳，就算你想，我国法律也不会允许的。”

“你不会告诉我你现在爱上我了吧。你敬爱的母亲大人可能还以为自己爱上了柳画家了呢。这柳画家也是个奇人，明明知道你母亲的心思，还带着怀有身孕的小娇妻来这儿秀恩爱。不过螃蟹的事情还是暴露了他，最终让你母亲得了意。”

甄繁越说越恶毒。她明显感觉到了简居宁的愤怒，他抱住她的双手越来越紧，好像要把她整个人给揉碎了。

可甄繁并没有停止，她越说越带劲。她一想到自己的人生充满了波折，而这对母子顺风顺水，她就忍不住愤懑。

简居宁把甄繁的脸扳过来，去堵她的嘴，防止那些恶毒的话流出来。甄繁并没像以前那样张开嘴，她的嘴紧紧闭着，简居宁掐她的下巴撬开她的嘴。甄繁的手就此解放出来，她开始打他，不过那些拳头落在简居宁的身上并没起到作用。当她的嘴被堵住时，其他的一切攻击都失去了效用。

正经是这时扑到简居宁的后背上的，它的身体虽然还未大好，但爪子依旧锋利，只两下，它的小爪子就见了血，是人的血。

甄繁的脸上落了一滴眼泪，不是她的。她停止了挣扎，她知道如果自己再动的话，正经还会去抓简居宁。

甄繁从没见过简居宁这副失控的样子，肯定是她攻击他母亲的缘故。她应该忍一忍的，这么一来，明天的合同是彻底泡汤了。

不过也没什么太大关系，她还可以找别人。她自认自己的项目还是有前途的，不怕找不到别人赞助。

后来，简居宁终于放开了她。

“赶快去处理伤口吧，我收拾好后送你去医院。”

“不用了，你早点休息吧，我自己就可以去。”

“正经是我的猫，它抓了你，我总得负责。”

简居宁深刻体会到了什么叫亲疏有别，甄繁要送他去医院，不是因为他是她的丈夫，而是因为她的猫抓了他。

甄繁把正经安顿好，送简居宁去医院打疫苗。

这是她今天第二次来这家医院。

从电视台回来，她就独自去了医院。

检查结果显示，她的结节并没消失，反而增大了。医生建议她最好手术切除。

甄繁拿着检查报告问医生：“是恶性肿瘤的概率有多大？”

医生说：“要手术后做病理切片才知道，不排除有这种可能。”

她又问："能不能晚些做手术？"

医生回道："你自己考虑，不过越早越好。"

甄繁很惜命，一听这话就吓破了胆。虽然良性的可能性也很大，但她总是习惯考虑最差的结果。

简居宁给她换鞋的时候，她都想好了，等吃完饭要跟他商量商量什么时候去做手术，毕竟手术还需要家属签字呢，她还需要一个家属照顾她。父母是不能告诉的，一点儿小事他们就能整日提心吊胆，甄言也不行，他的课业那么重。简居宁不管怎样，从法律上都有照顾她的义务，她得要求他履行他作为丈夫的义务。他不是装慈悲吗，那就让他装到底。

不过当她吃完晚饭，她就放弃了和简居宁商量的念头。

"对不起，我刚才情绪有些激动，我不应该这么说你母亲。我只是嫉妒她人见人爱顺风顺水。"甄繁向简居宁道歉，无论如何，当着儿子的面攻击人家的母亲都是不对的，人家才是一家人，她这样做十分低级且没品。

随后，她又说道："你之前不是问我怎么就不能喜欢上别人？我不知道我什么时候能喜欢上别人，但我确实不怎么喜欢你了。不过有一点我还是要说，我并没有拿楚师哥让你吃醋的意思，我没那么无耻，人家楚师哥早就有喜欢的人了。"

"如果你楚师哥没有喜欢的人，你是不是就要行动了？"

"可是没有如果啊。"她这副身体，她没想过祸害别人，包括简居宁。如果不是简居宁主动找上门来，她都懒得搭理他。

"会有如果的。端阳，既然你对我不怎么喜欢了，咱们的婚姻也没有维持的必要了吧。你看咱们什么时候去办离婚证？我后天出国，明天正好有时间。放心，端阳，我不会因此终止和你合作，在商言商，我觉得你的节目很有前途。"

甄繁憋了半天最终憋出一句："我现在不能同你离婚。"她对他没有任何幻想，但她不能离婚。

前几天她和楚师哥的绯闻传得沸沸扬扬，要是现在离婚，恐怕就要坐实了，舆论肯定不会放过她。她的节目还没上，就出这么一负面新闻，恐怕连播出都受影响。《不妒》是她唯一的机会，她不能容许任何闪失。无论如何，得等到节目播完之后再离。

“你不是不怎么喜欢我了吗？这样的话咱们的婚姻好像没有存续的必要。”

“可咱们当初也不是因为爱情结婚的啊，当初可以，为什么现在就不可以继续下去了呢？”她低头对了对大拇指继续说，“一般人结婚有什么好处？经济共享，合法生育，稳定的性生活，还有风险互助。总之，我很满意这桩婚姻带给我的东西，我不想和你离婚。”

“那既然你很满意，刚才你是在闹什么？”

“其实就是无病呻吟。”甄繁耸了耸肩，进一步解释道，“日子过得太好了，就容易瞎折腾，你刚才迎头给我一重击，我就知道我真想要什么了。我再说一遍对不起，我不应该侮辱你和你的母亲，请你原谅我。”

她说得很无所谓，但嫉妒并非不存在。她确实嫉妒简居宁和他母亲的幸运，昨晚她看见简居宁他母亲手拿女士薄荷香烟，这种嫉妒达到了巅峰。简家母子都抽烟，可肺病并不会找上他们。嫉妒和不甘淹没了她的理智，事后她也很后悔。

这对母子获得什么东西好像都特别容易。可每次她特别想做什么的时候，总是遇到意外。当年她想去英国，结果出了车祸；后来她要去美国，父亲患了尿毒症；如今她想挽回自己的名声，节目还没录，她就要去做手术。别人是越努力越幸运，她实在不能算是一个幸运儿。

简居宁最大的错误，不是不爱她，而是包括感情在内的任何事都举重若轻，愈加对比出她的沉重笨拙。可是人家过得好怎么能算是罪过呢？

甄繁道歉的姿势十分标准，以至于简居宁有一瞬间恍惚。

“可我现在觉得两个人在一起还是有感情比较好。你如果不喜欢我的话，咱们就没必要继续了。”

此时红灯亮了，甄繁的手放在方向盘上，她赖皮得十分理直气壮：“你不想继续就不继续？虽然这么说对你很不公平，但婚姻本质上是契约关系，毁约是要付出代价的。你如果实在想离婚的话，先分居两年再说。”

“你就这么不想和我离婚？”简居宁的手在甄繁的脸上掐了一把，“不离就不离，我随你。端阳，婚姻是要互惠互利的，光你自己满意可不行，你也得让我满意吧。你天天夜不归宿，动不动就指桑骂槐含沙射影，你这样我怎么满意？”

没等甄繁表态，简居宁就继续说道：“下次别这样了。你要想办婚礼的话，我们可以去英国，或者其他地方，国内办很容易弄成商业聚会。婚戒的话，我不是不戴，之前的太小了，我送去改了。你还有其他要求吗？”

这番话简居宁之前本准备在家说的，不过因为一些意外，他只能在这时候说了。如果他当时能违心地称赞甄繁是他见过的最优秀的女孩子，他们就不用来医院了。当指出一个人的错误时，无论多么委婉，都很可能得罪对方；但如果恭维对方，无论夸奖多么失实和无底线，对方都愿意相信。

但是简居宁最终还是选择了做一个诚实的人，他选择了避重就轻，于是迎来了甄繁的谩骂和攻击。

甄繁所希望的爱是，他先为她优秀的灵魂所吸引，继而拜倒在她的石榴裙下。但在简居宁见过的女孩子里，甄繁并不算多么优秀。相反，他每次见她，总是能发现她的笨拙可怜之处。他对她是由怜而生的爱，显然这并不是甄繁所期待的。

这点儿怜爱让简居宁产生了和甄繁长久的想法，她对他来说是独一无二的，虽然不是独一无二的优秀。

甄繁没想到他会说这些，竟然一时不知道说什么，只说没有了。

“你要不要把疫苗全部打完再去英国，英国打狂犬疫苗不太方便吧，好像托运也挺麻烦的。”她此时比谁都希望简居宁健康，毕竟她还需要他给她签字。

“没事儿，你之前不是给正经打过疫苗吗？被家猫抓伤不打疫苗也没什么关系。我总觉得你今天还有话要跟我说。”

“是吗？你的直觉看来是出了问题。”

回到院子已经是凌晨了，月亮很圆，甄繁坚决要回自己的房间。

“正经之前从没抓过人，它现在恐怕要吓坏了。”

这句话简居宁怎么听怎么不对劲，不过他也没拦着甄繁，只是说道：“你也早点儿休息吧。”

正经此刻正躺在床中央，把自己盘成一个圆形。孤猫一只在家，甄繁走时特意给它留了灯。屋里的灯亮着，它那双夜光眼也就没有发挥的余地。

有什么样的主人就有什么样的猫，正经一只猫，竟然同她一样怕黑，实在是没出息。

凌晨三点，甄繁突然从梦里惊醒，醒来之前她叫了一声，把正经也给吓醒了。

梦里，甄繁的病理报告显示癌症晚期。她看到报告的那一刻没出息地大哭起来。

醒来眼角竟然真的有一滴泪。

甄繁安慰自己，梦都是反的，这恰恰证明没什么大事。

甄繁在正经的头上揉了几下，在揉毛的过程中，她又在正经的身上找到了优越感。生而为猫，尤其是生而为一只没有血统优势的土猫，基本就听天由命，全靠主人的良心了。她的命运好歹有一半握在自己的手里，这么想着，甄繁又充满了斗志。

她告诫自己，凡事都要往好的方面想，多想自己拥有的，少想自己没有的，这样人就会活得快乐一些。

正经不知道主人如此阿Q，很快又阖上了双眼。

凌晨四点半，甄繁伏在桌上写讲稿。为了身体健康，她也想多睡会儿，可实在睡不着，也只能起来工作了。节目排期还得提前，她必须得赶在手术之前把自己那三期的节目录完。

甄繁决定等简居宁走后就去医院约手术时间，排到她的时候估计简居宁也就回来了，那时候再跟他说不迟。想来想去，还是得麻烦简居宁签字。手术甭管大小，危险告知单上的内容都够可怕的，她不忍自己的亲人再经历一遍，简居宁就无所谓，反正她的生死对他来说意义有限。

如果他爱她爱得死去活来，她反倒舍不得了。

这么想，有一个不那么爱自己的丈夫也是一桩好事。既有人签字，又不用担心他害怕，祸害他也祸害得理直气壮。

早饭时，简居宁的母亲奇异地起了大早。

简居宁特地让厨子给甄繁做了门钉肉饼。

甄繁坐在卢尔特夫人对面，听卢尔特夫人对门钉肉饼这种油腻的食物展开批评。

搁往常，甄繁肯定要刺这位婆婆两句，不过今天她只是突兀地说了句：“您吃饭的姿势实在是太优雅了。”

卢尔特夫人觉得这夸奖十分异常，很像是在讽刺她，可她一时无法做出反应。

“妈，您要不喜欢就别吃了，反正也不是给您做的。”

吃完饭，简居宁先带甄繁去看中医，车载音乐放的是二胡曲目《一枝花》。

“我妈过些天就要走了，你不必太有压力。”

“这是你的家，她老人家住多长时间都是应该的。”

之后两个人去简居宁的公司签合同，签完合同甄繁提出要请简居宁吃饭。他们去的是一家滇菜馆，历史系许多人都来这里打过卡。

“我还没正经请你吃过一顿饭呢。”

“买戒指那天你不是请过吗？”

“那不算。”

桌上有一道菜是三七汽锅鸡，鸡是武定母鸡。

甄繁给简居宁盛了一勺鸡汤。

她一边吃鸡，一边感叹：“当鸡真是太痛苦了，命运无法自主，不管怎样，还是做人比较幸福。”

甄繁不仅从死去的鸡身上满足了口腹之欲，还获得了精神上的安慰。

跟它一比，她也不算不幸福。她少了一个肾，如今肺也要切一部分，想必是不能怀孕了。她以前身体还好的时候生怕自己怀孕，明明已经做了措施还要再吃一遍药。

她其实是很想有一个孩子的，好把自己想有而没有的童年复刻在孩子的身上，弥补自己的遗憾。不过没有孩子也好，孩子还没生出来就承受她这么大的期待，今后也未必幸福。

简居宁觉得甄繁今天很奇怪，不过具体也说不上来。

从馆子出来，甄繁同简居宁说再见，然后迫不及待地回到她租的公寓。她现在是分秒必争，必须得在手术前解决大部分事情。节目的微博目前是在校的小师妹兼职在做，本来最开始她打算节目制作出来再做大规模宣传的，不过她上周五改变了计划，决定录制时就把宣传搞起来。宣传找外包公司，比稿的方案她还没看，今天就得敲定。

“把你今天下午四点之后的时间空出来，晚上有一拍卖会，我需要你和我一起去。”

“我还得工作呢，恐怕不能陪你了，抱歉。”

“端阳，你就是这么履行你的义务吗？”

拍卖会上，简居宁拍下了一套海蓝宝石的首饰，全套的项链、耳环、胸针。项链上缀着32颗宝石，每颗宝石周围都镶了钻。

价格令甄繁咋舌，这价格可以买十套她住的公寓。

“喜欢吗？”

这么多钱，甄繁已经没有心思甄别美丑了，要是她自己的她就更喜欢了。

“总不是送给我的吧？”

“你可以先戴着。”

“那可别了吧，丢了我可赔不起，你还是锁保险箱里吧，或者直接送给你的母亲。”

“这是送给我法定配偶的，你要不离婚就可以一直戴着，当然你要是愿意放在桌上看，我也不拦着。”

第二天，简居宁为甄繁拍下巨额蓝宝石的消息就上了各大娱乐版的头条。随后便是宝石的各种通稿，这个蓝宝石的产地很是冷门，如果不是简居宁高额竞价的新闻，恐怕一直乏人问津。这是一次有计划的炒作事件，不过简居宁并未把他的动机告知甄繁。这是善意的沉默，如果甄繁知道如此，她的兴奋度势必会折损许多。

《不妫》录制倒计时的第三天，简居宁和索钰又一起上了热搜。

简居宁英国此行第一件事就是和索钰参加受封仪式。

他前几年还在英国的时候帮助父亲收购了英国东北部某小城的两个古堡，索钰的电影还在古堡进行了取景，吸引了一部分中国游客。为表彰两个人为当地旅游业做出的贡献，当地政府特授予他们“荣誉市民”称号。

简居宁虽然不是一个仪式感很强的人，不过以后还要继续合作，自然不能拒绝好意邀请。

这个英国的小城很有远见，早几年就在中国的社交网络上注册了微博，因为外包给了国内的营销公司，深谙操作之法。整个受封仪式和午宴都进行了全程图片直播，不仅如此，该账号还发布了一大波简居宁和索钰的合影。

此条微博的评论底下充斥着很多简居宁和索钰很配的言论。

甄繁最近由于工作繁忙，已经不怎么上微博了。不过因为明天就要开节目发布会，她准备上微博找找网感，好让采访更有卖点。

没想到直接看见自己丈夫和别的女人上了热搜。她并不知道简居宁的英国之行会和索钰在一起。每次她和索钰放在一起时，她都是被踩的那个。

甄繁默念了一百遍“心情好身体就会好”之后，心情平复了下来。不过当她看到某面相大师对她的诅咒时，立马愤怒了。

面相大师在线说法：“索钰的耳垂很有福气，甄繁跟她一比就差多了。虽然甄繁现在嫁入了豪门，可如果一个人的面相承受不了她现在的福报，以后必有大的灾殃。”

甄繁直接找人在各大论坛扒皮该面相博主旗下售卖的洗脸仪转运珠。

著名时尚博主黎媛媛还转发了授予仪式上简居宁和索钰的合影，并对两个人的穿着进行了一番分析，无非如何得体如何般配，随后她又含沙射影地讽刺了一把甄繁。

苏启铭给甄繁发消息，问为何她不和简居宁一起去，这种正式场合本可以携夫人参加。

甄繁回得很干脆：“他想和我一起去，但是我没空。”随后继续投入工作中去。

苏启铭对着手机摇了摇头。

简居宁走后，甄繁又搬回了自己的公寓。自从她知道自己要做手术后，休息时间强制调整到了晚上十一点到次日五点，也不再吃泡面和外卖了，每天都吃得极为营养。

甄繁一边看明天要发的录制通稿，一边啃苹果。

桌上贴了一个小字条：“每天一个苹果，疾病远离我。”

随后，她又给宣传发微信：“太常规了，缺少兴奋点，每个记者几百块的车马费发出去，加起来也是一笔不小的数字。就这样写一条不咸不淡的新闻，点击量没多少，我们要的是爆点，爆点！”

虽然宣传已经外包出去了，但甄繁每个细节都要盯。苏启铭曾嘲笑她没有当老板的资质，哪个老板是这样事必躬亲的。

就在她等那边回复时，简居宁给她发来了微信。

一共两条信息，第一条是微博链接，第二条是四个字：“转发一下。”

微博链接里简居宁转发了某东北部小城的微博，又附上了两行文字。

“很荣幸能被授予‘荣誉市民’。”

随后，他又为甄繁宣传了一把节目：“我本来是想和太太一起来的，不料她有节目要做，不能一起来，在这里遥祝她节目成功。”

这条微博不仅 @ 了甄繁，还 @ 了《不�》官博。

配图里，简居宁手上的婚戒格外醒目。

简居宁的微博时隔一年更新，内容还是关于甄繁，直接破解了两个人的不合传闻。

跟甄繁的评论区不同，相当一部分善良的网友都对其表示了祝福及羡慕，还有一部分人注意到了简居宁手上的戒指，不由得感慨简居宁自从娶了甄繁后，品位直线下降。

甄繁马上进行了微博转发，语气非常造作：“很抱歉在节目和陪你之间，我选择了前者。感谢你对我的支持，我一定不会辜负你对我的期待。”

虽然简居宁对她没有任何期待。

节目录制倒计时的第二天，甄繁特意召开了《不妒》的发布会。

发布会上，甄繁大谈和简居宁的恩爱细节，诸如简居宁不想她穿高跟鞋，特意为她买了三十多双平底鞋。接着甄繁又讲简居宁对她的节目多么关注，多么支持。不过她讲节目的部分并无多少人感兴趣。

当天的通稿题目是：“甄繁发力历史科普节目，简居宁预测《不妒》有望成为年度最佳。”

一个把历史当作玛丽苏道具的女人准备发力历史科普节目，不可能不受到质疑。

“简居宁娶了甄繁可算是倒大霉了，一天到晚被拿出来炒作。”

“年度最佳？简少爷知道他说过这话吗？”

“结婚后，都是甄繁拉着简居宁秀恩爱，简少爷可一次都没转发过甄繁的微博。”

奥斯卡最佳编剧真烦表示：“烦烦，我劝你最好在家相夫教子，你好不容易嫁入豪门，再这么整几次，恐怕很快就要被豪门给赶出来了。”

看着满屏的质疑，甄繁安慰自己：宣传最佳的手段便是先抑后扬。不怕被骂，就怕不被关注。网友越看不上她，反而越是件好事。期待低反而会有惊喜。

七分的东西，抱着十分的期待，第一反应就是垃圾；抱着一分的期待甚至是零分期待，看六分的东西，第一反应肯定是真不错。

大部分的媒体并没采用甄繁交给他们的标题，而是采用了诸如《甄繁大谈婚内恩爱细节——简居宁曾一次为她买三十多双平底鞋》之类的题目，这类标题明显更具有关注度。评论转发量是标准通稿题目的十倍之多，还直接上了热搜。

大多网友都感叹甄繁走了狗屎运，少数网友表示简居宁对甄繁这样好，甄繁势必有过人之处，要辩证地看待她，不能全部否定。

还有像黎媛媛这样的网友表示这可能是甄繁自己编出来的。

甄繁趁热打铁，开始宣传她的节目。她第一期要录的节目是女性的裹足史。由于她想蹭简居宁为自己买鞋的热度，便绞尽脑汁地把裹足和高跟鞋联系在了一起，发布了一个投票：“同样是为了满足时代对美观的要求，大家认为穿高跟鞋和裹脚本质上都是在压迫女性吗？”

这条微博下面引发了很大的争论。不过大部分人认为高跟鞋和裹脚不一样，首先穿高跟鞋是可以自我选择的，再说裹脚是不可逆的，而高跟鞋是随时可更换的。

甄繁一连转发了最赞的几条评论，借此预热她的第一期节目。

鉴于节目短期热度大幅度攀升，原先对她的节目无可无不可的视频网站抛出了橄榄枝。甄繁顿感奇货可居，思考起哪根橄榄枝更粗。

三期节目录制完后，甄繁接到了医生的电话，电话里医生说她可以去住院了。周二住院，周五手术。甄繁本来以为手术前简居宁就能回来，可是他不光没回来，还好几天都没联系她了。

简居宁在英国并不顺利。

他此行第一件事便是和当地的旅游部门就《腔调》第二部的拍摄取景达成协议，当时他和索钰公司签合同的时候还注明了第二部的合作，索钰要想抛开他，便是违反了协议。

他们是坐公务机包机来的。索钰本来对简居宁还算热情，不过她看到简居宁手上的婚戒心便冷了。她本以为简居宁和甄繁的婚姻很快就会终止，可事实并不如她所愿。她不介意和一个二婚的男人结婚，但绝对不能做一个第三者。对于她来说，名誉是很重要的事。

索钰先行回国，简居宁处理完行程表上的事情，决定去探望游家父母。他十二岁来到英国，和游家人相处的日子远比自己的父母要多。上次红酒事件后，游弥马上向他道了歉。虽然游弥的道歉十分诚恳，但简居宁之后再没联系过她。

简居宁本以为这是行程最后一项，没想到彻底耽搁了下来。

游弥因虐待丈夫被逮捕，随后又被以涉嫌谋杀的罪名控告。

游弥本以为丈夫生活不能自理，她会比以前更快乐，毕竟他只能全身心地依赖她。不过当事情真正发生后，她发现被人完全依赖是件非常恐怖的事情，她并未感到多么高兴，而是很厌烦。最令她感到悲伤的是，高位截瘫的威廉已经不是她爱的威廉了。

威廉对游弥的依赖反而触发了她的攻击性，不仅如此，她还让家中的护士喂威廉大量安眠药。威廉是一个货真价实的花花公子，高位截瘫的他，竟然俘虏了照顾他的护士。护士保留资料后报了警。

在游弥被捕后，威廉指出他当时的伞包很有可能是游弥做了手脚。游弥的电脑浏览记录显示，她曾查询过类似操作。

游弥被逮捕前，她的父亲就因为心脏问题住了院，游伯母被这事情弄得心力交瘁，又得瞒着自己的丈夫，只能把事情托给游弥曾经的初恋简居宁来处理。出于过往的情谊，简居宁去交了保释金，将游弥保释出来。

根据简居宁对游弥的了解，他认为这位老朋友做出这种事并不奇怪，但在游伯母的托付之下，他还是重金聘请了律师。

威廉同父异母的哥哥在英国报界做事，很有些影响力，他除了要为弟弟争取舆论，还要将其发酵成一个大新闻增加报纸销量。简居宁进出游家的照片被拍到，报上提到了简居宁和游弥过往的感情史，在短短两个月时间里，游弥先去中国，之后简居宁又来到英国，这在联想力素来发达的英国小报看来，很可能是协同作案。

简居宁就这样和杀人嫌疑犯联系在了一起。由于简居宁的父亲在商界的地位，这很快成了一个热门新闻。

英国小报上充斥着各种猜想，游弥被逮捕时已怀孕，小报上编的故事绘声绘色，全然不顾故事逻辑，白纸黑字说游弥怀的是简居宁的孩子。

为证明简居宁早有前科，十多年前在简居宁公寓发生的自杀案也被挖了出来。游弥以前和威廉如胶似漆的时候，她同威廉十分详细地描述了这个故事，如今被威廉捅给了媒体。

卢尔特夫人第二次婚姻前夕同英国画家恋爱，最后致其自杀的事情被登在了报上。报上特意强调简居宁的母亲在画家去世不到一个月后便举行了婚礼。

简居宁的事业虽然还算成功，但远比不上他的父亲，报上对他的称呼往往要加上一个前缀——商业巨鳄的儿子，而他的母亲则是巨鳄的前妻。

新闻很快就从英国报纸转到了本地的华人论坛上，这个时代，新闻是没有国界的。

游弥作为一个摄影师，也算是半个公众人物，新闻很快传遍全网。

在外网她的定位是嫌疑人，是某摄影家，而到了国内，游弥只有一个前缀，就是简居宁的初恋。有好事之人将游弥的照片和甄繁进行了对比，发现至少有五成像。

群众的想象力是无穷的，很快就脑补出了一个替身的故事。

第十一章

/你还是喜欢我的吧/

甄繁抽了六管血，拍完三个彩超回到了自己的床位。

来住院前，她回了趟家，把正经交付给了父母，理由是简居宁出国，她要出差，没空照顾正经。老甄又给她做了她最爱的门钉肉饼，因为不久后就要做手术，肉饼太油腻，她只吃了一个。

甄繁一早就收拾好东西办了住院手续，之后去做了检查，因为检查要空腹，她临近中午才喝了一碗粥。

不幸中的万幸，她搞到了特需病房的床位。

她此刻坐在床上，身体前倾，按照护士交给她的方法进行咳嗽训练。护士告诉她，如果术后的咳嗽方法不对，将会很麻烦。

咳到第三次，甄繁想起了简居宁。今天是周二，周五就要手术了，他再不回来，谁给自己签字啊？

手术的事情她只告诉了楚辙，毕竟有工作上的事情要交接。她的家人对此全不知情。

她给简居宁发了条微信，盯着看了两分钟，没人回。

于是，她从电脑包里取出了电脑，又开始工作。今天她的住院日程表里除了检查就没别的了，这大把时间总不能浪费了。

她敲完播出宣传方案初稿，就开始走神。最后她决定上微博调剂调剂心情，因为手术前要保持心态平和，她已经两天没有看微博了。

这么想着，她打开了手机。她前几天发的微博突然多了上万条评论。这些评论都是可怜她的。

当然这些可怜很令人恼火。

奥斯卡最佳编剧真烦甚至对她表示同情：“烦烦，我们支持你，跟他离婚，让他净身出户。就算你再不怎么样，简少爷也不能婚内出轨啊！”

甄繁看着评论哭笑不得，甭说她签了婚内财产协议，就算她没签，也远不能让他净身出户。

甄繁并不害怕简居宁婚内出轨，一旦他出轨，她就立马站到了道德高地，没有什么比一个因为出轨而失婚的女人重振事业更鼓舞人心的了，她再也不发愁宣传通稿写什么了。但根据她对简居宁的了解，这人是不会出轨的。

可这些评论绝对不可能无缘无故地出现。

甄繁开始搜索简居宁的名字，搜索栏里，简居宁的名字后面紧跟着游弥。

很显然，信息做了拦截，尽管许多相关微博的评论数都上升到了五位数，但并没有登上热搜。

甄繁本打算看五分钟就退出来的，没想到直接看了半个小时。她退出自己的文档页面，登了外网，看到了简居宁的最新新闻。

最近的一条是：“简居宁险些和狗仔发生肢体冲突。”只是险些，他这种人任何时候都不可能丧失理智，毕竟打了狗仔可是要出庭应诉的。

随后她又开始从头到尾浏览。

甄繁久经舆论，基本能辨别出小道消息的真假，她知道简居宁这是被人给整了。

英国的小报比微信上那些乱七八糟的自媒体还要靠不住。简居宁那种纯粹的利己主义者怎么会为了一个女人去犯罪，麻烦的是，国外起诉媒体程序比国内还要烦琐，哪怕起诉了，影响也很难消除。

她看完后，脑子只有两个想法：第一是简居宁的母亲果然不是什么好东西；第二是简居宁你也有今天。

不是不报，时候未到。

甄繁真的很想让简居宁吃一吃瘪，她太讨厌他那副高高在上的样子了。这个人好像干什么都举重若轻的样子，如今差点和狗仔打起来，想必是十分气急败坏。

外网上，甄繁基本没有姓名，微博却是另一回事。

甄繁复原了网友心中的故事走向：简居宁和他初恋游弥相亲相爱，但是阴错阳差被拆散了，游弥嫁作他人妇，简居宁除却巫山不是云，再也看不上别人，连索钰这样的人都不能入他的眼。直到他看到了和游弥五分像的甄繁，不管甄繁多么虚荣世故不上台面，他还是毅然决然把甄繁娶回了家。

甄繁在网友心中从黑化版灰姑娘变成了一个可怜的小替身。

舆论暂时分成三队：一是英国小报不可信派，要是真的，怎么不批捕简居宁，希望网友不要再传谣造谣；二是真爱感天动地派，由于受害者是英国国籍，某些网友对他缺乏基本同情，反而感动于简居宁数十年如一日的痴情。连游弥这个潜在杀人犯也是美貌有气质，比甄繁不知道强多少倍；三是出轨男女赶快去死派，甄繁一跃成为悲苦原配的代表人物，许多网友对她给予了深切同情，希望她不要在一棵树上吊死，赶紧离婚。

甄繁思考她此时同简居宁离婚的得失。如果她此时离婚，肯定是一个不错的机会，既宣传了节目，又重立了人设，还能把简居宁再次推到风口浪尖，让他尝尝被万人骂的滋味。一个被出轨的原配，无论有怎样不堪的过往，都能立于不败之地。不过凭借简居宁的手腕，如果他是无辜的，迟早得翻身，到时她就成了落井下石的恶女人。

甄繁最终还是决定同简居宁站在同一战线上，她搜索自己的相册，良久之后，她直接在微博上发布了一张照片："认识的第十年。"

放出的照片是六年前的，她身穿白衬衫牛仔裤，天真得近乎可耻，喜欢简居宁的同时认为简居宁也喜欢她。

她想用这张照片表明，她才不是替身。

发完微博，甄繁发微信问简居宁什么时候能够回来。

不回。

甄繁打电话准备问简居宁何时能够回来。

不接。

后来还是简居宁给甄繁发来了视频邀请。

游弥给简居宁打电话让他去看她，简居宁马上就拒绝了。这个女人过分恶毒了，他现在还有些胆寒。英国小报走起诉流程是件很麻烦的事情，凡是能用钱解决的问题都不是问题，但现在很难用钱解决。关于他母亲的新闻就这么明晃晃地摆在那儿，看了实在令人添堵。

甄繁接受了邀请，背景是白色病房，她并不想回避自己住院的事情。

“我在网上看到你的事情了，你现在问题大吗？”

“网上的事情虚虚实实，大部分是假的，如果不是我和你说的，你不要相信。问题不大，不过我得要过一段时间才能回国，这边有一堆事情要处理。国内的舆论我会想办法解决的，你不用担心。”

“现在这种情况，你回国是最好的办法。你老在英国待着，传闻也越来越多，对你的形象也很不好。”

“是影响你宣传节目了吗？”

甄繁没意识到他会这么说，一时愣在那儿，不知道说什么。

简居宁由于最近糟心事儿太多，等他说完才注意到甄繁正在病房里和他对话。

“你怎么了？怎么住院了？严重吗？”

她随便对简居宁编了瞎话，说自己只长了一个良性的错构瘤，最多在医院待一个星期。

医生告诉甄繁最好的情况是良性错构瘤，最坏的结果是肺腺癌。甄繁自从诊断结果出来后就积极暗示自己，只是一个错构瘤而已，她也是这么告诉楚辙的。

“你什么时候确诊的？在哪家医院？什么时候做手术？主刀的大夫是谁？现在医院有人陪你吗？”

甄繁苦笑，每次都是打一巴掌再给一甜枣，她受够了这套。

就在甄繁想说点儿什么的时候，护士进来查体温测量血压，于是她准备切断视频连线。

“护士来了，我一会儿再联系你。”

护士看见甄繁的电脑在病床餐桌板上放着，善意提醒道：“这会儿就别工作了，多休息休息。”

“好，马上就收了。”

“低压69，高压100。”护士一边收血压仪一边说，“家属还没来吗？来了的话直接在护士站办陪住证就可以。”

“好的，谢谢。”甄繁填住院日志时写明了陪伴人是简居宁，护士知道她的身份并不稀奇。

甄繁刚切断视频，简居宁的父亲就给他打来了电话。

在一天之内，简居宁先后接到了来自他父母的电话。两个几乎没有共同点的人在这件事上取得了共鸣，一致认为他和游弥发生了见不得人的关系，而游弥肚子里的孩子便是见不得人的结果。

随着新闻发酵得越来越厉害，连法国媒体也惊动了。卢尔特夫人在华逗留多日，终于决定择期回法，安慰自己的丈夫。

先是卢尔特夫人向简居宁兴师问罪，口气中满是抱怨，深恨他为何和游弥做出这种事情，以至于把她的往事抖了出来，让她名声受损。此时游弥在卢尔特夫人嘴里已经成了一个不折不扣的小人，远不是当初对着甄繁夸游弥的时候了。

在卢尔特夫人看来，有男人为她自杀并不能折损她的名誉，相反，还是对她魅力的证明与肯定。但问题是，在以前的采访里，她经常大谈和现任丈夫的罗曼史，恋爱七年，一朝成婚，而画家的出现使她制造的爱情故事变得滑稽。最重要的是，现任丈夫并不知道画家的事情，这直接导致了她的家庭失和。

而简总之所以如此认为，是因为在他的眼里，儿子是一个彻头彻尾的利己主义者，如果游弥肚子里的孩子与简居宁无关，简居宁何必蹚这浑水。

简居宁相信，如果简总不是怀疑他在伦敦的公寓被英国狗仔监控录音，一定会问他什么时候让游弥怀上的孩子。

“我如果知道你母亲对你的影响如此之大，我一定要把你送去美国。”

简总这次深刻地体会到了把鸡蛋放在同一个篮子的风险。前妻和前妻的儿子这次给他造成了不小的名誉风险，对于一家上市公司来说，任何绯闻都会引起股价波动，简总此时非常庆幸简居宁没来接他的班。以前，他只觉得儿子长得太像母亲，简居宁小时候的长相比现在还要出众，漂亮得不分性别。因为长相上一点儿没有他的影子，简总和前妻离婚那会儿还特意做了亲子鉴定，不过鉴定很秘密，前妻和儿子并不知情。

如今简总越来越觉得儿子在性格上也像极了前妻。他如此崇尚奋斗，儿子却一脑门子的享乐主义。先天已经无法挽回，后天本可以努力，前妻的活动范围大多在欧洲，他当初让简居宁留在国内未必会有现在的局面。

简居宁读懂了他父亲没说出的潜台词——他和他的母亲很像。

他母亲不了解他早在他意料之中，但是父亲也这么想还是出乎他的意料。

简总气愤归气愤，毕竟是自己的亲生儿子，总不能不管，他让儿子切断和游家的一切联系马上回国，后续他来找人解决。

简居宁早就想回国了，也已经准备好了自己不在英国的第二套方案。

游弥目前急于联系他，以及昨晚游伯母的暗示，明显是不想走正规程序。

游弥目前正被他找的人照看着，或者更直接一点说是监管着，要是游弥跑了，他损失的不只是保证金。出于对游家伯父伯母的感念，他可以帮游弥交保释金给她请律师，但是绝对不可能帮游弥逃走，一来他认为每个人都应该为自己做出的事情付出代价，二来他承担不起或者说不想承担那个后果。

甄繁的病既是理由也是借口，他可以名正言顺地向游伯母辞行，并且可以在事情解决完之前，再不踏入英国。

简居宁虽然不满父亲的态度和措辞，但也不至于为了跟父亲对着干，而留在英国，那是三岁小孩子才做的事情。

“您放心，我明天就会回国。不过游家的事情就不劳您费心了，我自己会解决。还有，我和游弥仅仅是朋友关系，当然您可以选择不相信。”

简居宁又拿起了烟盒，抽出一支烟，用火柴点燃。他深深吸了一口，又想到了甄繁的话。简居宁看着指尖的香烟越来越短，还剩半支的时候，他使劲把烟头摁在了烟灰缸里。

护士走后，甄繁向简居宁发送了视频邀请。在第五次发出后，她终于看到了那张熟悉的脸。

随后，她便注意到简居宁面前的烟灰缸里堆满了烟头。

她对烟头的感觉很复杂，一方面，这个人抽了这么多烟肺依然健康，另一方面，从烟头可以看出，他为那位游小姐的事情忙得焦头烂额。这个人以前在她面前一直是从容不迫的。

“你能不能别抽了啊？”甄繁抹了一把脸，随后降低了声调，“我周五手术，我希望你能在前一天赶回来。虽然手术不大，但因为是全麻，需要有家人签字，我当然不止你一个家人，但你在这个时候不回来照顾我，反而留在英国帮你初恋忙什么官司，这让别人知道了，对你的名声也很不利……”

甄繁见简居宁沉默，又继续说道：“简居宁，我相信你不会跟一个有夫之妇发生关系，但外人不会相信，你以为大家多喜欢你啊，其实那都是假象。除了你那些粉丝，大部分是看热闹不嫌事大的，你以前形象有多好，对于看热闹的人来说，就想看你跌得有多惨。你在英国耗得越久，传闻就会越厉害，你现在回来对你也是好事。”

“端阳，你有没有想过，如果我不回国的话，反而对你宣传节目更好，而且不止我一个人可以给你签字。”

“嗯？”

“所以你还是喜欢我的吧？”

“我喜欢你，我喜欢你喜欢得要死了，所以你又要请我不要喜欢你了？”甄繁突然“扑哧”一声笑了出来，“放心，我没那么贱。当初游弥把你给甩了去追她现在的丈夫，现在又怎样？你不是说感情保质期很短吗？你又凭什么自恋地认为我就要吊死在您这一棵树上了呢？”

她深吸了一口气，又问道：“所以，你到底回不回来？”

“放心，我周四会赶回去给你签字的，毕竟我们是夫妻嘛，你现在在哪家医院？”

甄繁马上说了医院名字。

“可我记得那家的特需住院部不长这样。

“你去的应该是另一个。”

这家医院有两个特需住院处，她住的这楼是可以部分医保报销的，环境比全自费的那边差了一些。不过在甄繁看来，这里的条件远比当年强多了。

她出车祸那年，连一张空置的床位都没有，手术完了，她就躺在走廊病床里。麻醉消除后醒了，她一动不能动，睁着眼睛看着吊瓶里的液体发呆，当时也不觉得有多难，想的是活着就好。后来终于有了床位，她的上身可以活动了，给简居宁打电话，怕他担心，说自己有项目要做，他的语气很冷。她那时躺在病床上曾经幻想过好多次，等到以后见了简居宁，要如何向他解释。后来她等来了简居宁的分手，再后来她得知因为她隐瞒他加速了这次分手的速度。

她十分刻意地不大想起过去，倒不是觉得有多难过，只是觉得难堪。她人生中的大多数难堪都是因为喜欢他，现在连承认过去喜欢他都让她觉得难堪。

“你有跟医生交代你的抗抑郁药服药史吧？这个可能影响麻醉药的使用。”

“我服药？抑郁？从来没有过。是你自己猜的还是有人造我的谣？”甄繁并没有确诊过抑郁症，她或许有过抑郁倾向，不过在发展得更为严重之前，她努力自愈了。

三年多前，网上铺天盖地都是对她的骂声，恰巧简居宁来找她，她以为他是来复合，没想到只是可怜她，问她需不需要帮助。之后她的失眠症更加严重，她对着抑郁症表格自检，发现纯粹的抑郁症患者本质上都是对自己不满，进而自我伤害。

甄繁那会儿自我厌弃确实非常严重，认为简居宁同她分手都是因为她配不上他。她被这个念头折磨得严重的时候整夜都睡不着，最开始她试图忘记，不过始终忘不了，于是她开始寻找简居宁的错处，靠着一遍遍找简居宁的碴儿，她好了不少。就在她好得差不多的时候，他又来找她了。

“没有就好，毕竟抗抑郁药会和麻醉药发生一些作用。”

“我没有抑郁症，完全没有。你当初答应同我结婚就是因为这个吗？”

“不是，你多想了。好好休息，我估计明天晚上就到了。你找护工了吗？如果没有的话，我让家里的陈阿姨去照顾你。”

“你看我现在需要护工吗？我当初不同意你和我离婚，是因为我不想节目播出前爆出负面新闻。本来这个理由挺羞于启齿的，不过你现在比我也好不到哪儿去，我也就直说了。等我的节目播完了，你也撑过这阵了，咱们就把手续给办了吧。你真不用对我愧疚，毕竟我从你身上得到了许多实打实的好处。”

“端阳，你怎么这么反复？手术前好好休息，咱们明天见。”

“对，我是反复。我妄图通过结婚来让你不好过，结果更不好过的是我。我对你来说是无可无不可，反正你总能找到生活的乐趣。但你对于我不一样，你曾经对我意义十分重大，不只是爱情方面。我以为得到你的认可，才算成功。是不是好好笑？”甄繁真的笑了笑，“我也不说什么放过你的话，那太虚伪，也太高估我对你的作用，我只是想放过我自己了。”

比喜欢简居宁更难堪的是她总能燃起对他的希望，仿佛在等一辆已经停止运行的公交车，明明站牌上已经标了停运，明明去乘其他车或者打车或者步行，早就到了，可她依然愚蠢地在等。她曾经用尽了各种方法对他绝望，可总是野火烧不尽，春风吹又生。

不过这次甄繁想，她要成功了。

如果这次她只是错构瘤，她病愈后一定好好生活，好好工作，好好吃饭，好好孝敬父母。

“端阳，你在我的眼里特别优秀。如果你我互换位置，我肯定远不如你现在过得好。”简居宁并不知道他曾在甄繁的心里如此重要，甚至一度成了她成功的度量衡。他以前并没发现她的优点，或许她的优点对他来说无足轻重。

“谢谢。好吧，去忙吧，后续的事情你回来我再同你商量。”

如果他昨天同她说这话，她还是很愿意相信的。不过谁会第一时间质疑他眼里特别优秀的女孩子炒作？也不怪他，谁让她有前科在先呢？

简居宁看着甄繁的影像消失，仰卧在沙发上回想甄繁同他说过的话。威士忌都打开了，为了保持清醒，酒最终换成了白水。

他聘请的狗仔在这时候联系他，游弥肚子里孩子的父亲找到了，是一家制药厂的负责人，颇有些影响力，可以支撑起一块新闻版面。

这个狗仔本来是跟踪简居宁的，后来在简居宁的重金诱惑下，倒戈了。

他提供经费让狗仔去寻找游弥的情人，并和狗仔签订了优先购买协议，就是他可以按照合同上的价钱将消息进行封锁。

不过简居宁在停顿了一分钟后，放弃了优先购买权。事实上，简居宁只用了三秒钟来考虑这件事情，剩下的五十七秒是表明一种态度，证明他一开始的目的不是为了让狗仔曝光。

晚上，甄言要和甄繁视频，被甄繁转了语音。甄繁准备确诊结果为良性再告诉家人。

“你姐我现在卸妆了，见不得人。”

“你就夸张吧，我又不是没见过你素颜的样子。”

“二十五素颜和十五岁素颜能一样吗？我跟你说，我有一学长，不是楚师哥啊，为了看相亲对象是不是素颜，每逢第一次见面就请人吃烧烤火锅，为的是流汗让人自然卸妆，结果人女孩子化了防水妆，我这学长还是看走了眼，于是两个人就走到了一起。大宝，你猜他们谁先提的分手？”

“女孩儿。”

“你怎么这么聪明？”

“首先，要是男的提分手你这问题就没有任何意义；第二嘛，每天伪装自己很累的，尤其是在最亲近的人面前。姐，你说对吧？”

甄繁本是当笑话讲的，并没考虑这背后的意义，没想到自己这个弟弟还挺能做阅读理解。

甄言从网上看到了关于简居宁的新闻，他辨不清楚真假：“繁繁，你要有什么事，记得第一时间告诉我。我被你保护了这么多年，也该保护你了。”

“知道啦，别人都特别羡慕我有你这样一个弟弟，人长得帅又聪明，还特别善解人意。他们都想跟我换一换，我才不换呢，给我十个亿我都不换。”

“是不是给你二十亿你就换了？”

“嗯，那换。反正你换过去也是我弟弟，我把钱分你一半，咱们想怎么花就怎么花，想干什么就干什么。”

甄繁又问了甄言一些学业上的问题，两个人聊了半个小时才说再见。

甄繁病床的灯整夜开着，她一个人睡的时候习惯开灯。为了身体健康，她强迫自己在十点就把工作的事情搁到一边。不过躺下也睡不着，甄繁觉得闲着也是闲着，她又把工作的事情在脑子里复盘了一遍。偶尔想到简居宁，她告诉自己，如果这次只是良性肿瘤，她一定在节目结束后远离简居宁，好好过日子。

他过得好与不好，都和她再没关系。

简居宁回国的当天，另一个男人取代简居宁和游弥上了新闻版面。简居宁将游伯母托付给了别人，他的妻子做手术，游伯母也不好再拦着他。

简居宁先回了家，让厨子做了些清淡的食物装在食盒里，然后准备了一些住院必备的东西，驱车去往医院。

途经花店，他买了一束马蹄莲。

楚辙知道手术的前一天甄繁会有许多事情要准备，所以他特意提前一天去看甄繁。本来是打算下午去探望的，不料因为节目问题拖到了傍晚。

“我今天刚看了你粗剪的片子，特别好，真是后悔当初没去现场，当老师比不得当学生，翘课都不自由。”

“师哥，你又在恭维我了。”

“非得批评你才叫实话？”

“你再多夸我几句也行。师哥，最近你得多担待了，不过我不久后就会出院的，到时候我再把我的那份补回来。”

简居宁到的时候楚辙正在给甄繁讲笑话，逗得她前俯后仰的。

也不是多好笑的笑话，但就在甄繁的笑点上，笑得她直咳嗽。楚辙出于关心，拍了拍甄繁的背。

第十二章

/右眼皮跳/

简居宁一进门便看见甄繁在咳嗽，他第一反应是按床头铃叫医生过来。

甄繁拦住了他："我没事儿，师哥讲了个特好笑的笑话，逗得我直咳嗽。"

"不知道什么笑话这么好笑，能不能也说给我听听？"说着，简居宁把小型行李箱和食盒放在了一边，正准备把手中的马蹄莲放在瓶子里，打眼一看，发现玻璃瓶里已经插满了向日葵。

如果他没猜错的话，应该是楚辙送的。

简居宁手里的那束花一时无法安放。

"其实也没多好笑。"楚辙看到简居宁来了，非常自觉地同甄繁告别，"那我就先走了，你好好休息。"

甄繁也没拦他："师哥，这阵子辛苦你了。等我病好了，请你吃饭。要是没你，这个节目真是做不成。"

"怎么这么客气？我等着你请我吃饭呢，你好好休息吧，等你做完手术我再来看你。"

"居宁，你帮我送送师哥。"

简居宁把楚辙送到门外，楚辙让简居宁留步，简居宁说了句"再见"便止了步子。

回到病房，简居宁拿出自己调的润肺茶，茶装在一个保温杯里，他拧开瓶盖把保温杯递到甄繁的嘴边：“喝一口吧，你可真是小孩子脾气，什么笑话能笑得这么厉害。”

“谢谢。”甄繁把茶杯拿过来喝了一口，“咱们笑点不一样。”

简居宁打开食盒，把里面的清粥和小菜拿出来，都是十分清淡的菜色。

甄繁向他道了谢，又说道：“我吃过了，你自己吃吧。”

“和你师哥一起吃的？”

甄繁点点头。

那个食盒最终被简居宁送给了查房的护士。

甄繁捕捉到了小护士眉眼掩不住的笑意，她相信简居宁真的是无意之举。

有些人随随便便一个举动，却能在另一个人心里翻起风暴。

不过她并没向简居宁提起这件事，说了好像她吃醋似的。

简居宁在病房里搭了床，一副要在这里安营扎寨的样子。

“你今天不用来的，这儿又睡不好。”

“你不是说了吗？夫妻间有互相扶持的义务，我照顾你是应该的。我要是病了，你肯定也会来照顾我吧？”

“你不需要我照顾你，你这么健康。而且我不是跟你说了吗，等事情结束了，我们就分开。假使有那么一天，相信我，会有大批人愿意照顾你的。”

“何必这样急着下决定？你好好考虑一下，最后无论你怎样决定我都完全尊重你。不过咱们现在是夫妻，我有照顾你的义务。再说了，医院毕竟是个公共场所，我坐视你一个人在医院待着，传出去对我名声也不好。于情于理，我都应该留在这里。”

“你在乎舆论？”

英国小报上的消息自一发布便同步到了微博，在此之前，简居宁和游弥的相关信息一直被屏蔽，简居宁的搜索页面和游弥的相关信息只有数条，大部分关于他的相关讨论都是拼音缩写，而在下午，游弥突然上了热搜，并且很快蹿升到了热搜前五。

简居宁的形象又瞬间扭转，从前的出轨渣男变成了有情有义的痴情男，甚至还有一部分人指责游弥眼瞎，放着简居宁这么好的男人不要，把他拱手让人。

舆论往往能在一夜间扭转，一会儿把一个人捧到天上，一会儿又摔到地底。

简居宁并未直接回答甄繁的话，而是问道："正经去哪儿了？"

"我放到我父母家了。"

"你没告诉他们？"

"又不是什么大病，告诉他们，难道让他们来这儿陪床吗？"

简居宁又想到了当年，甄繁瞒着他说自己去做项目了。这么多年，她还是没变，只不过换了对象。

甄繁在卫生间洗澡时，简居宁去了主管医生的办公室。

情况并没有甄繁说的那么云淡风轻。

简居宁从医生办公室回来的时候，甄繁正穿着病号服练习有效咳嗽。他走过去要给她拍背，甄繁急忙摆摆手："我这是术前训练，你不用管。"

简居宁看到了甄繁放在一旁的电脑："手术前就不要工作了。"他拿了把椅子坐在甄繁旁边，准备给她按肩，没想到手还没放到肩上，就被她给躲了过去。

他的手又缩了回去，微笑道："不按就不按吧，早点儿休息。"

甄繁看了一眼陪护床："你还是回去吧，睡这儿怪难受的。"

"没事儿，还可以，你一个人在这儿我也不放心。"简居宁本想说睡这儿权当体验生活了，不过怕甄繁多想，到底没说出口。

"我一个人都习惯了，多一个人还怪不自在的。"

简居宁不适时地想到了当年的那场车祸："多的又不是外人，我多住两天你就习惯了。明天晚上就不能进食了，早上你想吃什么我去给你弄，清淡一点儿的。"

"不用了，这儿特别好，直接送餐到病房。我想了一下，你只需要明天过来给我签个字，然后手术那天你最好来一下，下午来就行，其他时间你就不用管了。这么麻烦你我还挺不好意思的。"

为解除简居宁对她不合时宜的道德责任，甄繁喝了一口简居宁带来的茶："你这茶真是不错。我已经找了一个护工，手术完她就会来照顾我。那个护工阿姨特牛，是这儿的明星护工，好多人都抢呢，我也是幸运，做完手术那天正赶上她服务的另一个病人提前出院。"

简居宁听到甄繁说到“幸运”二字，内心被狠刺了一把：“端阳，早点儿睡吧。其他事情明天再说好不好？你现在需要好好休息。”

和昨天不一样，有简居宁在，今天病房的灯是关着的。甄繁头一次这么早睡，怎么也睡不着。她睁开眼，屋里漆黑一片。

甄繁翻了一个身，轻声问道：“简居宁，你睡着了吗？”

简居宁听到后马上坐了起来：“怎么了？”

“我和你结婚，就是想让你知道我不是想搭理就搭理，想扔就扔的，让你从今以后吸取教训，离我远点儿。”甄繁平躺着，看着漆黑的屋顶，“我想你已经吸取了教训，手术完了咱们就结束吧。”

简居宁开了灯，走到甄繁身边，去揽甄繁的肩：“你要是不想自己睡，我就跟你挤一挤。”

甄繁突然盯着简居宁的眼睛说道：“如果你愿意展现你的慈悲之心，那就等节目全部播完再离。”

“你这个人真是反复无常。”

不是反复无常，而是疾病让她认清了什么是最重要的。与其和简居宁互相折磨，倒不如彼此放过。

“以前我跟你在一起的时候挺累的，我每说一句话每做一个动作都要想你怎么看我，你会不会因此看不起我，后来我费了好大力气才克服了这个习惯，不过和你在一起还是没和别人在一起自在。当然这都是我自找的。我现在打算知错就改了，你也就别拦着我了。”

“我怎么会看不起你？我有什么资格看不起你？”简居宁揽住甄繁的肩膀，盯着她的眼睛，“端阳，我从来没有看不起你。不管怎样，你是唯一让我想共同生活的人……”

简居宁以前没有看不起甄繁，也没有很看得起她，他只是在对她不满的时候，选择沉默，然后去看别人。

甄繁截断了他的话：“你这个人说的话吧，我不是很相信，除非涉及最关键的利益，否则你说话都很客气。”所以他为数不多几句不客气的话让她印象十分深刻。

简居宁低下头去吻甄繁的嘴，结果被她躲开了。随后，他捧起她的脸，甄繁并没有很激烈地反抗，她只是说：“我不想陪你玩了，我累了。”

他最终放开了她，手放在她的头发上方，但没有落下，最终收了回去："你和楚辙的项目进展还顺利吗？"

甄繁不知道他怎么问起了这茬，只说道："还好。"

"和楚辙在一起，是不是比和我在一起自在？"

"我这次要同你离婚，和楚师哥没有任何关系，人家楚师哥早有喜欢的人了。他和你不一样，有些人只能喜欢一个人。"

"如果你楚师哥并没有你想象中的专情呢？"这是简居宁第二次问甄繁，上次她说的是没有如果。

"如果不是，那就更好了。"

当甄繁跳脱出她和简居宁的关系时，她发现简居宁的感情观没什么不好。

她从不认为吊死在一棵树上是个好选择，也从不欣赏那些为了爱情要死要活的人。当她看到年轻画家为简母自杀的新闻时，第一反应并非好感动，而是怎么可以为了一个不在乎你的人放弃自己的生命。她甚至可以想象得出卢尔特夫人的嘴脸，过后肯定是惊叹自己的魅力之大竟然使得一个男人为她自杀。简居宁当然没他母亲那样冷血，否则她也不会为他纠结这些年。

甄繁虽然没有自杀，但鲁迅先生说过，浪费时间等于慢性自杀。她要是能活个一两百年，和简居宁再耗个十年八年的也没什么。可事实是她活不了那么久。

简居宁并没答应她，而是说道："早点儿睡吧，晚上有事叫我。"

这一晚，甄繁想了很多，最后她想的是立一份遗嘱。虽说手术并不算多么复杂，操刀的大夫又经验丰富，不过总有一个万一，防患于未然总没有错。

简居宁一睁眼便看见甄繁穿着病号服坐在床上敲击键盘。病号服并不算合身，衬得她格外的瘦。他直觉甄繁又瘦了，一双眼睛在那张小脸上显得格外大，此时她的眼睛正紧盯着键盘。

甄繁醒得很早，她一醒来就打开电脑写邮件，把她所有的资产和各种密码都列了出来，虽然她曾经把自己的密码都告诉过甄言，不过也不知道他还记不记得。邮件设置了三天后定时发送，如果身体没事儿的话她再取消发送。

在此之后，她又给楚辙写了邮件，以一种十分欢快的笔调写出了她对节目的规划和展望。附件有三个，分别是节目制作的建议书、节目后期的招商方案、节目播出时的宣传方案。甄繁甚至想到了她死后的宣传案，如果她死了，节目无疑会更火，大众对死人总是更宽容些，那些平常骂她骂得很凶的人说不定她一死还会给她在微博上点几根蜡烛，让她一路走好。

可她一点儿也不想死。哪怕活着大家都讨厌她，她也得活着，她还得活着吃老甄的门钉肉饼呢。

为了不打扰简居宁睡觉，她尽量控制敲键盘的声音。

“怎么这么早就开始工作了？明天就要手术了，就不能迟几天吗？”简居宁下了床，他昨晚和衣睡下的，“你把现在的文档保存好，五分钟之后必须关掉。”

甄繁还是能分清人家好意的：“就一个邮件，马上好。”

当她把简居宁当成一个毫无关系的陌生人时，她觉得他这个人还是很得体的。

早饭是简居宁让厨子做了送来的，因为术前要饮食清淡，早餐只做了粥，八样粥，分别用梅子青汝瓷小碗盛着，每碗也就几口的量。

简居宁说：“等你好了想吃什么便吃什么。”

甄繁一连喝了三碗，她用纸巾擦完嘴说：“这就挺好的了，谢谢你。”

简居宁被叫到办公室，医生同他一项一项讲手术的风险。为让患者家属做好心理准备，也防止医闹，医生都会跟家属讲明最坏的情况，虽然大多数时候，这种最坏的结果并不会出现。

“恶性的概率有多大？”

“这个得等病理出来后我们才知道。手术中我们会做一次快速病理，如果报告显示是恶性肿瘤的话，我们会做进一步切除。不过最终结果还要看常规病理。”

这是简居宁第一次作为家属签字。他以前的二十多年里有无数次签字的场合，签名越来越熟练，不过这次他签到第二个字的时候手抖了一下。

他身体很好，极少生病，唯一病得很严重的一次是在十四岁。那年暑假，他从英国坐飞机去巴黎看他母亲，可直到他到了巴黎，母亲才说她和男友正在尼斯度假，电话里母亲建议简居宁去她和男友的家住，保姆会好好招待他的。他并没有去那个家，白天在巴黎闲逛，晚上住在酒店里，他买了一条项链想送给母亲做生日礼物，总不能白跑一趟。

在巴黎的第三天，他突然发起了烧，本以为无大碍，只吃了药，晚上却越来越严重，打急救电话，语音提示人多请等待。终于接通后，他用不算流利的法语说明了自己的情况。昏迷之前，他通知了酒店的工作人员。等脱离危险后，他给母亲打电话，毕竟是母子，他母亲听说后确实很焦急，并承诺马上会从尼斯飞回来看他。四天后，他终于等来了他的母亲。

他那时还没有现在的好修养，对着母亲一顿发火。

简母一脸委屈："我是爱你的，但我总不能为了你放弃我的生活。我是你的母亲，但我更是我自己。"随后她又指责简居宁不会照顾自己，"儿子，不要指望别人对你的人生负责。"

简居宁唯一能指责的只有他母亲的失信，其他的他实在无法辩驳。

那条项链后来被他送给了照顾他的胖护士。

甄繁手术的前一天晚上，护士来查房。

"小张护士，你说我的右眼为什么老跳啊？我最近吃得很清淡，也没上火。"

护士安慰她："你就是心理压力太大了，我们这儿之前也有一个病人，手术前右眼一直跳，非说是左眼跳财右眼跳灾。结果手术特成功，手术后第四天就出院了。"

这天夜里甄繁又做了一个梦。梦里，她的名字最终停留在了墓碑上，简居宁去给她扫墓，那时的简居宁脸上已经有了明显的皱纹，同行的还有一个长得和她很像的女孩子。女孩儿小腹微微隆起，很明显是怀孕了。

女孩儿问简居宁："你同我在一起是因为我长得像甄繁吗？网上都这么说。"

简居宁回女孩儿："当然不是，不过她的死让我明白了许多，才让我遇到你的时候没有犯当年的错误。"

画面又切换到了甄繁父母家，正经老得不成样子，身上的毛发已经脱得差不多了，它的老爪子落在相框上，去抓甄繁的脸。相片上甄繁穿着校服，眼睛瞪得大大的，感觉未来满怀希望。老甄看着桌上的门钉肉饼发呆。

简居宁是被甄繁的“爸爸”给惊醒的。

他开了灯，看见甄繁在床上缩成一团，她的脸埋在了膝盖里。

简居宁去揽甄繁的肩膀，甄繁开始还躲，后来就任由他抱着了。

等甄繁的呜咽停止，他才问：“怎么了？”

“我想吃我爸做的门钉肉饼了，可是明天不能吃，后天不能吃，也不知道什么时候能吃。”甄繁这会儿已经恢复了理智。这么一个手术，不到十岁的孩子都不会像她这么大反应，实在太丢人了。

“很快就能吃了，医生跟我说，你手术后不到一个星期就能出院了。”

甄繁点点头：“你回去睡吧。”

甄繁的手术是当天的第四台，排到了下午，等待的过程异常难熬。甄繁平常血压都在110以下，手术前的早上血压飙到了130，虽然还在正常范围内，但简居宁明显感到了甄繁的紧张。

手术当天甄繁不能吃饭，简居宁也没怎么吃。

各种术前准备在上午十点便做完了，甄繁先是练习咳嗽和翻身，后来练着练着突然就失去了耐心，她去拿自己的电脑准备把发给楚师哥的方案再改一改。

简居宁去收甄繁的电脑：“端阳，咱们不是说好手术前不工作了吗？”

“我要不工作就得胡思乱想，我就再弄一会儿，一会儿我就躺着，还有好长时间才能手术呢。”除了工作没有别的办法能缓解她的焦虑，她有点儿后悔没有告诉老甄了，此时的她很想自己的父母，就算听听声音也好。可她又怕给他们打电话的时候忍不住哭出来，依她的没出息程度，肯定会哭出来，所以甄繁忍着没给父母打电话。

“端阳，我们聊一聊吧。”

甄繁想同简居宁说的已经同他说完了，不知道再说些什么，她觉得有些尴尬：“你想聊什么啊？”

“你病好了想吃什么？”

甄繁认为这个问题一点儿都不深入灵魂：“我想吃我爸做的肉饼。”

“要不要给你爸打个电话？”

甄繁犹豫了一下，最后说：“还是算了，等手术完再打吧。”

“你爸的手可真巧，他捏的泥人跟真人似的。”

甄繁本来觉得这场对话纯属客套，不过当听到简居宁称赞她的父亲时，话匣子便打开了：“我爸手特巧，我小时候放的风筝都是我爸给我做的。你见过蜈蚣风筝吧？”

甄繁见简居宁没回应，便掏出手机搜蜈蚣风筝给简居宁看：“我爸做的比这图上好看。我敢保证没几个人做的蜈蚣风筝比我爸好，不过时间太久了，风筝搬家时也遗失了。”说完甄繁叹了口气，她随后又打开某宝，“这是我爸的泥人店，泥人便宜又好看，最重要的是特别像。你要感兴趣的话可以买，这个做年会抽奖也不错。”

甄繁很想用自己的微博给父亲的店面打广告，毕竟她的微博曝光度不低，不过她怕网友们把对她的愤怒转移到老甄身上，又怕老甄工作量太大受不了。她时不时会去店里买点东西送人，不过不是用“真的很正经”那个号，她怕老甄认出她来。

“为什么定价这么便宜？”

“我也劝老甄把价钱定得高点，有些人怎么说呢，你定价便宜，反而认为你水平一般，同样的东西，价钱高的反而卖得更好。但我爸这人，怎么说呢，傻实诚……”所以老甄很难成为有钱人。用傻字来形容自己的父亲很不恭敬，但甄繁一时找不到别的词。甄繁知道简居宁深谙此理，饥饿营销运用得炉火纯青，至简的周边价格几乎是同类的两倍，可每次总是秒空。

这么聊着，甄繁的心情平复了不少。甄繁以前的一大乐事就是把喜欢的东西加购物车，先不买，等她被网友们骂得实在心烦时，便清空购物车，以缓解她的恶劣心情。

甄繁一边跟简居宁瞎聊，一边逛某宝，不过她这次并没加购物车，而是点了立即购买。父母家的房子不算小，可随着甄繁多年来坚持不懈的采购，空间变得十分紧张。甄繁给正经买了两箱它最爱吃的猫罐头，在点付款时她又退回来更改了一下收货地址，收货地址变成了父母家。她想，如果自己病好了去接正经，可以把罐头放在后备厢带回来。

她无意间点进了自己的购买记录，发现当初卖离婚险的店面已经不存在了。她想这个店面果然不可靠，于是按了举报键，也不知道她的二十块钱能不能追回来。

甄繁一边翻购物车一边问："简居宁，你怕死吗？"

"怕，有谁不怕吗？如果有人不怕死，那你最好和他保持距离，他可能什么事情都做得出来。"

甄繁觉得自己的问题很没有意义，再悲观厌世的人，拥有这么平顺的人生，也舍不得去死。

即使都是怕死，两个人的原因也不一样。

因为要戴手术帽，甄繁的头发全都盘了起来，她的头发多且密，衬得她的脸格外的小。

这让简居宁想起了她为他拉二胡的那一天。

"你是什么时候学的二胡？"简居宁打破了沉默。

"大概是六岁吧。"

"二胡那么难，你当初就没想学个简单一点的吗？"

"我爸在曲艺团拉二胡，现成的老师和器材。"那些以前觉得十分难以启齿的话在今天很自然地说了出来，"其实那时候我很想学钢琴，不过买琴和课时费对我家来说是一个很大的负担，后来我见到钢琴弹得好的人都很羡慕。"

那年简居宁让她唱歌，他给她弹琴，她一时看得呆了，连词儿都忘了，那半个月亮一直在那儿爬上爬下。

老甄从来不知道甄繁想学钢琴，甄繁明了自己的家境，从不提过分要求。

"二胡拉得好很不容易。我很喜欢你之前拉的那支曲子，等你病好了，你能不能再拉一遍？我好录下来。"

这个人说话真是妥帖，总给她一种自己很重要的感觉，不过第一次分手后甄繁便知道那不过是错觉。

甄繁什么扫兴的话都没说，只说道："好啊。"

进手术室之前，甄繁突然变了一个人，她脸上看不出一点儿焦虑。简居宁去握她的手，甄繁也没甩开。

"没事儿，别怕，我就在手术室门口。"

甄繁冲他笑："有什么可怕的，不就是一个小手术嘛。"

手术室的门关上前，她还扭头同简居宁挥了挥手。

麻醉师注射麻醉剂没多久，甄繁就慢慢失去了意识。

手术切除的结节被拿去送检，如果显示良性的话就直接缝合。为了检测方便，快速病理切片直接在手术间里进行，并不会给家属看。

简居宁在手术室外一遍一遍地看表，时间太长了，他变得越来越焦躁。

第十三章

/ 忧郁的猫 /

术前签订的知情书上写明了手术方案，中途如果不更改手术方案的话，并不需要家属签字。

简居宁在门外等着，没有人告诉他手术室内的情况，也没人来找他签字。他从风衣口袋里拿出一盒烟，手术室门口墙上的禁止吸烟标志很是鲜明，他又想起甄繁在视频里让他不要吸烟了，那时候她应该还沉浸在对恶疾的恐慌里。

这样一个怕死的人，当初车祸一定怕死了吧，偏偏还骗他是去做项目了。电话里他冷言冷语，她还一个劲儿地道歉。其实他很怀念五年前的甄繁，很怀念，以至于他对后来的甄繁愧疚中带着一丝嫌弃，可越是嫌弃，就越是愧疚。

他总觉得甄繁变成现在这样他是有责任的。

甄繁虽然在感情上一贯迟钝，但对他的一举一动格外敏感，所以她肯定感受到了嫌弃。

在等待的过程中，简居宁把结果分析了一遍又一遍。如果是良性，他就再不去打扰她；如果是恶性的话，他得养她。

手术室的门开了，简居宁听见甄繁在说话，他以为是对自己说的，俯下身把耳朵凑过去，仔细一听，才听见她在一张张地说自己的银行卡密码：“甄言，你可记清了啊。”

麻醉诱导期说胡话的病人胡大夫见得不少，可像甄繁这样一直报银行卡密码的还是第一个。甄繁虽然神智不是很清楚，但报密码很有顺序，先是开户行，再是卡号，然后才是密码，这样一套报下来，直接把手术室里的大夫护士都给惊了。如果不是很快进入深度麻醉，胡大夫相信甄繁能把她家的密码全都报出来。等术后甄繁醒来能开口说话，她又开始报自己的卡号密码。

“你太太已经醒了，不过麻醉代谢需要一段时间，现在要送去观察室观察。”胡大夫没忍住又来了一句，“简先生，你太太把你家的密码都说了，有时间你去改个密码吧。”胡大夫是以开玩笑的方式说的，毕竟卡号那么长，很难有谁听一遍就记住。

今天前面几台手术都是浸润癌，只有甄繁这一台轻很多。

“术中病理显示是原位癌，无浸润，不过具体结果得等大病理报告。”鉴于以往有患者看见托盘里的病理实物直接被吓晕，现在胡大夫只把自己拍摄的病理照片给家属看。

“大病理什么时候出？”

“不出意外的话，下周五能出结果。”

简居宁想去握一握甄繁的手，发现她的拳头紧握着。

甄繁到观察室不久就完全清醒了，她已经忘了之前说的胡话，只记得手术结束她问过医生是良性还是恶性，但具体结果愣是一点儿都没想起来。

甄繁躺在那儿一个劲儿地回想大夫跟她说了什么，可怎么也想不起来，现在她连问第二遍的勇气都没有了。

不过身体的疼痛抑制住了她的胡思乱想。

她此时分外想念自己的父母，现在他们应该已经吃晚饭了，不知道饭桌上会不会有门钉肉饼。这个点儿甄言应该在 K 大食堂，她每次和甄言去食堂吃饭，甄言都会给她买一个 K 大的自制酸奶。

如果他们知道自己在医院里，肯定没有现在过得舒心，所以她不告诉他们是对的。

她给正经买的猫罐头估计这时候已经到了，听老甄说，前两天邻居要把正经请去抓老鼠，老甄毫不犹豫地拒绝了。这只笨猫，怎么会抓老鼠呢，不被老鼠吓死就不错了。她不把仓鼠买回家养并不是怕正经把仓鼠给吃了，而是怕仓鼠把正经给吓着。

甄繁此时不适时地想起了简居宁，他曾经也说要让正经抓老鼠，那时候他为了劝退自己真是无所不用其极。

她平躺在床上，由于要监测心率，她的手指被夹得很痛，不过跟胸口的疼痛相比，那实在不算什么。而跟恐惧一比，更算不上什么。她很希望有人能握住她的手，哪怕这个人是简居宁。

不过很快甄繁就唾弃起自己的没出息。

她的口很渴，护士告诉她一滴水都不能沾，也不能睡觉。甄繁睁着眼睛一秒一秒地数，她不想让时间白白浪费，便像往常睡不着时，开始复盘起自己的工作，她努力回想自己录制的节目，想着哪块要剪掉，哪块不行可能需要重录一遍。她想着想着突然就崩溃了，不过哭也是需要力气的。

护士进来的时候正好看到甄繁的眼泪流下来，于是问道："很疼吗？如果太疼的话可以打止痛针。"

甄繁说："不是很疼，还可以忍。"

医院的术后观察室不允许病人家属进入，简居宁只能在外面等着。

简居宁给自己认识的专家一个个打电话，电话那端的回复十分一致——原位癌切除后预后效果良好，但术中病理和大病理还有一定的误差，这并不是最后的结果。

他想甄繁待在里面一定很疼，也不知道她会不会叫出来，大概率不会。

酒后吐真言，麻醉后甄繁说的一定是她最想说的。

这个人到了这时候还在想着钱，生怕她的家人享受不到她当初牺牲名誉辛辛苦苦赚来的钞票。

这件事在旁人看来很好笑，简居宁却怎么也笑不出来。

从理智上讲，他能理解那些为了钱牺牲理想乃至名誉的人，只要不违法，都是个人选择，并不是所有人都像他一样从小就不用为钱烦恼。

但理解和认同是两码事，他从来没有认同过甄繁的选择。

在观察室待了六个小时后，甄繁终于被推回了病房，她看到简居宁还勉强笑了一下。

简居宁没问甄繁疼不疼，他只说不会疼太久的。

"我跟护工阿姨说好了，她怎么还不来呢？"

“我让她明天再来，今天晚上我在这儿陪你。”

“那多不好意思啊。”她不再恨他，也不再怨他，只希望从今以后和他无关。

护士告诉他们，术后六小时如果太渴的话可以用勺子背或者棉签蘸点水涂抹在嘴唇上，术后十二小时后再正常饮水。

开始简居宁拿着棉签给她蘸水，后来干脆把润湿的嘴唇印在她的嘴上。由于甄繁的鼻子插着氧气管，他的角度很刁钻，印得也很轻，轻到甄繁怀疑他们根本没有接触。

她开始还说了一声：“别，氧气管掉了怎么办？”后来就任由他去了。因为他告诉她，刚才他刷牙的时候连嘴唇都狠狠刷了，不会有细菌的。

他的动作不掺杂一丝情色，最重要的是她插着氧气管，也根本无法和那方面联系在一起。

一旁的心电检测显示她的心率平稳。

真正心如止水。

甄繁平躺在床上，眼睛看着天花板，她想自己的肺切了一部分，以后恐怕连接吻都费劲了，那可是一个急需肺活量的工作。

少了一个肾，肺又做了手术，甄繁想以后还是不要结婚了，长期祸害一个人不是很道德，恋爱倒是可以谈。前些天她去逛K大，许多小伙子看起来都很有朝气。K大的男生单身率奇高，以后她病好了就去K大转一转，没准就遇到适合恋爱的人呢，也能帮助隔壁学校降低下单身率。

这么想着，甄繁突然就笑了，正巧迎上简居宁的眼睛，笑着笑着不知怎的就哭了出来。

“我不怎么渴了，不想喝水了。”

简居宁在她的额头上亲了一下：“那就不喝了。”

晚上甄繁睡不着，但她紧闭着眼睛，仿佛自己已经睡着了，疼的时候尽量咬紧牙不发出声音。

她一直出汗，简居宁一直不停地拿毛巾给她擦汗。他擦得很轻，仿佛稍微用一点儿劲就会把她的皮肤擦破似的。

这个人也是一个奇人，准备了一托盘毛巾，轮换着给她擦。

中途，甄繁的氧气管掉了，简居宁又给她弄好。

甄繁好几次想问自己的病情，都欲言又止。简居宁对她太好了，让她有一种时日无多的感觉。

她不知道怎的就想起了老家的一个熟人，妻子得癌后，丈夫照顾得很是尽心尽力，妻子死后没仨月，丈夫就再婚了。还有一户人家，夫妻感情看起来一般，妻子突然意外去世，过了十年，男人依然没再娶。甄繁开始很不能理解，后来随着年轻的增长，她才明白了其中的曲折。

甄繁想，他愿意照顾自己就照顾自己吧，正好把他对她的愧疚消耗光。

卢尔特夫人利用丈夫对英国人的偏见，终于使丈夫相信，她并没有和自杀的画家谈恋爱，只是画家对她单方面仰慕，求而不得才选择结束生命。很快，两个人的局势便反转了，她开始指责丈夫为什么不相信她，反而去相信英国小报，不过这种指责是含嗔带怨似的，并不是敌我分明。子爵很快缴械投降，向夫人赔不是。卢尔特夫人接受了丈夫的道歉，并让他承诺不许再犯。接着她便向丈夫谈起了她在中国的投资，子爵暗叹夫人不仅美丽优雅，还颇有经商天赋，深感自己挖到了宝。

一场风波就此化解。

卢尔特夫人还是爱自己的儿子的，在自己的危机化解后，她便开始关心起儿子的前途。国内的商业新闻和娱乐新闻最近都被她的前夫和儿子刷版了，她很少接受采访的前夫在最新一次的采访中明确提出，尊重儿子的兴趣，不会让儿子接班。

卢尔特夫人断定是这次的风波导致了前夫的决定，事关儿子的继承权，她认为有必要和儿子商量一下处理方案。可无论是她打电话还是在聊天软件上表示关心，儿子都没有回她。

简居宁接到母亲的电话时，甄繁已经睡着了。

国内已是凌晨两点。他的母亲从来都是这样，不考虑中、法两国的时差，什么时候想联系他便联系他。

不用跟母亲通话，简居宁便知道她要说什么。

他的父亲不需要他接班的采访片段占据了各大媒体的醒目位置，他不可能看不到。就算他自己看不到，也会有人去提醒他。

简总很少接受采访，一直保持低调。简总也一直看不惯儿子的高调，直到公司前两年瞄准中高端市场，简居宁开着自家新出产的车型被人拍到几次后，简总才默认了儿子的高调，而不是再去纠正他。毕竟什么广告都没有自己儿子开自家的车更有说服力。

这两年，公司一出新车型，简居宁便马上换车。不过他开的车和普通版外观看着无异，但内里有很大不同。简居宁每换一款新车型势必会被狗仔拍到。除此之外，他的行程很少曝光。

这是简居宁故意为之，他享受了他父亲的福利，自然得为之做些贡献。

采访是几天前的，那时简居宁正处于风口浪尖，对于简总同他划清界限，简居宁并不意外，甚至认为理所当然，他也不想因为自己影响父亲公司的股价。唯一有些小意外的，是他的父亲竟然认为他和游弥有了孩子。

他了解他的父亲，父亲却不了解他。

倒是眼前这个人相信他，还傻乎乎地在微博晒出了他们当年的合照，试图混淆时间线，力证她才是他的初恋，妄图以这张照片来挽回他的名声。她还不好意思承认。

那条微博的最新评论当然是一片祥和，不过最早的那一批评论并不美好，至少有七成的评论在教训甄繁。

明明她当时最好的选择是沉默，沉默自然会有一批人来替她发声，事后即使舆论扭转，外人也寻不出她的错处。

可她偏要不高明地跳出来。

如果不是甄繁发出来，简居宁恐怕都要忘记这张照片了。

当年甄繁去给他送机，在他要去值机时，甄繁突然说："咱们还没有合过影呢，你等我一下。"然后她跑到一位大叔面前拿出自己的手机问大叔能不能给他俩照张相。

那时的手机像素远不如今天，甄繁的手机像素更是模糊。

他总觉得在机场拍照是件很尴尬的事情，不过他并未表露出来，而是配合甄繁笑了笑。

大叔夸他们很配，甄繁当时脸上的笑掩藏不住，她还从外套兜里掏出了一颗巧克力给人家，跟发喜糖似的。

甄繁使劲挥手同他告别，他到英国后，甄繁把那张照片发给了他。

他再次回国，两个人便分了手。

手机已经更新迭代多次，他的照片早已找不到了，甄繁还留着。

简居宁确认甄繁睡着之后，在她的额上亲了亲。

早上五点钟，甄繁醒来时胃里一阵恶心，她看见简居宁趴在床尾，想必是睡着了，甄繁没打扰他，忍着要吐的冲动，艰难地按了呼叫铃。

“我现在胃里犯恶心，麻烦您过来看一下。”

简居宁睡得很浅，蒙眬中听到甄繁说话便醒了。在护士来之前，简居宁已经拿盆让甄繁吐了一次，她从前天晚上就没吃东西，吐出来的都是胆汁。

“应该是镇痛泵的问题，关了就好了。”

简居宁拿水让甄繁漱了口，又调整了她的位置，等这一切都做好了，才又说：“下次有事叫我就好。”

他本来想说为什么不叫他，不过纯属明知故问。他不是不知道，她最不想麻烦他。

甄繁这才注意到，简居宁的头发有几根立了起来，他的眼睛里都是血丝。甄繁头一次见他这么狼狈的样子。

“在医院里不要穿支数这么高的衬衫了，你看你这衬衫皱得。一会儿你等护工阿姨来了，就回家吧，休息够了再来。对了，你让阿姨几点来啊？”

“十二点，我下午有些事情要处理，晚上再过来。晚上你就能吃饭了，我给你带过来，不过太油腻的不行，最近你得忌口。”

“这样不合适吧，我跟阿姨已经说好了。”

“我是按全天付钱的。”

如护士所说，一关镇痛泵，她胃里的恶心感很快就消失了，但痛感马上涌了上来，仿佛一个没有经过专业训练的业余人员在胸口碎大石。

没一会儿护士来抽血。甄繁的血管很细，为了一次扎针成功，护士用酒精棉签使劲在她的手上蹭。

扎完后，简居宁一直帮她摁着棉签。

甄繁是一个很不耐痛的人，可偏偏还要忍着。

尽管如此，简居宁还是从甄繁紧皱着的眉头读出了她的疼痛，他拿着毛巾去擦甄繁的脸上由于忍痛产生的细细密密的汗珠。

某一瞬间，他宁愿此时躺在床上的人是他。

简居宁把自己的手递给甄繁：“你要不要抓一下，据说这样能止痛。”简居宁当初对甄繁无可无不可的时候，关心的话倒是能脱口而出，且从不带重样的。可当他真动了感情，那些话反倒不好意思说出口了。

“怎么会？再说我也没那么疼。”甄繁试图想做点儿别的转移注意力，“你能不能帮我开下电视？”

“你要看哪个节目？”

病房里前不久刚换了智能电视。

甄繁犹豫了一下说：“《猫和老鼠》。”她不太好意思说她喜欢看这种动画片，但别的节目也不能让她转移注意力。

“你要看第几集？”

简居宁没想到甄繁会提出看动画片。他从小到大很少看电视节目，更少看动画片，业余生活太过丰富，并不需要守在电视机前寻找固定的娱乐项目。

“哪集都行，我觉得都很好笑。”

“那你还是不要看了，你现在的创口不适合笑。”

“那就看《忧郁的猫》那一集吧，那个不是很好笑。”

不过甄繁第一次看的时候还是觉得很好笑的。

这集的前半部分，汤姆追求猫中“白富美”，虽然“白富美”连冲它笑一笑也不肯，但汤姆只要能为“白富美”做事就很快乐。幸福的时光很短暂，汤姆迎来了它的“土豪”情敌。汤姆兴高采烈地把自己摘来的野花捧给“白富美”，结果“白富美”早就收到了“土豪”的玫瑰。

汤姆砸开了自己所有的存钱罐，买了一颗钻戒敲开了“白富美”的门，不过这枚钻石“白富美”得拿着放大镜才能看到。随后，“白富美”给了汤姆一个防护面具，打开了“土豪”送来的钻戒，那枚钻戒足以闪瞎任何猫的钛合金眼。

甄繁第一次看的时候笑弯了腰，还特意叫正在吃小布丁看漫画书的甄言陪她一起看。

甄言来看的时候，正赶上汤姆以卖掉自己的一条胳膊、一条腿，以及为奴多年的代价买了一辆形似三轮的汽车，结果“白富美”上了“土豪”堪比火车的加长版豪华汽车。

那年她刚九岁，和不到四岁的弟弟坐那儿笑，甄言笑得直咳嗽，然后她去给他拍背。

甄繁第二次看时就不太能笑出来了，那时她刚和简居宁分手不久。不过从头到尾她都对汤姆缺乏同情心，按照升级流的发展套路，汤姆被拒绝只是一个故事的开头，随后它将完美逆袭让“白富美”悔不当初，而这只不争气的猫竟然去卧轨。

再后来，虽然甄繁从没想过卧轨，但她知道完美逆袭的概率在现实里不比去卧轨高多少。

心意这东西也并非无价。

“土豪”黑猫的心意好像确实比汤姆更值钱些。

在世俗的评判体系里，简居宁的心意也比她的心意更值钱。简居宁和她谈恋爱，是屈尊降贵，她爱简居宁是理所当然；简居宁没娶她时，她想要嫁给他叫痴心妄想，简居宁娶了她，她是麻雀飞上枝头变凤凰，理应诚惶诚恐，感恩戴德。

甄繁曾努力对抗这套世俗的评价体系，但最终还是在体系内打滚。

如果她一直在这套体系里挣扎，将永无翻身之日。

除非她跳脱出来，不跟他玩了。

看完这一集，简居宁又默默给甄繁换了一集。

“能麻烦你给我拿一下手机吗？”甄繁这才想起她给甄言发的遗嘱邮件，她得马上撤回。

“我可以给你拿，不过你不要工作了。”

“就几分钟的事情。”甄繁按了删除键，这样甄言就永远不会知道她的纠结。

八点时，医生来查房。在医生快要走的时候，甄繁终于鼓起勇气问自己术中的病理结果。

医生告诉她术中病理是原位癌，如果大病理反馈一致的话，她下周就可以出院了。

睡不着的夜晚，甄繁想象了无数次最坏的情况，所以她得知自己是原位癌时，也很平静地接受了，甚至有一丝欣喜。

这就是作为悲观主义者的好处。预想到最坏的结果，就什么都可以承受了。

甄繁安慰自己，原位癌不需要化疗，和良性肿瘤差不多，就是她以后可能与重疾险无缘了，只能更加努力赚钱。她祈祷大病理不要出意外，这样起码目前没有生命问题。

医生走后，甄繁马上就换了一副心情，她又重新燃起了对生命的希望，谨遵医嘱决定动起来。胡大夫让她多咳嗽，好把切除的地方鼓出来，然后能多走动就多下地活动。

医生走后，甄繁很快按照之前训练的那样咳嗽了起来，简居宁在一旁帮她拍背。

尽管她的动作十分标准，但还是无可避免地牵扯到伤口。

“要是疼，就歇一歇。”

咳嗽完，甄繁又马上提出下地活动，简居宁牵着她的手在地上来回走。

简居宁被甄繁的情绪给感染了。她身上有一股生命力，即使撞南墙撞得头破血流，包扎好伤口也会继续撞北墙。

这是他所不具备的，他想要的东西总是能很容易得到，所以很少为什么而特别努力过。而甄繁不一样，她要是想得到一件东西，要付出比常人更多的努力。

这世上，普通人十分努力十分收获，幸运儿十分努力百分收获，而有些人十分努力一分收获。换了他处在甄繁的位置，肯定会埋怨命运对他的不公，但甄繁最终平静地接受了这一切，又开始为未来努力。

“歇会儿再练吧。”

甄繁确实感到累了，她最终被简居宁扶到了床上。

既然自己的生命已无大碍，甄繁决定尽快清理自己和简居宁的关系。

“我如果是汤姆，我绝对不会卧轨的。我这种人可以为父母家人不要命，如果一时冲动，甚至可以考虑为国捐躯，但我绝对不会为了一个没有血缘关系的前男友同我分手就放弃生命。从过去到现在都是这样，我很珍惜我这条小命的。”

她不是那个为简母自杀的画家，也不是汤姆猫，所以他真的不必感到愧疚。

“简居宁，我知道你很看不上我拍的那些电视剧。”甄繁看了简居宁一眼，“你也不必否认，我也不是很看得上。倒不是我看不上玛丽苏剧，而是因为我的玛丽苏拍得不是很好，我压根就不相信功成名就的男人会为了一个女人寻死觅活。用一个很时髦的话说，我缺乏信仰。”

她刚做了手术，一时不能说话太多，很快就放慢了语速：“我既然做了这些，就不应该指望名利双收，不过我当时走到这一步真跟你没有任何关系，爱情于我并不是第一位的，生存才是。我没有遇到你，我也会这样。其实吧，仔细想想，我还应该感激你，如果不是你，我还不会考上Z大。后来你不找我，我可能还沉浸在自己的舒适区里，做那些自己也不是很喜欢的剧。”

她变得不好，是生活所迫，她变得更好，是因为他。甄繁给简居宁铺就了足够的台阶，等着他下。他一下台阶，两个人的关系就将彻底结束。

“端阳，你是不是觉得我很幸运？”

简居宁的不幸甄繁猜都猜得到，父母离婚，各自成立家庭，又加上工作繁忙，和他聚少离多。许多富二代表达他们不幸的版本都千篇一律。

当然算不上很幸福，但她很难对他们的遭遇感同身受，就像简居宁无法对她感同身受一样。

而对于简居宁来说，尽管父母离异各自成立家庭，关系与他也不算亲近，但他依然觉得自己很幸运。

他并非不食人间烟火，也没有把缺乏父母陪伴视为人生最大不幸。他们圈子里很少有人这样以为，只不过有像索钰那样的人为了获取更大受众，去渲染自己童年的孤独，告诉大家有钱人也并非大家想象的那样幸福。

贫富差距过大对简居宁来说，只是一个名词。作为一个既得利益者，他也给贫困山区的儿童捐款建学校，慈善义拍的一部分也曾作为贫困人口的治病基金。他也会被感动，但绝不会想和他们互换人生。

此时简居宁为了安抚甄繁，他自然不能承认他的幸运。他要像索钰一样讲述他的童年多么孤独痛苦，谈一谈他对平凡幸福家庭的渴望。这样的话，甄繁或许能够获得一些安慰。

真正的痛苦是难以启齿的。

所以简居宁不会说，他父亲在离婚前带他去做亲子鉴定，即使非常隐秘，但他还是知道了。

简居宁也不会说，他去法国看母亲结果得了急性肺炎，而他母亲在他完全康复后才来看他，而且只来了一次。

在这次事件之前，他在感情上完全偏向母亲。

卢尔特夫人认为自己在第一段婚姻里是一个完全的受害者。

在她的描述里，简总为了她父亲的权势抛弃了初恋与她结婚，又在她父亲失势后与初恋藕断丝连，简总在生意刚刚起步时便捐助了一所山区小学，那所小学的校长便是他当年的初恋。而当简居宁问及父亲为什么与苏阿姨而不是和那个初恋叶阿姨结婚时，他母亲一脸不屑："他那么精明，怎么会与一个村姑结婚？"

那是简居宁记忆里，他母亲第一次用语如此粗俗。

后来他与甄繁结婚，他母亲讽刺他："当年你父亲做不到的，你倒实现了。"

简总口中的离婚原因则是另一个版本。

父亲认为简居宁很像母亲，母亲则认为简居宁神似其父。

这些东西曾在简居宁成年之前让他长期苦恼，为了解决这种苦恼，他在某个暑假去了世界上最贫困的几个国度，他确确实实地感到了自己的幸运。那些情感上的细致情绪被他通通归成了为赋新词强说愁。

那种濒临死亡的感觉他也无法同甄繁分享。

譬如他徒步去南极因为食物准备不足差点儿死在那里，譬如他去特鲁克泻湖潜水与死神擦肩而过……甄繁很有可能认为他是自找的，毕竟一个为生存所迫的人不可能去那些地方。

简居宁最终举出来的那些例子并没有真正伤害到他，虽然他讲得很真诚。

"前些天，那件事情出来后，我的父母并不相信我，他们都认为我同小报上讲的那样。你非常坚定地相信我，我很感动。你看见我父亲的采访了吗？他以前总认为我不务正业，一直催我接班，那件事之后，很少接受采访的他马上对着媒体表示尊重我的兴趣。说实话，我很羡慕你的家庭氛围。"

甄繁的伤口仿佛有人在撕扯，但她还是忍着痛冲简居宁微笑，并试图开解他：“你父亲只是一时冲动，哪有不爱孩子的父母。你父亲为了和你有话题，不是还专门练过乒乓球吗？”

甄繁当年疯狂迷恋简居宁的时候，把关于他的边边角角的采访都看了个遍，此时终于派上了用场。

简居宁看见甄繁额上有细密的汗珠，他拿毛巾一点点给她擦。镇痛泵的自动模式关了，简居宁按照护士指导的手动按。

等甄繁看着好一些了，简居宁接着说：“你也知道，媒体呈现出来的和事实往往相差甚远。我父亲一直认为我是个扶不起来的阿斗，父亲太出色了，儿子一方面享受荫蔽，但另一方面也是压力，无论怎样都不能超越自己的父亲。”

简居宁努力捕捉甄繁的情绪，他临时调整了自己的说辞，一边给甄繁擦汗，一边继续说：“你是不是认为我得了便宜还卖乖？即使如此，我也认为我是幸运的。我这样的人，只有生在这种家庭才有可能做出一些微不足道的成绩，你如果在我的位置上，绝对比我要出色得多。”他讲完了这套说辞又问甄繁疼不疼。

“好多了，谢谢你。”

简居宁没想到他说了这么多，得来的是一句谢谢。

“照顾你是我应该做的。”

“不光要谢谢你对我的照顾，你这么绞尽脑汁夸我真是辛苦了，我真的很感动，真的……”

还没说完，甄繁便开始咳嗽，她抓住简居宁的胳膊按照正确方法咳了大概有一分钟：“能不能给我杯水？”

简居宁停止给甄繁拍背，将插好吸管的杯子递过来让她喝水。

甄繁舒了口气，说道：“谢谢。你知道我以前最讨厌哪两个词吗？知足常乐和门当户对。尤其是弱势的一方说这两个词，我会认为他很没出息。我以前甚至抱怨过我父亲太知足常乐，以至于我的终点远赶不上你的起点。我是不是很忘恩负义？每当我这么想的时候，我必须拿针扎自己几下来自我惩罚，我父母对我这么好，我怎么能埋怨他们呢？可那种想法还是会时不时地冒出来。”

甄繁从简居宁手里取过杯子。

“除了要晒的那些东西，我所有的生活用度都是能省则省，这是我自小养成的习惯。当我不能挣钱的时候，很多东西，不管我心里多么想要，我面上都要说我一点儿都不想要。好像在一本书上看到过，‘人一穷，多吃一只水果都成了道德问题’。我当初第一次看见这话的时候，不怕你笑话，我的眼泪哗地就掉了下来。“富二代”们抱怨父母缺乏陪伴顶多会被吐槽一句得了便宜还卖乖，当然，我不是说你，你是为了安慰我才这么说，而穷人的孩子抱怨父母穷就是大逆不道了。”

简居宁的手在她的背上轻轻抚着。

“知道我为什么爱上你吗？”甄繁此时低下了头，“其中有一点是因为你肯给我花钱。这个理由是不是很丢人？从来没有人这么大方地给我买过东西，你是第一个。”那点儿钱于简居宁是多么微不足道，而她曾为之激动颤抖过，他们从一开始就不平等。过去她从不敢承认这一点，那太难堪。

甄繁一只手捂住了脸，很快她的手就湿了。多年来难以启齿的话终于说了出来，这些话她不能对父母说，说了会伤害他们，父母不怨自己笨，自己怎么能怪父母穷呢？也不能对外人说，说了徒增笑柄，多一个人笑话她。

以前她很怕简居宁笑话她，看不起她，但当她对他再也不抱任何希望时，她发现他是个很好的倾诉对象，起码他的嘴很严，从不会对外人嚼舌根。

甄繁一直捂着自己的脸，简居宁一边抚她的背，一边拿毛巾擦她指缝露出的脸。

最后，甄繁抢过毛巾捂住了脸，三分钟后她把毛巾拿开，冲着简居宁笑：“我不是冲你抱怨，我只是想说，咱们真的不合适，我以前太意气用事了。门当户对还是很有道理的，有着同样的背景才能互相理解，否则就会很累，远比一个人累得多。你怕伤了我的玻璃心，我怕你看不起我，彼此蹉跎。你同我分手是对的，你唯一错的，是一而再再而三地来找我。所以，咱们今后也不必再联系了。”

当她对简居宁彻底丧失希望时，那些歇斯底里也随之消失了。

第十四章

/最后的离别/

“你先生可真帅！长得跟电影明星似的，而且一看就读过书。”

简居宁是那样一种人，他的气质很能激发人性里最高贵的那部分，说得通俗一点，大部分人见到他都不由自主想要表现自己最好的一面，连护工陈妈也不例外。当简居宁在的时候，陈妈很是惜字如金，每吐一个字就跟吐鱼刺似的那样慎重。

等简居宁走后，陈妈在甄繁面前就恢复了自己爱嚼舌根的本性。陈妈的技术没得说，又十分勤劳肯干，就是爱跟人聊个东家长西家短，要是简居宁一直在这儿，她估计得被憋死。

甄繁说：“其实早几年他更好看。”

简居宁出去忙工作了，他们就离婚这一件事达成了一致。这也在甄繁的意料之中。她当初结婚时，从没想过提离婚的是自己。那时的她想着简居宁求离婚而不得，从而饱受折磨。

“那得多好看啊！不过我觉得男人十几岁和二十多岁不是一个好看法儿。说实话，你真是有福气，像你先生这样长得好又有钱还体贴的人真是少见。我上一个雇主，住了十多天院，她丈夫只来过一次。”

“大家都说我有福气，吊液还要输好一会儿呢，您坐下吃个苹果吧。”

“心善的人就是福气好。你得信我，我做护工这么多年。”

"您这行做了多少年了？听您口音您是本地人吧。"

"十八年了，下岗后一直做这个。我们这一代人上学的时候赶上知青下乡，上班的时候赶上下岗潮。好不容易赶上拆迁，结果我们家那块为了维持城市风貌被保护起来了，怎么办呢，自食其力吧，老天爷饿不死瞎家雀。"陈妈很会看别人的眼色，她发现甄繁爱听，便又接着说起来，"前些年我都不好意思说自己是本地人，特意学了一口东北口音，人一问我，我就说我黑龙江的。哪有本地人干这个的啊，我老伴跟我说，宁可领低保也不能干护工，丢不起那人。我现在想明白了，靠自己的双手有什么丢人的。"

"您说得对。"

陈妈这就打开了话匣子，但说话一点儿也不妨碍陈妈干活儿，一会儿给甄繁倒水，一会儿按铃让护士换液，期间陈妈还把保洁的工作干了，拿着拖把把病房的地给拖了一遍。

"不是我说，我就没见过你家先生这么细心的。光是毛巾就准备了一托盘，还在托盘上加了标签，这个毛巾是擦手的，那个是擦脸的……一般人哪想得到啊。我家那老伴倒是不错，就是太不细心。大概是二十年前吧，我生日那天卤了两个鸡腿，他先吃完了一个，我看着他还想吃就说剩下的那个你也吃了吧，结果他连推辞都没推辞就吃了。我本来以为他起码会谦让谦让。后来我们吵架的时候，我把这事儿拿来说，他说你要是吃就说啊，你要不说我怎么知道你想吃。你说，这是一个鸡腿的事儿吗？"

甄繁家是另一种情况，遇到好吃的大家都互相推让，尽管自己很想吃。其实他们本质上是一样的，都是因为没有钱。

搁以前，甄繁肯定会劝阿姨赶紧麻利挣钱蹬掉眼前这个男人，要有了钱至于为两个鸡腿打架嘛。现在甄繁明白，就算不为了鸡腿也会为别的争吵。

甄繁不知道说什么，她知道自己这时候只需要做一个安静的听众就可以了。

"其实我老伴对我还挺好的，我不能生孩子，他也没想过跟我离婚。"

甄繁心想：他倒想再娶，他娶得起吗？可惜实话伤人，她对陈阿姨来说不过一个陌生人，总不能劝人家离婚，她又不养人家一辈子。

实话伤人，非得亲密到一定程度才能说得出口。简居宁以前想必就是这样一种情况，他们并没到推心置腹的程度。

甄繁觉得自己有必要安慰一下陈阿姨：“两个人在一起，最重要的是彼此了解互相适应，您爱人要是不够细心，您就有什么说什么。下次您想吃什么，就先下手为强，别等着他领会您的曲折心思。对你最好的永远是你自己，就是亲爸妈也不一定了解您真正想要什么呢。”

中午有人来送饭，食盒里装着四菜一汤。

陈阿姨问道：“您现在能吃饭了吗？”

甄繁微笑：“这是给您点的，我得等晚上再吃。”

“这怎么好？”

简居宁关心一个人的时候，没谁能比他更周到，他连护工的午餐都想到了。

“你先生真是太好了，你可真是有福气。”这是陈阿姨今天第五次夸甄繁有福气了。

甄繁在某一瞬间完全原谅了自己，当年她抵挡不住简居宁的攻势完全不怪她。当一个高攀不上的人突然对自己好到每一个毛孔都熨帖，她受宠若惊是很正常的。

她必须为这好找到理由，因为只有这样才能留住。于是她拼命发掘自己灵魂里的闪光点并极力凸显，结果南辕北辙，成了一个不大不小的笑话。

要是她对他没有情感需求，那他简直是一个十分完美，不，万分完美的丈夫，完美满足她的虚荣心和审美。可事实并非如此。

甄繁一边看吊瓶，一边十分客观地想象了下简居宁的未来。他年轻的时候可能会折在一个能够同他一起冒险的同类手上；等年纪大了再结婚，对象很可能是一个出身书香门第，性格温婉，热衷于相夫教子的女人，能够同时给予他母爱和情爱，然后两个人生一大窝孩子，弥补他失去的家庭温暖。

以前甄繁想到这儿就恨得牙痒痒，不过现在已经很能心平气和了。

“你当年和你先生第一次约会是在什么地方？”

“音乐厅。”

当年简居宁第一次邀请甄繁去听音乐会的时候，她第一反应是不是他打错电话了或者有人冒充他。那种感觉就跟有人打电话告诉她中了一千万似的，直觉对方就一骗子。

恰巧甄繁刚换了台电脑，卡里还剩三百五十块钱，那是月初，兼职的地方月底才发钱，也不好意思管家里要，但总觉得衣柜里的衣服拿不出手，便咬咬牙去附近的精品店买了条二百五十块钱的裙子。老板本来要八百块，她使劲还价到了二百五十块。后来甄繁想起那条裙子的花色图案，确实挺二百五的。

那时是暑假，宿管阿姨也不会来查什么违禁物品。甄繁买了好几包挂面，偶尔还会在菜场收摊时买点青菜黄瓜什么的，吃得其实还挺营养的。

“我和我爱人第一次约会是去看电影，从电影院出来，就一直遛马路，到了我家门口，他突然跟我说我的裙子真好看。其实之前我压根没看上他，但这句话硬是让我们确定了关系。我第一任相亲对象比我现在爱人条件要好得多，厂长秘书，有独立住房，长得也好。

“当然跟您先生比不了，不过对当时的我就跟一王子似的，那时我刚回城不久，跟哥嫂挤在一间九平方米的小房子里，一到晚上要多尴尬有多尴尬。我要是嫁了他，马上能搬进新房子。”

甄繁此时非常适时地问了句：“为什么不嫁呢？”

“差得太多了。人家想对你好就对你好，不想对你好了你也没辙，就觉得把握不住吧。浓眉大眼第一次就跟我约在了一家洋餐厅，我哪去过那种地方啊。我把半月工资加全部布票买了块花格子毛呢，央求着老裁缝给我做了件连衣裙，我当时穿着裙子在镜子前照了半个小时。结果人家见了我非但没称赞，反倒说我怪模怪样的，兜头一盆凉水浇下来，我立马就清醒了，知道自己和人家不合适。”

“阿姨，我想喝水，麻烦您给我拿一下。”

就在这时，甄繁的手机响了，甄言发来了视频邀请，陈阿姨不小心按了接听键。

“繁繁”两个字刚说出口，甄言就看到了顶上的吊瓶，甄繁此时想要挂机也来不及了。

“你怎么了？在哪家医院？房间号多少？”

“就一错构瘤，已经切了一天了，过几天就出院了，等我出院了你再来看我。你说我可真笨，做手术前愣是忘了剪发，现在头发油了，你姐我的美好形象严重受损，一点儿也不想见人。”

"他呢？"

甄繁反应了两秒，才意识到甄言在说简居宁。

"他啊，有事儿出去了。我手术这些天，全赖他照顾我，把他的黑眼圈都给熬出来了。"

"你怎么就不跟我说呢？总不能结婚了就把家里人给忘了吧。要是我有病，我跟你说等我洗了头你再来看我，繁繁，你说你是不是想要打死我？"

"那你下课了吗？"

"今天周六！你现在想吃什么，我给你做。"

"可我现在只能吃流食。你能不能给我买两罐黄桃罐头，就是咱们小时候最常吃的那种，我想喝那个黄桃汁。"

"罐头里那么多防腐剂，你术后喝不太好，等会儿我做点儿小米粥给你带过去。"

简居宁提着食盒回到病房时，甄言正在喂甄繁小米粥。

本来简居宁走之前很有几分沧桑之气，可出去谈生意打扮一番，那点沧桑便又一扫而光了，看在甄言的眼里，全不是甄繁说的那回事。

甄言出了病房，简居宁去送他。

甄言问道："你什么时候从英国回来的？"

原来简居宁的事已经无人不知。

"你姐手术前我回来的，那些流言你最好不要相信。"

"对繁繁好点儿吧，你要没那么喜欢她，就放过她吧。追繁繁的人其实挺多的。"

"也包括你吗？"

"你在说什么？"

"你的那点儿心思要被端阳知道了，只能加重她的烦恼，所以你最好像以前一样藏起来比较好。"简居宁说完又对甄言笑道，"你要有空的话，常来看看你姐。"

这之后，甄言每次来看甄繁，都视简居宁为无物。

出院那天，简居宁一直陪在甄繁身边，因为出院时间早就定在出大病理那天，简居宁特意把时间表给空了出来。

在等结果的早上，甄繁的心率每分钟飙到了一百多，她前几天检测心率时一直显示正常。

简居宁曾把切除物的照片给他认识的专家看，普遍反映是边界还算清晰，不太可能是浸润癌，不过还是得等最终病理结果。

有了这个基础打底，简居宁明显比甄繁镇定不少，他握着她不打吊针的那只手安慰她：“不会有事的。”

甄繁不点头也不摇头，根据过去的经验，越是绝望，结果反而越好。甄繁努力培养自己的绝望，以图达到一个好结果。

大病理结果还是原位癌。

出院前一天晚上，简居宁提出要把甄繁接回简家养病，甄繁并没拒绝。

根据甄繁对简居宁的了解，他是这样一种人，你如果不要，他反而会超出你期待地给，而你主动要求，他反而要掂量掂量了。

简居宁喜欢掌握主动权，而甄繁讨厌命运不在自己手里的感觉。

久病床前无孝子，更何况是挂牌贤夫。这一病正好消磨掉他对她的愧疚，从此一别两宽。

也是在出院的前一天晚上，甄繁想把陈阿姨带回家，不料被简居宁否决了，理由是陈妈嘴里太藏不住事儿了。

“陈阿姨可喜欢你了，把你夸得天上有地下无的。再说护工费我自己出，我连这个决定权都没有了吗？”

“端阳，你要不怕自己的事情以后传得整个医院都知道，你就把陈阿姨带回家。”

交浅言深，大概率是太寂寞了吧，才会对着陌生人三言两语就交代尽自己的一生。甄繁还是很能理解陈阿姨的，不过她还是把自己和陈阿姨的关系终止在了医院里。

拿到出院证明后，简居宁问甄繁：“你联系你的保险经纪人了吗？”他以前很少生病，就算生病也是通过经纪人直接走贵宾通道，包括后续手续都不太需要自己过问。

“这个我得等自己社保报销后再拿单据找保险公司报。你要是不方便的话，我自己去报就好了，我这个除了床位费都可以走社保的。”

“方便。”

简居宁跑完手续已经是下午了。

两个人离开以前，简居宁送给了陈阿姨一个印满标识的老花包。

陈阿姨很是受宠若惊："这怎么好意思，要不我这护工费就不要了。"

简居宁十分诚恳地请陈阿姨收下，谢谢她把甄繁照顾得这么好。

甄繁想简居宁可真会做人，送礼物给陈阿姨确实得选标识大的，要是不明显，那帮护工老姐妹也认不出来。不出一个星期，整个特需病区就会知道简居宁为了答谢陈阿姨，送给了她一个名牌包。

甄繁要是陈妈，也愿意遇到简居宁这样的雇主，每天连午餐也想到了，虽然可能背后腹诽，但反正也不会知道，当面相处简直无可挑剔。

回到简家，甄繁便看到了照顾自己的顾阿姨。顾阿姨不苟言笑，气质颇像她中学时的教导主任，不怒自威。

中午的饭菜很清淡，完美符合医嘱。

简居宁问她晚上吃什么，甄繁说要吃《红楼梦》里的茄鲞。

"这个没有操作性，做出来远不如千层茄子好吃。"

"可我就想吃这个。"

于是，简居宁让厨子按照从书上摘下来的食谱做了个改良版，甄繁尝了一口便放下筷子。

"你说得对，果然不好吃。"

简居宁也不生气，又问她还想吃什么。

"荷叶羹。"

此时已是秋天，荷叶早已枯了。

厨子按照简居宁的嘱咐最终做成了竹叶莲子羹。

结果，甄繁喝了两口后并不买账："你这么辛苦，按理说我不能嫌它难喝，可确实不太好喝。要做不了就别做了，你信誓旦旦地答应了，我以为得多么好，结果弄个别的糊弄我。没有希望就没有失望。"

简居宁面上依然微笑，给她夹别的菜。

甄繁心想，简居宁一定在心里给她扣分，就像当年一样，他面上没有任何表示，等分扣完了，她就彻底出局了。

赶快扣吧，扣到负分也没关系，她可不想离婚后还同他做朋友。

甄繁在简家的主旋律就是作威作福。

简居宁在甄繁的房间里搭了一张床，方便晚上照顾她，甄繁也没拒绝。

他甚至连洗脚水都给她准备好了。

回简家的第二个早晨，甄繁让简居宁给她买副耳塞，理由是他打呼噜严重影响了她的睡眠：“你以前也不这样啊，怎么现在开始打呼噜啊？居宁，你是不是有呼吸系统方面的疾病？赶紧去医院看一看吧。”

事实上，她从未听到过他的呼噜声。

回简家的第四个早晨，甄繁开始嫌弃简居宁的呼吸：“居宁，我最近夜里醒来，听见你的呼吸声就焦躁，怎么都睡不着觉。我觉得我可能神经衰弱了，我现在这个样子，也没法吃药，这个病吧，最好一个人睡。”

在甄繁的频繁找碴下，简居宁最终搬离了她的卧室。

“要有事的话，你按铃叫我就行。”

甄繁虽然心虚，却一副理直气壮的样子：“你看，才第四天你就嫌我烦了。”

“要不我还在这儿陪你？”

“算了，你在这儿我总睡不好。”

简居宁搬离甄繁卧室的当天，甄繁因为疼痛失眠了。她的呼吸每起伏一次，伤口和肺部创面就牵扯一次，医生开了止痛药，她怕影响神经忍着没吃。后来又开始不停地咳嗽，按医生的说法，术后一两个月，咳嗽都是正常反应，她按照以前正确咳嗽的方法咳，每咳嗽一下，就又带来一次肺部的牵痛。咳了十多分钟终于咳得差不多了，她喝了些糖浆，才慢慢平躺在床上睡了。对于刚做过手术的甄繁来说，就连平躺也是煎熬。

后院只有她和简居宁住，窗帘没有拉，月光透过窗户洒进来，甄繁又开始想家了。她想着门钉肉饼和未来的项目，想着想着就睡着了。

后半夜的时候，简居宁来看甄繁，因为手术的关系，她睡觉不能缩成一团，而是平躺在床上。

她的嘴在呓语着什么：“太贵了，能不能便宜点儿？要不我去另一家店买了。”

他先摸了她的额头，不烫，拿手帕给她擦了汗，又去握她的手，结果她连睡觉的时候手都紧握成一个拳头。

她手上的戒指手术前摘除后再没戴上过。

甄繁到简家的第五天，简居宁问甄繁要不要洗头。

“我一会儿就去理发店洗头顺便剪下头发。”

“你这个长度正合适，不需要剪。”

“一点都不合适，太油了，我现在根本不可能每天都洗头发。”

“我给你洗。”

甄繁躺在洗头椅上，简居宁给她洗头。

她虽然最近一直在作，但还是很注意自身的形象，一想到自己油了的大把头发被简居宁握在手里，就不免感到尴尬。

“太轻了，你能不能重点儿。我就说吧，我要去洗头店，你偏给我洗。”

“现在怎么样？”

“你能不能别那么使劲儿，我的头发被你拽得疼。”

“现在呢？”

“还勉强凑合吧，不过我觉得还是去洗头店比较好。”

“你怎么哭了？”

“明明是你手艺太差了，有泡沫进了我的眼睛。”

“你感觉怎么样？”

“说句得罪你的话，我即使花钱去街头洗剪吹三十块钱的店，体验也绝对比现在要好得多。你非要给我洗头，一来体验一般，二来还欠你好大一人情，毕竟你的时薪和人家洗发店的洗头工是两个概念。我在理发店还可以建议人家小姑娘小伙子改善一下手艺，我要对你提意见那就是不识好歹了。当然不管怎样，我还是要谢谢你。”

“你现在有意见也可以提。现在手劲儿还行吗？”

甄繁感觉伤口又扯了一下，不由得攥紧了拳头：“凑合。我的会员卡还有许多钱，现在不去，万一这家店跑路了我的钱就白花了。”

三年多前，简居宁约她见面，她以为是约她复合，觉得很有必要改变一下自己的形象。她以前剪发最多花几十块钱，在赴约的前一天，她进了一家新开业的店，门口的车价位最低的也有几十万。甄繁潜意识里认为这是一家十分高档的店。

她在这家店一共消费了三千八百七十二块钱，还被忽悠着办了张三万块钱的卡，结果简居宁并未提出复合。

甄繁受到打击后去网上搜索了这家店，不搜不知道，原来开业第一天雇豪车停在门口已是这家连锁理发店的固定戏码。

她受了刺激，立马打车去那家店，要求店家把卡里剩下的两万六千一百二十八块钱退出来，结果那家店的总监表示最多只能退一万。甄繁气急，表示如果不退，她不仅要去工商局举报，还要在自己五十万粉丝的微博上发十条微博逐条曝光他们。

“我一条微博的报价是两万哦，我这人很爱惜羽毛，基本不接广告，现在我一分钱不要免费让你们‘出名’。”

实际上并非甄繁不接广告，而是她的报价相对于粉丝量来说太高，基本没啥人找她。

看到店长的脸色发生变化，甄繁又表示她下部剧是现代剧，她会在接下来的作品里曝光这家店的事迹，并且不避讳名字，让其永远留在耻辱柱上。

她暗示店长，如果他有足够诚意的话，她下部剧可以给其正面曝光。

最终甄繁不仅拿回了她的钱，还免费得到了一张终身会员卡。事后，她以贾女士的身份给本市民生热线打了举报电话。

“昨天睡得怎么样？”

“挺好的，你不在我身边，我的睡眠质量有了质的飞跃。结婚真是一件需要勇气的事情，不说别的，光是打呼噜这一项风险就足够恐怖了。你说有人因为对方打鼾而离婚吗？即使有也太难以启齿了。”

“这个力度还可以吗？”

简居宁的手指插在甄繁的头发里，给她做头部按摩。

“您这是弹钢琴还是给人按摩呢？别按了，直接擦吧，我不想这么躺着了。”

甄繁坐在椅子上，简居宁站在她身后。在吹风机的作用下，甄繁的头发越发蓬松。他的手指在她头发里搅，把她的心也给搅得七上八下的。

“其实我花两万块钱找一护工肯定照顾得我特好，银货两讫，我也不会欠谁人情。”

说完连甄繁都觉得自己嘴欠，简居宁可真是好涵养，要是她肯定都要撂挑子了。

“夫妻间有互相扶持的义务，有什么欠不欠的。我如果病了，你也得这么待我吧。”

“没有如果。况且我觉得社会分工很有必要，专业的事情应该交给专业的人去做。假使你真的病了，我也会给你请一个护工，我没有照顾好你的能力，也没时间照顾你。而且，咱们现在早就名存实亡了。”

甄繁几乎在明示简居宁，他病了她不会照顾他，所以他也没必要把她当成他的责任。

在接受简居宁的好时，甄繁并没想象中那样心安理得。她的心眼不比针尖大多少，别人骂了她，她第一时间就想骂回去；别人对她好，如果她无以为报的话，比骂她也好不到哪里去。

接下来的一周里，甄繁各种刁难简居宁。他问她想吃什么，甄繁列了一个单子，香椿摊鸡蛋、芦蒿炒面筋、油盐枸杞芽……食材大都是春天的时令蔬菜，而此时已是秋天。

简居宁的父亲名下有家会馆，很少对外营业，经常用来招待重要的客人，所用食材要么找人种植，要么从其他地方空运过来。曾经有一重要人物在冬天点名要吃香椿，这之后，这家会馆的负责人就让向他们供应蔬菜的郊区菜农在秋冬两季种植香椿。

简居宁一打招呼，香椿就送了过来，他让厨子摊了鸡蛋，盛在白瓷盘里。

甄繁吃了一口，便感叹：“香椿这东西还是要吃正经香椿树上摘下来的，人工培植的到底差点意思。我就是随口一说，你何必费尽心思去给我弄呢？弄了我也不爱吃。”

此时南京八卦洲的芦蒿上市，简居宁让人把空运过来的芦蒿也送了一些到家里。

甄繁吃了两口芦蒿炒面筋，便开始埋怨：“芦蒿还是春天的好吃，秋天的我总觉得不是太对劲。或者得不到的才是最好，我吃不到的时候总觉得有多美味，结果真吃到了，也不过如此。”

甄言因为简居宁上次的提醒对他很是反感，每次来看甄繁之前都要委婉地问一问简居宁在不在家。

“他对你好吗？”

“很好，可以说仁至义尽。网上那些关于他的传闻你不要相信，都是假的。他是一个好人，就是无趣了些。”甄繁想既然她和简居宁迟早要离婚，也就没有必要瞒着自己的弟弟了，“我们本来早就打算离婚的，不料我的身体出了一点小意外，把日期给推迟了。现在我们达成了一致意见，等我节目播完再办离婚手续。我现在还不知道怎么同爸妈说呢，闪婚闪离，唉。你可千万不要学我，谈恋爱也要慎重。”

这段时间，网上关于简居宁和甄繁的离婚传闻甚嚣尘上，理由是事出反常必有妖，甄繁这么爱炫的一个人突然不炫了，肯定是他们的婚姻出了问题。

甄言对此并非毫无准备，可他并不认为事情像甄繁说的那样。她耗了这么多年，怎么会刚结婚不久就主动离婚，不过谁提出来的不重要，及时止损最重要。

他有很多话想问，又不知从何问起，话到嘴边变成了前言不搭后语的安慰："其实只要你身体健康，爸妈对别的也没什么要求。当初算命的不是说你不是晚婚就是二婚吗，这次婚姻你就当作必走的一次歪路，下一次肯定就幸福了。”

甄繁哭笑不得："你什么时候变得这么迷信了？”

“你什么时候拆线？”

“下周就可以了。”

“既然这样，拆完线你就别在这里住了。”甄言想如果自己有房子，他肯定马上接走甄繁，可他没有，而找房子还需要时间，“这两天我就在K大附近租套房子，咱们住一起，我还可以照顾你。你有父母家人，住在一外人家里算怎么回事。”

甄繁点了点头。她想，这些天她如此造作，简居宁应该早就受够了她，如果她自己主动走，他应该也不会执意挽留。

中午，甄繁留甄言在简家吃饭。

饭间，甄言提到自己最近买了辆二手车，据他自己说是一人傻钱多的煤老板找他画一图纸，他用一周时间就赚了二十万。

好巧不巧，饭吃到一半，简居宁便回到了家。

本来姐弟俩有说有笑，简居宁一进来，气氛就凝重了不少。

饭后，简居宁把甄言送到了门口。

“介不介意我在你车里坐一坐？”

甄言打开车门，简居宁坐到副驾驶位。甄言从冰箱里拿了一瓶矿泉水，拧开盖，猛灌了半瓶："找我有什么事儿？”

“甄繁跟我说，你每年都是班里第一，国奖从未旁落。我虽然对国内的教学体制不太了解，不过国内的大学，挂科好像拿不了奖学金吧？我很好奇，你每天不去上课，都在干什么？”

简居宁的表妹在K大教授《诗词格律与创作》。这位表妹的一大特点就是慢，在简居宁将要离婚之际，也就是昨天，亲手献上了她用草书撰写的结婚贺词。据表妹说，她上周已经写好了，只不过昨天才装裱好。

表妹听说甄繁身体抱恙，当即表示择日要来探望表嫂。可能是因为都姓甄，表妹顺嘴提了下叫甄言的学生：“这个学生破了旷课记录，一个学期只来上过一次课，不过情诗写得倒是不错。”说完，表妹还拿出自己的iPad同简居宁鉴赏了一番。

甄言听到简居宁的话，心里立马“咯噔”了一下。

他上学期确实挂科了。本来他算一考试型选手，大部分课程只要考试周在图书馆通宵，几乎都能高分滑过，可这次他败在了一门公选课上。他当初选这门课就是因为给分高，连考试都没有，只需要在期中交两首格律诗。可他选的这学期换了老师，平时分成绩占了四十分，而甄言因为每一次点名都不在，所以理所当然地挂科了。为了让甄繁高兴，甄言编造了一个善意的谎言。

没承想这么快就被戳破了。

“放心，我不会跟你姐说的。甄繁这么努力赚钱就是为了你不用再为钱发愁，你这样她会难过的。再说以你的资质，给人做外包流水线的工作，有些屈才了。现在哥伦比亚大学建筑系和K大有一个交换项目，如果你感兴趣的话，我可以……”

甄言没等简居宁说完，就拒绝了他的好意：“屈才？我从不这样觉得。”

甄言仰头喝下了半瓶冰水继续说：“我的才华就是用来变现的，只有经济独立了才有资本像您这样谈艺术和理想吧。繁繁对我好，并不是理所应当的，如果我连车房都让繁繁给买，而我一心去追求艺术，我也太不是东西了。”

“为什么一定要非此即彼？你还不到二十岁……”

甄言很敏锐地捕捉到简居宁把“端阳”改成了“甄繁”，他意识到这两个人已经就离婚达成了协议。

“您是不是觉得我太短视？非常感谢您的关心，不过这是我们家的事情，就不劳简馆长您费心了。如果您真是为繁繁好的话，就千万不要跟她说我挂科。”

顿了顿，甄言又多说了两句：“我十分感谢您这些天对繁繁的照顾。不过有些事情如果结婚时没做的话，快离婚时更没必要做了。分手最忌藕断丝连。我虽然没谈过恋爱，但这个道理我还是懂的，像您这种老江湖，更应该懂吧……”

在甄言请简居宁离开前，简居宁先行下了车。

当宋辅导员通知甄言提交赴哥伦比亚大学交流的材料时，甄言第一感觉是疑惑：“像这种送福利性质的交换项目，我刚挂过科的人应该没资格申请吧。”

“严格来说这并不是院里的项目，三崎教授点名要你，他愿意负担你在哥伦比亚大学期间的一切费用。”

“可我不认识这位教授啊。”

“甄言，你有没有搞错，你作为建筑系的学生，连普利兹克建筑奖的得主都不认识？”

“我没见过他的面，连邮件都没给他发过，再说我虽然在国内小打小闹拿过几个奖，但我不认为他老人家能通过那个认识我。宋导，您前途一片大好，校团委就缺您这样的人才，可别为了黑幕我，把锦绣前程给葬送了。”

宋辅导员曾在排球场外围被女排队的杨队长击中了头部，顷刻倒地昏迷不醒，是路过的甄言第一时间拨打了120，并垫付了费用。

“甄言，你怎么回事？别开玩笑了，赶紧去填表。我都不知道你到底怎么想的，竟然能倒在公选课上的送分题上，还挂科了！别仗着年轻浪费机会，等再过几年后悔也晚了。”

《诗词格律和创作》出了名的给分高，宋导当初推荐给甄言还是为了让他刷绩点，没想到他愣是给挂了。

“好吧，说实话，我这人太爱国了，哥伦比亚大学算什么，我一直认为K大是世界上最好的大学。而且吧，我恐高，别说坐飞机，就是看见飞机我都晕。坐邮轮也不是不可以，就是来回太慢了，鲁迅先生说过，浪费时间就是浪费生命。等什么时候中美通了高铁，我再去看看。我这种人就适合留在中国，为祖国的现代化事业做贡献。”

“甄言，你是不是有病！？”

甄繁本打算拆完线就离开简家的，简居宁建议她等彻底好了再走。

“也不差这几天了。”

甄繁是拆线后第七天离开的。

离开的前一天晚上，甄繁打开保险箱取出她在简家收到的那些珠宝首饰，用专门的擦洗布一点点仔细擦拭。要是让后来的持有者认为她很邋遢就不好了，她也是一个要面子的人。保险柜是她特意为了保存这些首饰买的，人家的东西，弄丢了，她可赔不起。明天就可以完璧归赵了，她也可以彻底松口气。

手术后，甄繁一般九点半就上床睡觉了，这天她十一点多才躺下。不过以往她必须耗上一个多钟头才能睡着，这次她刚闭上眼没几分钟，就做起了梦。梦里，老甄买了一张彩票，中了五百万大奖，母亲不再去简家做保姆，一家人搬进了新房子，父母给她买了一架白色三角钢琴，请专门的老师来教，她弹了几个月发现自己还是最喜欢二胡。在杂志上看见简居宁，看得入迷了，老甄叫她去吃饭，她说马上就好……

简居宁夜里来看甄繁的时候，她的手并未攥成拳头，而是舒展开来，眼睛、嘴角一直在笑。

简居宁给甄繁往上扯了扯蚕丝被，离开时，他突然听见甄繁在说：“我不想学钢琴了，我还是喜欢二胡……”

第二天，甄繁醒得很早，这天她终于能洗澡了，甄繁在浴室里整整磨蹭了一个小时。在此之前，为了避免伤口感染，她只能用毛巾擦一擦，从手术到能淋浴，中间差不多隔了一个月时间，甄繁觉得自己都快要臭了。虽然她作了这么些日子，到底还是在乎自己形象的，她不想最后给简居宁留下一个油腻的印象。

甄繁在饭桌上看到了香椿摊鸡蛋、芦蒿炒面筋、油盐枸杞芽……还有六环那头勤勤恳恳的驴辛苦磨出来的豆浆。

这次甄繁什么评价都没有，她只是坐在那儿吃。

饭后，甄繁把简居宁叫到她的房间里，从保险柜里取出首饰盒，一个个展开：“这是你当初送我的红宝石戒指，这是苏阿姨给我的蓝宝石，这是你母亲给我的红宝石胸针，这是你当初从拍卖会拍来的……”

“你都收着吧。”

“这个可收不起。我的金戒指你能不能还给我？”说着，甄繁又嘟囔了一句，“我花好多钱买的呢。”

简居宁迟疑了下，从手上脱下戒指，放在桌上。甄繁拿起戒指收到自己早就准备好的首饰盒里。

“这样，咱们就谁也不欠谁了。”

甄繁本准备自己开车走的，甄言一定要来接她。

甄言来时，甄繁还在房间里清点行李，生怕漏了什么，这次是彻底分开了，丢了什么再来拿搞得她好像依依不舍似的。

甄言特意带了伴手礼，他将包装好的威士忌递给简居宁，一脸诚恳地说：“谢谢你对我姐的照顾。还有，另一件事，也要谢谢你。”

“又没帮到你，有什么好谢的？”

“那是我不识抬举。”

简居宁给甄言泡了茶，苦丁茶，他还是告知了甄繁的真实病情。

“你也不要太担心，原位癌和传统癌症还是有区别的，不过一定要定期随访。”

甄繁过来的时候，两个人已经谈完了，无非在说一些她生病的注意事项。

两个人告别时，简居宁拍了拍甄繁的肩膀：“一定要注意身体，身体垮了怎么会有钱？”

甄繁本想说谢谢他，不过转身前她只说了“再见”。

就这样吧，也没什么好说的。

甄繁坐在甄言的车里，跟弟弟商量晚上吃什么。

“繁繁，晚上咱们吃炒红果好不好？”

“好啊。”

《不妒》开播当天，天空飘了一天的雪。早上甄繁从外面买菜回来，帽子上落满了六角形的雪花。

她今天穿得极厚，羊绒毛衣外还套了一件鹅绒服，头上戴着帽子，围巾捂住口鼻，手套太厚，手心全是汗，笨重的雪地靴在雪地上留下一串串脚印，全身上下只有一双眼睛露在外面。

她身上有肺病的底子，最忌感冒，甄言本来不许她出来，甄繁开始还同甄言好好讲，后来直接拿出自己做姐姐的威严来，甄言只好答应她一同出去买菜，只不过要多穿一些。

结果她就穿成了现在这个熊样子。

中午，甄繁要吃火锅，甄言同她讲道理：“今天只能吃一次火锅，你要现在吃，晚上就不能吃了。”

“好吧，好吃的总要留到最后。”

晚上，甄繁请节目组的主创去公司吃火锅。公司是商住公寓，至今还保留着厨房。甄繁本想请大家去家里吃的，不过这就暴露了她离婚的事情。

甄繁最喜欢火锅，像她这种厨艺很差的人，只要有足够的菜码就能宴客了，况且她最擅长调酱料，她调出的酱料大家都说好。

因为前一天她已经忍着肉疼请主创在人均一千多块的和牛餐厅大吃了一顿，所以这次来的只有楚师哥和一群小师妹。

昨天楚师哥的母亲过生日，他没能和他们一起去。那家餐厅简居宁曾带甄繁去吃过，她觉得很不错，味道和价格都足够表示她的诚意。大家也都很满意，唯一的缺憾是在地下停车场碰见了简居宁和一个外国大妞。

甄繁的车限号，她是被甄言带过来的。待其他人都离开后，她和甄言才去了停车场。

好巧不巧，甄言的车和简居宁的车挨着。

大妞穿着高跟鞋和简居宁一样高，裸高大概有一米八的样子，穿得也很是清凉，不像甄繁裹得严严实实。

昨天甄繁也穿得像一只熊，只有眼睛露出来。她和简居宁不用对话就达成了一致，尽管他们早就认出了对方，但都装作不认识。

楚辙对甄繁说：“我母亲很喜欢你送给她的礼物。”

“喜欢就好。昨天那家餐厅真不错，改天我单独请你去吃。”

“哪天你有空，我请你吧。我已经批评了你那几个小师弟，不能因为师姐请客，就胡吃海喝，昨天你破费了不少吧？”

“还好，吃得多说明吃得开心嘛。大家帮我这么多，请吃顿饭很应该的。再说，你又不在现场，怎么知道人家吃得多呢？今天是不是你不让他们来的？”

“你不知道你师兄我有一外号叫‘神算子’吗？他们不来，也跟我没关系，主要是女生太多，他们的女朋友已经对其发出了警告，让他们减少与异性的集体活动。”

吃饭时，两张桌子拼在一起，桌上摆着两只铜锅，甄繁给大家安排座次：“鉴于本次只有两个帅哥，我们务必做到公开公正公平，甄小帅哥请你坐到那张桌子旁，我们这桌有楚师哥就够了。”

手术拆线后不久，甄繁就剪成了短发，后来工作一直忙，她也懒得去剪发，如今又长了，她直接绑了个小揪。她今天穿了件红色卫衣，卫衣上印着一只肥胖的加菲猫，她看起来比实际年龄还要年轻几岁。

“大家随便吃，冰箱里还有很多食材，涮完了我再拿。请大家在吃之前，在自己的微博和微信上转发一下咱们节目开播的消息。如果有那种五百人的大群，最好在群里也宣传一下，如果方便的话，让自己的爸爸、妈妈、大姑、大姨也转发一下。”

一个师妹说道：“不用你说，我们早就发了。”

“那就好，如果咱们节目反响好的话，我就请大家去欧洲玩儿，签证赶紧办起来啊。”随后甄繁又补充道，“要是反响一般，咱们就新马泰。一颗红心，两手准备。”

甄繁自从手术后就戒了辛辣食物，即使涮火锅也只吃番茄锅。她今天一时高兴，勇敢地把筷子伸向了麻辣锅，筷子还未进锅，就被两个男人给喝止住了。

甄繁不好意思地笑笑：“我就是想尝一下。”

“咔”的一声，甄言打开了热好的樱桃可乐，屋里很暖和，甄繁又吃了火锅，她的鼻尖都是汗。

甄繁是冰可乐的坚定跟随者，对常温可乐一向是敬谢不敏，何况是热可乐。不过她知道弟弟是为自己好，说完“谢谢”接过去便喝了一大口。

“师姐，樱桃可乐真的好喝吗？”

“你尝尝就知道了，甄小帅哥，去给姑娘们都拿一罐。我开始喝不惯，后来喝着喝着就喝不下别的可乐了。”

“为什么喝不惯还要喝啊？”

“因为巴菲特喜欢啊。我在你们这么大的时候，总以为人人平等就是人人都能成为巴菲特。我那时一醒来最烦恼的是，我怎么就成不了巴菲特呢？”

那些荒唐的往事被甄繁说得像个笑话，大家也都当笑话听。

甄繁没吃几口，就开始捧着手机发微信。她动用了自己的一切人脉找人在微博和微信上转发。

朋友圈凡是转发她节目信息的，她都在下面道谢。

微博上凡是转发她节目开播的，她都要在自己微博里再转发一条。

最后一条，她转发了简居宁的宣传微博，配词是：“感谢赞助商的热情宣传！”

由于她微博里的表情十分活泼，简居宁也确实是她的赞助商，所以围观网友非但没有嗅到情变的气息，反而认为这两个人在秀恩爱。

甄繁想发条微信单独跟简居宁道谢，毕竟人家如此主动帮忙。

她写完又删了。他作为赞助商宣传自己赞助的节目也是理所应当，何必自作多情去感谢人家。

整整六年了，六年前也是一场大雪，就在她准备打电话告诉简居宁她的签证办好了时，一辆车在拐弯时撞了她。

如今再下雪，她的腿已经不怎么疼了。

节目开播前的十五分钟，甄繁越来越紧张，话也越来越多：“我读大学的时候，你们楚老师比现在还要受欢迎得多。当初他找人给他翻译资料，投简历的人，这么说吧，几乎占据了家圆食堂的三分之一。”

“甄繁，说得过火了啊。”

“我相信就是楚师哥不给钱，也会有一帮姑娘愿意帮他。可楚师哥愣是选了只图他钱的我，解了我的燃眉之急。”如果没有楚辙给她发的工资，她真没有钱去买那些山寨衣服见简居宁。

“这是什么精神，毫不利己，专门利人，完全不屑用色相获取利益。”说着，甄繁就拿起她那罐还温热的可乐站了起来，“师哥，今天我必须得敬你一杯。”

楚辙拿盛着半杯啤酒的玻璃杯和甄繁碰了碰。

“甄师姐，你当年没有屈服于楚师哥的美色，是不是因为有简馆长在？”

甄繁没想到小师妹会来这么一句，她只好微笑道：“这个鱼丸很好吃的，怎么没人吃啊？”

甄言打开投影仪，及时打破了尴尬："你们甄师姐马上就要出场了。"

甄繁一想到自己的新形象将要马上呈现在大家面前，不由得建议道："要不，咱们各回各家，在家里去看吧。"

"师姐，我们饭可还没吃完呢，您现在逐客可不对。"

"上镜脸大，我要是出来不太好看你们可别笑话我。"

甄繁在屏幕里讲缠足，一条一条列数理由。

"为什么缠足兴于宋？宋朝的重文轻武或许也是一个有趣的思路。男人弱不禁风，女人自然得更弱，才能满足男人的怜弱心理。一方面，这些男人希望女人在身体上比他们弱，另一方面，他们又期望女方的父兄强大，可以提供丰厚的嫁妆……"

甄繁手里一直拿着一把扇子，那是至简的周边。按照双方签的协议，甄繁必须要保证周边的标识在节目中露出时间不少于二十分钟。讲台上摆着一排饮料，还有其他赞助商的东西，这些东西很容易使这场节目变质，但甄繁的讲述硬是把人的注意力给拉了回来。

大雪压弯了简家院里的枣树，简居宁坐在视听室里，手握一杯热茶。

昨天他和法国女孩儿在餐厅谈生意，在地下停车场看到甄繁时，第一时间想的是跟人介绍"这是我太太"。可他太太上了别的男人的车，尽管那男人是她弟。越介绍越乱，他最终选择了沉默。

看完节目，简居宁给甄繁发了条微信："你今天讲得很好。"

她不比他差，有一百种表述方式，九十九种都比"你讲得很好"要显得有诚意。

当感情不那么强烈的时候，那些甜言蜜语好像说出口很轻易，可当动了真感情，一字一句吐出来都十分艰难。

在屏幕上方多次显示对方正在输入后，他终于得到了两个字的回复："谢谢。"

简居宁正要打出"你的腿还疼吗"，甄繁发来了一个晚安的表情包，算是彻底终止了这场谈话。

那句话最后还是没发出去。既然他跟甄言交代了，他想甄言不管如何都会照顾好甄繁的。已经决定放手了，何必再去打扰人家。

甄繁发出“谢谢”后，父母发来了视频邀请。此时家里也下起了大雪，正经又胖了。甄繁彻底痊愈后，回过一次家，她怕自己这段时间没精力照顾正经，暂时把正经放在家里。

正经越发富态，隔着屏幕，甄繁听见了正经的“喵喵”声。

节目播完后，甄繁跟大家一起收拾碗筷。送走客人，她和甄言从八楼上到了十四楼，公司和家只隔着六层楼。她泡了个热水澡，就把自己送到了床上。

这场雪下得很大，直到深夜也没停止，甄繁整个人窝在棉被里。

大病之后，她格外珍惜生命，定时去做理疗，即使遇到阴雨天，腿也没那么疼了。

当一个人的水平被踩到谷底时，只要能做到六分，往往会收到十分的回报。甄繁便是最佳证明。

当节目播到第二期的时候，她已经收获了一批粉丝。这批粉丝在黎媛媛对她冷嘲热讽时，果断把黎媛媛撕了一通。

甄繁的某个粉头还排布了一个对家榜，头号敌人就是索钰。有段时间甄繁一上微博搜索自己的名字，就看到自己的粉丝和索钰的粉丝在进行各种攻防战。

像甄繁这样一个多年没有粉丝的人，刚看到有粉丝为她冲锋陷阵时，激动得热泪盈眶，恨不得和每个粉丝真情相拥。可不久，她就发现凡事皆有利弊。随着她师姐们的后续节目也陆续跟上，她的粉丝们开始踩几捧一，师姐们全入不了她粉丝们的眼。

“比繁繁学历高怎么了，她们有我们繁繁长得可爱吗？有我们繁繁声音好听吗？有我们繁繁嫁得好吗？”

甄繁在微博上把自己的师姐们好好推介了一番，把粉丝们对师姐们的负面评论扼杀在了摇篮里。

甄繁的粉丝越来越多，对她的感情也越来越炽热，骂战早已冲破学术圈，走向娱乐圈，征战对象早已不限于索钰、黎媛媛，有的粉丝甚至提出了这样的口号：“娱乐圈的女星，有一个，算一个，都不如我们繁繁。我们繁繁是真学霸，年年拿国奖，娱乐圈里有哪个能做到？我们繁繁人美声甜气质佳，简居宁这种人都拜倒在我们繁繁的石榴裙下。”

本来简居宁是作为甄繁的战利品被她的粉丝们炫耀的，结果简居宁的粉丝们看不过甄繁粉丝的嚣张气势，列了三页的表格表明甄繁完全是在高攀简居宁。

从此两拨粉丝开始了轰轰烈烈的征战。

甄繁原以为自己的粉丝都是女孩儿，到后来才发现里面不乏男人，这些男同胞一致认为简居宁配不上甄繁。

甄繁开始还私信自己的粉丝，让他们心态平和，多投入三次元，学习工作是最主要的，最后委婉劝诫他们不要在网上为她而战了。

结果粉丝反劝她不要太善良，人善被人欺。

甄繁眼睁睁地看着自己成了全娱乐圈女星粉丝的公敌。

虽然粉圈烟熏雾绕，但在大众圈她的名声确实挽回了不少。

春节那天，甄家一家人坐在餐桌前看春节联欢晚会，节目中插播的广告代言人是甄繁。这个饮料原来是节目的赞助商，等节目播到第三期的时候，品牌老总拍板决定和甄繁签一个代言合同。甄繁想到自己的换房大业，看到合同里不菲的广告酬劳，只矜持了几分钟，便签订了合同。

如果甄繁想到自己的身价之后会水涨船高，当时她一定会再矜持几分钟。

甄繁手笨，包的饺子也丑，盘子里最丑的饺子便是她包的，甄言把她包的饺子一个个捞到了自己的碗里。

甄家父母已经从甄言的嘴里听说了自家女儿和准前女婿的情况，他们好像简居宁从未在他们的生活里出现一样，一次都没提到简居宁。

正经站立在甄繁给它买的儿童椅上，吃着甄繁特意给它准备的猫饺子。

简家的年夜饭吃得并不愉快，简居宁年中刚结了婚，结果年后就要办离婚。

“你当初结婚时，我劝你要慎重，你跟我说非她不可，就喜欢她这样的，结果不到半年就又要离婚。你到底要干什么？当时结婚搞得轰轰烈烈，现在离婚你以为还能平淡收场？”

简总觉得这个儿子实在是不可理喻，当初甄繁名声一塌糊涂的时候非要结婚，现在好不容易有所好转，却又闹起了离婚。年底跟老朋友聚会，有朋友提到他们的妻女在看甄繁的节目。

“爸，您应该了解没有什么是一成不变的吧？当初和现在是两回事。她是个好姑娘，可我们不合适。”

甄繁往年都要守岁的，不过今年除夕不到十点，她就被甄言赶到了卧室。

她开了壁灯，一条条发拜年短信。对于最普通的工作伙伴，她也要在相同的拜年内容里加上每个人的称呼，以表诚意。至于那些关系密切的，每条内容她都要临时想。

她盯着简居宁的对话框看了两分钟，最终还是把他跳过去了。

就在她放下手机准备睡觉时，简居宁发来了一条祝福视频，他在六环放了烟花，烟花在深蓝的夜幕里次第绽开，他祝她春节快乐。甄繁一共听了五遍，在听第四遍的时候，她甚至还听到了驴叫声。

甄繁最终回了他一个春节快乐的表情包。

往往无话可说又实在不想说什么时，才会只发表情包。

节目播完的时候，甄繁和简居宁的离婚传闻已甚嚣尘上。

两个人都不戴戒指、甄繁采访避谈简居宁……一系列痕迹都在表明两个人确实不在一起了。

甄繁觉得不能再拖延了，她主动打电话给简居宁，问什么时候方便去办离婚手续。

电话那边陷入了长久的沉默，久到甄繁以为简居宁挂断了电话。最终，甄繁提出了两个日期让简居宁选。

仿佛推销员推销自己的商品一样，怕顾客一个都不选，故意提出二选一。

第十五章

/美好新生活/

老王被简居宁撞到的一刹那，他心想这次终于成功了。

之前由于过分怕死，当车靠近他的时候，他往前冲的速度立即就慢了下来，导致屡战屡败。这天撞见简居宁的时候，天上正下着雨，地面路滑，在一定程度上还有助跑作用。他其实在简居宁的斜前方，并不算前方障碍物，从他看见简居宁的车到撞上去，几乎是一瞬间的事情，快到简居宁根本没有办法及时刹车。

老王一瞬间头晕目眩，但他面上没什么大事，只鼻子流了血。他很快就清醒过来，学着电视里前辈们的语气说道："公了还是私了？"老王虽然在这座城市打了几年工，却始终和城市生活有着隔膜，他甚至不知道现在车里大半都安了行车记录仪。碰瓷的方法还是几年前从电视上看到的。

老王看着简居宁，底气有些不足，这个人一点儿都不慌乱，看样子像个吃过见过的。不过随即老王又安慰自己：真正吃过见过的绝对不开这种车。

简居宁昨晚住在六环外，他跟甄繁约好今天去民政局办离婚。

简居宁从车上下来，他本来很担心这个人的伤势，一听这话，又想起刚才的情形，前方本来是没有人的，这个人突然就冲了出来，综上种种，便认定是碰瓷的。

他今天要同甄繁去办离婚手续，大多数办离婚的人都不可能太高兴，简居宁也不例外。

搁平常，简居宁没准好心发作，扔给他几百块钱让老王去医院看看伤。可今天他不高兴。

“公了怎么办？私了又怎么办？”

“公了就是找警察，我跟你说，我交警大队里有人。”事实上，老王有一个老乡在交警大队里打扫卫生，“你要是去了，赔钱是轻的，扣十二分都便宜你，没准把你的驾照给撸了。”

“那我还是私了吧，您觉得赔您多少钱合适？我这儿只有两万，再多没有了。”

“三万，你穿的这衣服也得有好几千吧，我就不信你凑不出这三万来。”

“您要怎么付，现金还是银行转账？我现在没这么多现金，要不我还是给您银行转账吧，您给我写一卡号，我先转您两万。”

简居宁从车里拿出纸笔递给老王，老王凭记忆写了个卡号。

简居宁接过写着卡号的本子冲老王微笑：“您撞我的过程都被行车记录仪记录下来了，而您向我勒索钱财的过程已经录了音。您知道敲诈三万怎么判吗？三年以上量刑。您说咱是先去医院还是先去警察局？”

老王当了半辈子老实人，他前四十年都是在乡下过的，二十岁那年老娘瘫了，别人进城务工，他只能在家一边照顾老娘，一边种地。在乡下，娶媳妇儿是需要彩礼的，他爹生前给他备下的彩礼都给老娘买药吃了，媳妇儿自然也娶不上。老娘在的时候，他一边照顾一边埋怨，三十八岁那年，他娘用药吊着的命终于吊不住了。他娘这一去，他就觉出了寂寞。到他四十岁那年，有人给他介绍一麻子媳妇儿，四十三岁，有俩大儿子。

女大三，抱金砖。老王第一次去金砖家，金砖给他下了碗面。寂寞的人最易被人打动，打动完就是打劫，金砖要四万彩礼，老王把自家的宅基地卖了，拼拼凑凑了四万入赘到了金砖家。

他一结婚，没享受几天家庭温暖，就被赶到城里，给俩便宜儿子挣彩礼钱。

每逢过年，老王想要回家，金砖都劝他："就这几天赚钱多，怎么能回家，等坚持几年，以后有你享福的日子。"

前几年一到过年，老王都给家里打钱，可去年，包工头跑路，他一分钱都没拿着，金砖在电话里把他骂得狗血喷头，限他两个月内往家寄三万块钱，否则就跟他离婚。他跟着一做装修的老乡，给人贴瓷砖，结果瓷砖缝隙太大，雇主非但不给钱还让赔钱，老乡也是个好人，没让老王赔钱，给了他三百块钱让他自谋生路。

可老王上哪儿去给金砖弄三万块钱，想来想去也只有这条路可走。

没承想第一次碰瓷就碰上了"阎王"。

他要被判了刑怎么去给金砖凑那三万块钱？

在老王的思维里，求人最管用的就是下跪，他"扑通"一声就给简居宁跪下了："求求您饶了我吧，求求您了……"

简居宁没想到这个人这么软，看人这样，他也懒得再计较，从钱包里抽出一千块扔在了地上："拿着去看看病，您又不残疾，就不能正经工作吗？下次我要再看见您干这个，我一定把您送公安局。"

"我再也不敢了。"

简居宁打开车门上了车，留老王一个人在后面跪着捡钱。

老王感觉自己的脖子湿乎乎的，他往自己脖子上摸了一把，顷刻间手就被染红了，血是从耳朵里流出来的。他的头晕晕乎乎的，眼前出现了重影，再然后老王就倒在了地上，手里捏着两张人民币。

简居宁往前开了一千米后，他突然想起碰瓷那人的面色，又开了回去。

等他回到原处，老王已经躺倒在了地上，手里捏着两张人民币，而另外八张人民币还在地上。

车祸颅脑损伤有时不流血，中间还会有清醒期，患者和正常人一样，但很快就会昏迷过去。

简居宁先是拨打了120，随后又拨打了122，简述了一下被碰瓷的过程。

他试图叫醒眼前这个灰外套上沾满血迹的人，可他已经完全晕了过去。

就在这寂静的远郊，传来了一声报时："上午七点。"声音是从老王身上发出的。

简居宁戴上手套，从老王的外套兜里取出了一款手机，是一款老年按键机。简居宁十几年前曾有一款类似款式的手机，他翻出了老王的通讯录，有一个备注叫“媳妇儿”，他本来打算给这个备注的人打电话，但马上又打消了这个想法。

人以群分，固然他有证据，但难保老王的家人不缠住他，这事儿还是直接交给交警处理更好。

甄繁的车今天限号，离婚总不能还让弟弟特意来送自己一程，于是直接打车去民政局。

半路上，甄繁接到了简居宁的电话。

她已经订好了明天的行程，准备和父母开始邮轮行。

结果，简居宁打乱了她的计划。

简居宁说道：“抱歉，我现在有急事处理，可能要明天了。”

甄繁迟疑了一下：“没关系，我也没到。你什么时候有空再给我打电话。”

甄繁并不认为简居宁会为了拖延离婚找借口。

饭圈文化里存在严重的鄙视链，简居宁的粉丝们凭借他的长相、学历、气质，以及他父亲的钱一直处于鄙视链的顶端，拳打国内娱乐圈。

唯一让他们感到挫败的是偶像娶了甄繁，这一度让他们在国内男星粉丝面前抬不起头来。

本来他们连索钰都不太看得上，认为索钰和简居宁也有一段距离，但当甄繁作为嫂夫人出现时，索钰在他们心里立即变身天使。

最让其感到愤怒的是，甄繁一翻身，其粉丝就对简居宁挑三拣四。是可忍孰不可忍，某位粉丝列出甄繁配不上简居宁的三十条理由，为扩大转发，直接豪气宣称：“不用关注我，从转发里抽一人送 50 支口红礼盒。”

24 小时后，转发量已突破两万，其中不乏重复转发。

甄繁的粉丝也不甘示弱，某位据说中考作文满分的高一女生列出了简居宁配不上甄繁的五十条罪状，并且也进行了抽奖转发，且奖品数量呈碾压之势，奖品有：牛奶一箱；零食大礼包一个；酸奶两排；

干脆面一箱；繁繁代言的茶饮料一箱……

在不到一天的时间里，转发量竟达五百之多。

这一数据被简居宁的粉丝截图转发："小妹妹，谣言过五百可是要负法律责任的啊。对了，我忘了不满十四岁不需要承担刑事责任，不过作业写不完可是要被老师批评的。赶快去写作业吧，小朋友！"

这一轮，甄繁粉丝完败。

风水轮流转，很快甄繁的粉丝们就翻身了。

当没有任何社会事件介入时，整齐划一的粉圈会给人一种无所不能的错觉，仿佛谁得粉丝得天下。但一旦粉圈意见与大众意见相悖，就只有被按在地上碾压的份儿。

简居宁的粉丝们在论战中很快就被扣上了虚荣、谄媚、拜金的标签，甄繁的粉丝们趁乱表示非常同意："我们繁繁多么励志，粉个'富二代'有什么可牛的啊，他的钱又不给你花！"

这是老王躺在床上的第五天，他依然没有从昏迷中醒来。

老王手术后的第三天，金砖才在交警的通知下赶到了老王住的医院。她以为老王是被撞的那个，只盼着病人快点儿死，她好拿赔偿，要是赔偿费去填治疗的无底洞，她可吃了大亏了。当金砖看到躺在病床上的老王时，她心想老王也算死得其所了，撞他的铁定是个有钱人，要不怎么有钱住单间。

见到简居宁的那一刻，金砖不是不欣喜，凭她多年识人的经验，她一眼就认定简居宁比她之前想象的还要有钱。

金砖主动提出把老王接回家照顾，只要简居宁给她一百万就可以。自从儿子娶了儿媳之后，她在家里就被边缘了，她有了这钱，还是当之无愧的一家之主。

"他这个样子不知道您接回去怎么照顾？"

金砖强装出一副很有底气的样子："这你管不着，把钱给我就行了！一百万对你来说不算多了。我们村首富的儿子撞了人，还出了一百万呢。"

简居宁冲她不知是微笑还是冷笑："我认为您有必要看下交通事故责任认定书。"

事实让金砖绝望，按照交通事故责任认定书，老王负全责。

“交通事故的损失是由非机动车驾驶人、行人成心磕碰机动车造成的，机动车一方不承担补偿职责。”

这也就意味着这个免费劳动力不仅不能再为自己赚钱了，还欠了一屁股债。

简居宁的话更是令金砖绝望，老王之前的医药费是他垫付的，现在他需要家属还给他。

金砖立即撒泼打滚：“要钱没有，要命老王的命你们拿去算了，他死了也活该。谁让你们给他做手术的啊，还住单间，他在家还没住过单间呢，我可没同意，你主动花钱关我屁事。”

当天金砖就与老王划清了界限，就在金砖准备去客运站坐大巴回凤凰村的时候，她决定把事情搞大。有钱人最怕的就是名声坏了，她虽然没咋见过世面，但她知道媒体就喜欢这种穷富矛盾的故事。她虽然不知道简居宁是干什么的，但还是牢牢记住了这个名字。

为了引起公众注意，金砖找人用红墨水写了个牌挂在自己的脖子上，在地铁通道里游荡，牌上写得极为通俗：“黄世仁简居宁把杨白劳王传亿撞成植物人，一分不赔。”

金砖被民警带走之前，遇到了一个看热闹不嫌事大的自媒体人。

本来这两个人闹不出什么幺蛾子，事情的转折出现在一个掐头去尾视频的发布。

甄繁在游轮上目睹了简居宁粉丝被按在地上摩擦的全过程。

甄繁的行程是七天六晚，大部分时间都是在海上度过的。落地的那两天，她开启了疯狂消费的模式，除了给家人买东西，她还给公司的小姑娘们买了一大堆化妆品，给楚师哥买了相机。她看中了一款濑户烧的瓷器，觉得简居宁可能会喜欢，权当他照顾自己的礼物，有来有往，才算彻底结束嘛，否则她老觉得欠他人情，虽然在民政局门口送礼物还挺奇怪的。

回程，甄繁陪父母在表演大厅看杂技，女演员仰卧在方台上，只一只脚便蹬起了一张木桌，整整一分钟的时间里，那只木桌就支撑在一只脚上。她甚至听见了父亲的吸气声。不过她的注意力却被手机上的视频给吸引了。

虽然视频画质并不清晰，但内容极富爆炸性。

一个内穿红色毛衣外穿军大衣的中年男人被撞倒在地，撞他的年轻男人从车上下来。两个人不知说了些什么，随后年轻男人从车内拿出纸笔，中年男人签字。接着，中年男人跪倒在地上，在中年男人的头部连续几次与地面碰撞后，年轻男子从钱包里拿出几张百元大钞扔在地上，然后开着车扬长而去。

视频呈现的确实是事实，不过并不完整。

尽管画质拙劣，但隔着屏幕还是能感受到中年男人的贫苦落魄，他的头发胡子大概有一个月没有修剪了，而有眼尖的网友愣是从这种画质中认出年轻男人手上的表是前段拍卖会上的古董表，会上拍出了八位数的价格。

甄繁毫不费力地认出了表的主人。

这条微博的转发量在一天的时间内已经到了十五万，在博主禁止评论前，评论数量已经达到了八万。

微博高赞不是在谴责简居宁为富不仁，就是在谴责博主见死不救："你有工夫拍视频，怎么就没工夫送人去医院呢？"

博主刚开始还为自己辩解："我也没想到会出人命啊。"后来直接关闭了评论。

与此同时，一个新鲜出炉的视频转发量在三个小时内达到五万，一个女人坐在地上号啕大哭："这世道怎么就不给我们穷人活路啊？我听人说，他的一块表就上千万啊，他要是撞了我们老王就把他送到医院，我们老王怎么会现在这样人不人鬼不鬼的！医药费还没他一件衣服贵啊！再说他又不是没保险！他就算不把老王送去医院，也不能让老王磕头啊！我们老王伤的是脑子，这么一来，我们老王的命就没有了啊！我们老王的命就没了啊！"

画外音提问："您对这件事有什么诉求！"

金砖："他这就是蓄意谋杀，杀人偿命，我什么都不要，就要他偿命！"

甄繁想起那天简居宁说有事，肯定就是这事儿了。

她不知道简居宁有没有撞人，但凭她对简居宁的了解，总觉得他不至于让人下跪，这实在不符合他的性格。

甄繁知道父母吃不惯西餐，便带他们去邮轮上收费的中餐馆吃。今天不知怎的，她一直晃神，吃麻婆豆腐先是烫了嘴，然后在夹菜的时候又把鸡丁掉在了自己的衣服上，接着，腕上的金镯子又磕了桌子，镯子没事儿，她手疼。

那两枚婚戒看着碍眼，扔了又可惜，毕竟是金子，卖掉当然会有人要，她又这么爱钱。可甄繁还是没卖，而是加了一根二两的金条，找老金匠熔了，打了一只镯子，戴在手上怪好看的。

甄繁本来打算晚饭后和父母一起欣赏歌剧的，结果老甄看她一直心不在焉，便劝她尽早休息。甄繁定的套房是双卧室，父母在主卧，她住次卧。

就在甄繁在床上打滚，犹豫要不要给简居宁发条信息时，简居宁给她打来了电话。

“看在我将戒指便宜卖给你和你太太的分上，你能不能再坚持晚放一天证据？我的案例需要更多群众的反应，现在还不足够。”

布朗博士和简居宁的中学、大学都是同一所，作为一个土生土长的英国人，他对中国有着极大的兴趣。两个人的友谊始于布朗单方面的死缠烂打。布朗博士除了热爱学问外，业余的爱好就是拿着金属探测器在牛津各地区寻宝。甄繁买的戒指就是当年他读物理博士时的某个周末，在一个小村庄挖出来的。

布朗拿了好几个领域的博士学位，他并未和其他人一样按部就班地找教职，而是四处游历，准备写一本胜过《乌合之众》且不输《群众与权力》的传世之作，眼下他正在为书寻找案例。

“不行，你要是把家藏的拉斐尔少女素描图送给我，我倒是可以考虑考虑。”

“我父亲在世时，有人出三千万英镑他都没有出售。如果你有意的话，我可以考虑卖给你，你看怎么样？再说你不认为在可以反转的情况下，看着那些并不了解你的人骂你声讨你是件很有意思的事情吗？”

“如果我只需要为我一个人的名誉负责，那确实是件很有意思的事情。”

简居宁倒不在乎网友们怎么骂他，主要是网上已经有苗头将这次车祸和以往同品牌车主的车祸事件联系在了一起，万一有人借此上升到父亲车企的汽车安全问题，那他就给他父亲找了麻烦。

“嗯，我能理解你。如果我父亲不是很早去世，我也不能这么自由地生活。”

简居宁打小就知道，凡事有利就有弊。他是父亲事业的受益者，尽管他现在不必依靠父荫，也不好给他的父亲添麻烦，所以他必须让渡一些个人自由。

布朗在简居宁六环外的院子里看月亮，哈士奇和边牧正对着月亮狂叫，尾巴一个赛一个摇得欢。

“亲子关系是不能选择的，我只是很好奇，你为什么要选择结婚？虽然我不赞成那个女人到处抹黑你，不过她在已成植物人的丈夫和钱之间选择钱，我觉得还是可以理解的。还有游弥，我虽然认为她是自作自受，不过我完全理解她在丈夫高位截瘫后想要逃离的心情，毕竟余生都要用来照顾另一个人实在太可怕了。”

简居宁很认真地思考了一下这个问题，然后提出了一个反问：“如果你高位截瘫了，你希不希望有一个人自觉自愿地照顾你？”

“我这个人比较公平，我不会照顾别人，也不会希望别人来照顾我，我还是认为用一定的金钱请专业人员更有保证。”

“这就是我和你的不同之处，你是真正的自由主义者，我不是。我还是希望有人在我得重病的时候，出于钱之外的理由照顾我。只不过我之前对此并不抱有希望。”

“恭喜你找到了一个和你共担风险的人，自上次之后我还没见过你太太。你手上的戒指怎么不见了？”

送走布朗，简居宁一个人在院里喝茶。

前天，简居宁的表妹去和楚辙相亲了。他本以为甄繁同他分开后会和楚辙在一起，没想到他想错了甄繁。甄繁的公司名字怕还是要改掉了。

在一片狗叫声中，简居宁拨通了甄繁的电话，但随后他又挂掉了，发了一条短信给甄繁：“抱歉，打错了。”

如果甄繁打回来，这个婚他就铁定不离了。

直到甄繁打来第三个电话，简居宁才按了接听键。

“你刚才为什么不接我电话啊？”

“端阳，现在别在卧室里闷着了，走到阳台上，打开窗户，去看看月亮。”

“还有吗？”

“记得多穿件衣服，海风太大，别吹感冒了。你的病最怕感冒。”

“好的，再见。”

“再见。”

甄繁并没有同他再见：“简居宁，你这个人是不是有病？有什么话不能直接说，玩什么欲说还休？”甄繁一激动把自己的头绳揪下来扔到了地面，“你把人撞成了植物人，此时倒是有闲心看月亮！人命在你的眼里就这么不值钱？”

就在简居宁的车祸事件闹得沸沸扬扬时，由于游弥律师的积极辩护，游弥被判以故意伤害罪，而非谋杀未遂。自从简居宁撇清了和游弥的关系，国内便少见对游弥的报道，如今又有人把这俩人放在了一起。甚至有人猜测当年画家并非自杀，而是母子联手的故意谋杀。

甄繁看了竟有些生气，开小号去跟人理论，自认非常公平公正客观，结果和几个常年骂她配不上简居宁的账号一起被鉴定成简居宁的狗腿拜金粉丝。

简居宁还来不及为自己辩护，又听甄繁骂道：“简居宁，网友们骂得你爽不爽啊！扶不上墙的二世祖，被‘服不服’排行榜上谁谁和谁谁的儿子各种碾压！唯一比老父亲强的就是牛津的学历，结果牛津的文凭是老父亲赞助得来的，潜在杀人犯……简居宁，你的嘴是被堵住了吗？就因为这个人可能成植物人了，你就不忍心揭露他碰瓷的事实了？你什么时候这么善良了？还是你就喜欢被骂啊？”

“你怎么就认定是碰瓷呢？”

简居宁完全被甄繁的言辞给震蒙了，他没想到自己在甄繁的心里这么心慈手软。

“如果他不是碰瓷的话，你怎么会允许他给你下跪？如果他不是的话，你怎么会不给他妻子赔偿？你又不是一个傻子，能用钱摆平的事情早就花了，何必如此引人诟病？而且我不相信你没有开行车记录仪，那样可太反常了。”据甄繁对简居宁的了解，在不影响他根本利益的情况下，他不管心里怎么想，面上看起来都十足十的有诚意。

她唯一不能理解的是，当简居宁被各种谩骂时，他为什么还不为自己解释，她努力同他感同身受，结果得出了这么一个不靠谱的结论。

事实上，简居宁已经做好了一系列的公关准备，不出意外的话，老王和他的媳妇儿在一个小时之后将被骂得怀疑人生。

不过简居宁现在决定顺着甄繁的思路说下去：“你知道他为什么要来撞我的车吗？欠他钱的包工头跑路了，他去给人做装修也没拿到钱，而他的妻子告诉他，如果他再拿不回钱，她就同他离婚，他也是事出无奈。”

老王手机里的一百条短信把老王近期的生活暴露得彻底，那些短信被简居宁全部看完并且备了份。他很同情老王，也仅止于同情而已，并无任何愧疚。老王这么碰瓷早晚得出事儿，不遇到他也得遇到别人，遇到别人可能更惨。老王的医药费都是他出的，其他人可不会出。

“离就离呗，早就该离！你就算瞒着，交警也迟早会公布真相的，他的媳妇儿可是带头说你和交警沆瀣一气。如果你再不站出来，以后就算拿出监控，她也会说你是伪造的。你这个人怎么不该心软的地方心软呢？真的，你这点特别不好。”

“别说我了，你回国后咱们尽快去民政局把手续办了吧。你其实早应该和楚辙说咱们要离婚的事情，他如果早知道的话，也不会去相亲了。不过还为时不晚，甄繁，想要什么就去抓紧，否则以后公司名字还要改。”

简居宁三言两语就将离婚的原因推到了甄繁的身上，而他答应离婚不过是为了成全甄繁，仿佛自己是一个情圣，可事实并非如此。

“我说过咱们离婚和别人没有任何关系！”

“抱歉，我不应该这么说。我名声好的时候，你没有受惠，而我每次被骂，都波及你，我很抱歉。不过咱们一离婚，你就可以彻底解脱了。”

“我早就习惯了，而且这次也没什么人骂我。”

“好吧，早点儿休息。你定个时间，这次不会有问题了。你之前戴的首饰我还给你留着，下次咱们见面的时候我带给你。”

“你自己留着吧，我又不是没有钱买。”

“你就这么想和我划清关系？也好，我会找人把你离婚没要我一分钱的消息放出去的。”

“这种事情何必和外人说？离婚的事先放一边，你到底打算怎么办？”

“你认为我怎么办好？”

甄繁握着手机在卧室里转圈，想了半天才说道：“你就发一个寻人启事，寻找欠老王钱跑路的包工头，欠薪问题也比较能够引起大家共鸣，这样矛盾就转移了，大家也不会揪着老王骂了。而你，最好把你的心路历程说出来，如何不想老王被冠以碰瓷的名声，但一想到包工头还逍遥法外，就忍不住要来揭露事实。至于老王的媳妇儿，你先便宜下她，给她一点钱，否则这种人会为了钱咬死你的视频作假。不过名义上是捐助，钱得分期，让她为了钱以后也不敢乱说。”

听电话那一端沉默，甄繁又说：“你是不是认为我的方案不太好啊？”

“你可真是聪明。”

“客套话就甭说了，你去忙吧，我去看会儿月亮。”

甄繁从冰箱里取出一瓶香槟，香槟是免费的，作为她入住套房的礼物。她想起自己第一次入住非快捷酒店，把冰箱里的饮料喝了小一半，结果后来结账时才知道都是要付费的，心疼钱的同时又觉得尴尬。如今倒是可以当作一桩笑谈，好像某首富的数学只得了一分。

甄繁喝了一口酒，把自己裹得严严实实，连帽子都戴上，去阳台看月亮，打开窗户吹了一分钟海风，怕冻感冒，又火速关上。

一点也不罗曼蒂克。

简居宁严格执行了甄繁的建议，舆论也确实得到了扭转。

风波暂时消散后，简居宁每天打一通电话给甄繁，先是三言两语表示对甄繁的感激，然后便长篇大论讲述他对老王的愧悔之情。话里话外，都是如果他及早把老王送到医院，老王也不会至今还不醒。电话里，除了老王还是老王。

甄繁每次都要换不同的说法安慰他。

“你不会嫌我烦吧？这话除了你我也不能说给别人听。”

此话一出，甄繁就算是再嫌烦也得说不是。

甄繁在老王这件事上，又犯了讲“如果”的毛病。她想，如果她换一天同简居宁离婚，可能也不会出这样的事儿。老王可能还会住院，但撞他的绝对不会是简居宁。为了这个，她觉得风波结束前提离婚很没道义。

此时，风波已过，甄繁在安慰完简居宁后本想重提离婚的，在他说这话后，又只能咽了下去。

“那倒没有。你已经够好了，上次撞我那孙子，撞完我就要跑，你说又不是没车险，怎么那么不要脸？要不是我记下他的车牌号及时报了警，我的医药费就彻底没着落了。老王遇上你也算幸运了。”回想起六年前的车祸，甄繁后来也佩服自己，都撞成那样了，还能去记车牌号，钱的力量真是强大。

甄繁说得很云淡风轻，听在简居宁耳朵里却是另外一回事。他沉默了一会儿，才说道：“你当初真应该告诉我。我们那时还是名正言顺的男女朋友，于情于理，我都会飞回国照顾你。”最不济他也会找人帮她换个好点儿的医疗环境。以她的家境，简居宁完全能想象出她当时的状况。

甄繁那时躺在病床上，想着病好后一定跟简居宁解释，她甚至还预想了好多场面：简居宁摸着她的头夸她好坚强啊；简居宁把她抱在怀里说“以后别这样了，凡事有我呢”……

她小时候连言情偶像剧都没怎么看过，想象力也十分有限，最罗曼蒂克式的想象也不过是简居宁弹了她一个脑瓜蹦儿，然后在她的额头上亲了一记，心疼式地骂她“你为什么不早告诉我”。

后来她等来了简居宁回国，等来了他说分手。

甄繁保守估计，她人生中百分之九十的尴尬和不堪都来源于那些不切实际的幻想。

如今她听到那句六年前盼着的话，却是另一番心境：“不是，我不是想追溯我当时有多惨，让你同情我，我就是想说你的人品很好了。而且撞我的那个人很快就被抓到了，也赔了我医药费。我住院的时候我妈还常去看我，我没多久就出院了。过得去的就是经历，过不去的才是磨难嘛。都过去了，咱就甭提了，我刚才也是一时说漏嘴了。”

“其实也怪我，当初你的谎说得也没多完美，我再问一问就能戳穿，可我偏偏没问。”

“过去了就甭提了，老王的事情你也想开一点。我去做饭了，你想开点儿哈。”

两个人都心知肚明，即使他为了她回国，也不可避免地会走向分手，只不过简居宁会更心安理得一点。

车上正在播放甄繁接受《清谈》采访的音频。

“我刚毕业那会儿，和人合租，三室一厅，我住在客厅隔断里，我隔壁是一对新婚燕尔的小夫妻，白天感情好，晚上感情更好，每天晚上该听的不该听的都听了个十足十，戴耳塞也不管用……我后来还在胡同里住过一段时间，那就更有意思了，房东养狗，秋田犬愣是说成柴犬，见我不信，还拿出狗证给我证明。”

主持人问道：“你怎么知道那是秋田呢？”

“长得像熊啊，而且哪有那么大的柴犬？其实它长得还挺好看的，就是每天一看见我就开始蹭啊，我特怕它咬我。我跟房东说，能不能给它老人家拴个绳。房东跟我说这宝贝儿热爱自由，不喜欢被约束，而且打了狂犬疫苗了，咬了我也没事儿。”

主持人说：“这里，我要给大家科普一下，即使注射过狂犬疫苗的犬类也是有……”

简居宁听出音频里甄繁明显反应了几秒才说：“您说得非常对，被狗咬了一定要去注射疫苗……”

甄繁租房的事情被转移到了养宠物的心得上。

简居宁关掉音响，打电话给甄繁：“甄繁，你在家吗？我正好经过你们小区。我有一朋友送了我一套全自动猫砂盆和猫玩具，我自己留着没用，正好正经可以用到。”

“正经已经有了，你还是送给别人吧。”

“放心，我不会去你家打扰你的，告诉我你在几栋，我在楼下等你。二十多层，我也不知道你具体住哪家，我不会去骚扰你的。”

“我真不是那个意思。我代正经谢谢你了，我也想请你上来坐坐，不过你这么忙还是算了。我在四栋二单元，一会儿就下去。”

甄繁今天比较闲，她特意下载了一个菜谱软件，对着手机学做农家小炒肉。就在她切辣椒的时候，油锅突然发出“噼里啪啦”的响声，她急忙去关火，尽管她十分小心，油星还是溅到了眼睛里，她第一反应就是拿左手去擦眼睛，这一擦让她的眼睛彻底辣肿了。

她手笨，切辣椒的时候一直用左手扶着。今天为了买到真正辣的辣椒，甄繁跑了好几个地方，辣椒是不负众望的辣。

水龙头里的水“哗哗”地响着，甄繁的疼痛并没有缓解，反而有愈演愈烈的趋势。

她估摸着时间差不多到了，不愿让简居宁等，连衣服都没换，只从鞋架上换了鞋下楼。

简居宁见到甄繁时，她的眼睛比兔子还要红，往常瞪得奇大的眼睛如今只剩一条缝儿。

“你怎么了？”

“没什么，谢谢了。”

简居宁拽住了甄繁的胳膊：“到底怎么了？”

“辣椒被我弄到眼睛里去了。”

“你在这儿等着，我马上回来。”

简居宁小学时拿过他们片区的长跑冠军，此时跑得也很快，仅仅两分钟，他便拿回了一个医药箱。

他的车停在小区外边，车里常备医药箱。

进甄繁家门的时候，简居宁留意到门口摆着一双国产男式球鞋，大概 43 码，简居宁凭此推断最近几天甄繁应该独居。

他想，甄繁准备这双鞋可是费了些心思。

“用水洗了没有？”

“洗了。”

简居宁从药箱里拿出专供清洗用的眼药水，拧开瓶盖。

甄繁此时穿着一件宽松的没有曲线的裙子，头发上扎着一个小鬏，眼睛肿得只有一条缝，十分没有形象。

“你再往后靠一靠。”简居宁用手托住甄繁的后脑勺，“对，就这样。”

“一会儿就不疼了。”他抚了抚甄繁的下眼皮，滴了两滴眼药水。

“闭上眼睛让眼球转一转。”

甄繁使劲在那儿转，她的瞳仁很黑很大，眼白很少。

“不用转这么快。”

简居宁把冷敷贴贴在她的眼周，他觉得她头上的小辫子很有意思，想去揪一揪。

厨房的高压锅传来一阵滋滋声，声音极具穿透力，仿佛爆炸的前兆。

简居宁马上意识到了不对："端阳，你还在做什么？"

"我做了绿豆汤，是不是水放多了？"甄繁一拍脑门，差点儿从沙发上跳起来。

简居宁把甄繁按在沙发上："你在这儿待着，我去看看。"

"你先把插线板的电源关了，千万不要直接去碰锅盖，高压锅的蒸汽很可怕的。"

甄繁仿佛叮嘱五六岁的小孩子，然而简居宁也只说了声"好"。

甄繁这一顿饭做得简直兵荒马乱，简居宁在给她打扫战场时发现，她确实没有做饭的天赋。

"你怎么突然就开始做饭了？甄言不在吗？"

"他去香港参加比赛了……"甄繁夸起她的弟弟来简直收不住嘴，"再说，会做饭也是必备的生存技能嘛，我总要学习学习，今天只是一个意外。"

说完，甄繁不好意思地对着门笑了笑。

简居宁把厨房的门关好，将甄繁隔绝在了门外。

"真的，不用了，我冰箱里有饺子，我一会儿煮点儿就好了，你这么忙，不用给我做饭了。"

"马上就好，你虽然康复了，但最好还是少接触油烟。活着才谈得上生存技能，我建议你请一个阿姨专门给你做饭，如果你找不到的话，我可以帮你找。"

"暂时先不用了，我买了一个自动炒菜机，很快就到货了，我看了炒菜时的测评，高温时 PM2.5 的指标比一般炒菜时要低好多。"

甄繁前阵子碰见老钟，对方向她推荐了自动炒菜机，说自从他拥有了自动炒菜机后，手艺突飞猛进，小钟都自愧弗如。前两天甄繁趁着打折买了两台炒菜机，一台自留，一台打算送给楚师哥，只可惜现在还没到货。

"记得你以前跟我说过，专业的事情最好还是交给专业的人来做，你的精力有限，把时间放在自己擅长的事情上不好吗？"

甄繁想起她确实对简居宁说过那么一句，那时，她说专业的事情要交给专业的人来做，所以如果他生病了，她不会去照顾他，只会给他请一个护工。

虽然甄繁那时是故意说的，不过此时被提起还是有几分不好意思：

“偶尔做一点不擅长的事情也挺有意思的。”

“或者你可以找一个会做饭的丈夫。对了，楚辙会做饭吗？”

“啊？我说过我……”

“抱歉，我上次说过不提的。你现在这样，我很放心不下你。”

“我真挺好的。我马上就可以换新房子了，到时候我会把我父母都接来。”

甄繁之前的公寓在她去旅行前已经卖掉了，如今她正在物色可以入手的二手房，二手房一来可以直接搬进去住，二来致癌物也散得差不多了。虽然她今后大概率没有孩子，不过在买房的时候她还是优先考虑学区房，毕竟升值空间高。

她昨天刚看中一套，各方面都不错，唯一的缺点是在八楼。

七上八下，她觉得有些不吉利。自从她确诊了原位癌，变得愈加迷信起来。

“你打算和父母住一辈子？”

“当然了，我以后准备招赘一位身强体壮、貌美如花、上得厅堂下得厨房的年轻男士，至少比我小三岁以上，女大三抱金砖，金砖是越多越好。”

“是不是最好有兄弟姐妹，以便他能全心全意照顾你的父母？”

甄繁愣了下：“有兄弟姐妹当然好了，不过人家的父母也是父母，该孝敬还是要孝敬的嘛。”

“那你眼下有什么人选了吗？”

“从我这儿到K大，不到两千米，知道K大从本科生到博士生有多少单身汉吗？广阔天地，大有作为。真的，你也是。”甄繁按了按自己不再肿痛的双眼，“明天你有空吗？咱们去把离婚手续办一下吧。”

一鼓作气，再而衰，三而竭。甄繁觉得不能再拖下去了。

“我不想离婚，但如果你想离婚去发现更好的人，我也尊重你的意见。端阳，你离厨房门远一点，我饭做好了，要打开门散散味。”

简居宁反客为主，从冰箱里搜罗食材，小露了一手厨艺。

甄繁此时眼已经恢复了往常的神采，她看了一眼桌上的牛油果意面、茄子沙拉、玉米浓汤，总不能卸磨杀驴。

“你吃了吗？要没吃的话一起吃点儿吧。”

“压力锅锅盖我拆开看了看，我觉得帽塞那儿有点儿问题，你最好换一个新锅。油烟机和炉灶我检查了一遍，暂时没发现别的问题，不过我建议你最好还是远离厨房。”

“辛苦你了。”

“端阳……甄繁，你门口最好不要放男鞋了，这直接等于告诉别人你自己住。一般人谁会把鞋放在门外？难道不怕丢了吗？”

“我就是怕丢了，才在网上特意找了一双十多块钱的鞋。”

“你可……最要紧的是监控，报警器安了吗？”

甄繁点点头。

“那就好，我走了，你在家多注意。”

“你要没吃的话，要不在这儿吃点儿？”

简居宁打了个喷嚏：“不用了，我还得去看看老王。”

“你是感冒了吗？”

“有点儿，不严重。我得走了，传染给你就不好了。”

“我哪有那么脆弱？就当散伙饭，我也不额外请你了。”

正经还在玩简居宁给它带来的智能逗猫棒，一点儿也没有疲倦的意思。

简居宁看着一猫一人，说道：“好吧，这恐怕不够吃。我刚才看你冰箱里还存着粽子，煮几个吧。好些年没尝你的手艺了。”

“你要吃江米小枣的还是红豆沙的？”

后天才是端午小长假，甄言最喜欢吃甄繁包的粽子，她怕甄言出去参赛端午节回不来，提前给他包了好多。

“都吃可以吗？”

甄繁恍了一下神，笑着说道：“这有什么不可以的。别的没有，粽子管够。”她从冰箱里拿出粽子去热，简居宁在厨房外等她。

简居宁想起多年前，甄繁隆重推介她包的粽子：“我包的粽子可好了，可惜端午节已经过去了。你是喜欢吃江米小枣还是豆沙粽？其实你要是想吃肉粽我也可以包的。”他当时把话岔开了，因为他不知道能否同她坚持到第二年的端午节。

那年的中秋节过后，他在英国收到了好几个包裹，是甄繁寄来的，在此之前，她已经预告了一个月。因为快递迟到，她还特意同他道了歉。包裹里有月饼，还有她包的粽子，每个粽子都单独真空包装好。粽子他只吃了半个，就连着月饼一起扔了。他告诉甄繁，她包的粽子很好吃。

甄繁发生车祸后，他对她很冷淡。大概是因为受“要想打动一个男人的心，就要打动一个男人的胃”的影响，甄繁又给他寄了一次粽子。那次简居宁直接扔进了垃圾桶，并在甄繁兴高采烈问他好不好吃的时候，他兜头一盆凉水泼下去，告诉甄繁不要再用那种小快递给他邮吃的，食品最重要的就是安全，经过这么多流程，怎么会安全。当然他很感激她肯惦念着他。

甄繁听后愣了好久，一个劲儿地说：“不好意思，你直接扔垃圾桶吧。”

之后，甄繁再没主动联系过他，那时他还不知道甄繁出车祸的事情，也没准备马上跟她分手。为了安抚她，他给她邮了一堆衣服和电子产品，一同邮去的还有一张包粽子的芦苇叶。

芦苇上面抄了一首济慈的诗，他直觉甄繁会喜欢这个。果不其然，甄繁又对他热络起来。

这些年，主动权一直在他的手上，他不喜欢主动权旁落的感觉。

“你怎么又喝酒了？”简居宁这才注意到客厅的拐角摆着一箱青稞酒。

“没有，那是我参加活动送的。”甄繁刚火起来那阵，什么活动给她出场费她都去。有酒厂老板请她去公司里办国学讲座，甄繁一看出场费，犹豫了三十秒便决定去了，讲座完老板在她后备厢里塞满了酒，她推辞了一句便拉了回来，准备放在网上卖掉，如今还留了一箱。

“介不介意我开一瓶？”

“你开车来的？”

“放心，我不会赖在这儿不走的，我会找代驾。”

“那酒和粽子在一块吃也不是很好。”

“就喝一点儿。”

甄繁还是给简居宁开了一瓶，连口酒都不给喝显得她怪小气的。

简居宁剥了一个粽子，粽子尖露出三个大枣。

“甄言喜欢吃蜜枣，这甜度一般人受不了，你可以把枣剥出来。”

“你们姐弟感情可真好。”

“大家都这么说，主要是甄言懂事，我没见过比他更懂事儿的孩子了。”

甄繁还是个扎双马尾的小姑娘时，置身在一群独生子女中间，她认为自己有个弟弟是个很了不起的事情，时刻拿出来炫耀。旁的孩子说她父母重男轻女才会给她生个弟弟，甄繁坚持认为那是对她赤裸裸的嫉妒。她比父母还要惯着甄言，一家四口在吃粽子，她偷着把自己粽子尖儿上的枣给弟弟。

老甄批评完甄言又批评她："弟弟在换牙，不能吃甜的，你不要这么惯着他。"

"你言传身教教得好。"

"哪啊？我二十岁的时候比甄言可差远了。"

"别谦虚了，我又不是没见过你二十岁的样子。"

"你见过我才不好意思吹啊，否则我早就吹了。虽然我知道你肯定不会公开揭我的短，可我一直没有吹的底气，总觉得有一双眼睛在盯着我。我说一句实话，你不要太生气啊，有一阵子我还希望你能成植物人，那样我那些尴尬的过往就没人记得了，我还可以出书篡改咱们的情史，书上写你对我爱得死去活来，而我对你不屑一顾。"甄繁把一口茄子沙拉放在自己的嘴里，"你做得真好吃。你说我这个人是不是挺恐怖的？"

"你现在也可以这样写。"

甄繁"扑哧"一笑："那可不行，你可能没体会，穷装富，没有却装有，和富装穷，有装没有，那可是俩码事儿，前者是如坐针毡，后者是云淡风轻，你是云淡风轻，我就是如坐针毡。你当年请我听拉赫玛尼诺夫，我之前不仅没听过他的名字，连乐团名字也没听过，只能靠图书馆和网上查资料补充点儿知识。中场休息的时候，我和你说一句话都要斟酌再斟酌，生怕露了怯。那天晚上我一宿都没睡，一直在琢磨你到底看没看穿我。"

"其实我一直觉得你是他的乐迷。"

"这会儿我们可以说句实话的，真的，我敢保证你在中场休息的时候就知道了我的老底。"

"你二胡拉得很好。"

"谢谢。"甄繁叉了一团意面，最终没送到嘴里，"我知道你说谎也是为了照顾我的自尊心，善意的谎言嘛。其实你真挺好的，当年还送了我套房子。我一小学同学，她男朋友给她买了一枚碎钻，指环里刻了她的名字，分手后还要回去了呢。”

“其实我还挺后悔送你房子的，让你认为我对你不尊重。”

“你是好意。我有一阵儿还真后悔没要你的房子，尤其是房价涨得最快的那阵。不过我现在也马上要有新房子了，人还是得自食其力，吃人嘴短，拿人手软，花别人的钱到底不硬气。你有钱，我也不能让你均贫富啊。”

“你当时一个人租房很辛苦吧。”

“嗯？”

“你这个人，总是苛刻自己，明明你那时候也挣了些钱，怎么就不能租个好点儿的房子？”

甄繁这才明白简居宁是看了她的采访，这让她有些意外，她不好意思地笑了笑：“我不是想攒钱买房嘛，其实你是不了解行情，我住得还不算差，还有人住地下室呢。我住了一年，就自己租了一居，像你这种有钱人可能对此没什么概念，但我过得也没那么差。”

她的实际情况远比采访里说得要惨烈，她那时住的隔断房是两面夹击，一边是新婚燕尔的小夫妻，一边是每天都要把男友带回家的大姐，每天晚上的三维立体环绕声让她难以入眠。最可怕的是那些声音总让她想起她和简居宁的缠绵过往，而住在隔断房的她与远居英国的他，一个地下，一个天上。

后来，房东把房子从中介手里收了回来，和其他人都终止了合同，唯独与甄繁续约，还给她降了两百块钱的房租。甄繁开始以为是好事儿，结果房东要把自己的儿子介绍给她，她以为拒绝就行了，结果某天她房间的桌子上摆了一束玫瑰花，一个陌生号码打电话来问她喜不喜欢。在得知是房东儿子给她的“惊喜”后，甄繁连夜收拾行李跑路了。

“那狗咬过你吗？”

“没有，就是它个头大得令人害怕。当初觉得难以忍受的事情现在想想也不算什么。我在等病理报告的时候，心想如果能让我再活二十年，那只狗就算天天蹿出来吓我我也可以忍受。”

简居宁吃完一个粽子，甄繁接过他手里的粽子叶随手扔在垃圾桶里，又递给他一张纸巾擦手。

“那片叶子你还留着吗？”

虽然简居宁说得很是突兀，但甄繁还是很快反应了过来。她当初为了那首诗，特意买了一本济慈的诗集，生怕跟他没有共同语言。

“我当初就还给你了啊，和你给我买的那些东西一起。我当初还特意列了个表，生怕少了什么。”说着她又舀了口汤送到嘴边，“你是不是看都没看一眼就扔了？嗯，扔了也好。”

简居宁喝了一口酒：“没扔，都留着呢。”那些东西都堆在仓库里，他从没拆封过，估计现在应该发霉了吧。

“过去的就过去了，硬要留着也只能发霉变质。”

他本想旧事重叙，可刚开口就被堵住，只好一杯接一杯地喝酒。

“虽说我这儿不少你一口酒，可也别这么喝，对胃不好。我现在想开了，这人哪，健康是第一位的，没了身体，谈什么都是虚的。爸妈再亲，也不在身边，归根结底一个人最能依靠的还是自己。”

“如果我说我的肩膀很想让你靠一靠呢？”

“这么跟你说吧，一个女人如果想和一个男人在一起，总是不想让他看穿她的。我今天厚着脸皮跟你说了这么多实话，就是真的没有可能了。”

“如果我不同意离婚呢？”

“你有点儿醉了，我给你找代驾。”

简居宁因为醉酒连带着眼睛有些红了。

醉酒也是他计划的一部分，他的车载冰箱里放着威士忌，本来准备找一天时间在甄繁的房间里酒后吐真言的。

既然她不相信他清醒时说的话，那他就喝醉了说给她听。

现在倒也不用装了，他是真有些醉了。

“我从老王住进医院就看过他两次，我当然希望他醒，但他不醒我也没什么感觉。甄端阳，这么多年，我真正感到愧疚想要补偿的，也不过你一个人而已。”

“对于你费尽心思来骗我这件事，我感到很荣幸。”甄繁笑了笑，“你没什么可需要愧疚的，如果非要说一点，那就是当我放手的时候，你总是有意无意地牵绊住我。明天你去办离婚就算补偿我了。”

简居宁拿手指去拨弄她的耳朵：“我今天给你滴药水的时候，你的耳朵比你的眼睛还要红。我第一次亲你时，你的耳朵上的痣也是那种红。我曾经用涂料调色，怎么都调不出来。”

“可我印象深刻的是另一件事，那天我穿了一条山寨裙子。那会儿动批还没迁走，我捏着兼职挣来的钱一大早骑了车就去了批发市场，我一个劲儿地还价，把一条要价八百块钱的裙子还到了二百五十块钱，其实我买的时候真不知道这是山寨货，就觉得挺好看的。直到我看到索钰穿了条同样的，才知道又丢人了。不止如此，我还穿着那条裙子跌了一跤。后来我有钱了，买了条正牌的裙子，可我一次都没敢穿过，一看见那条裙子，我的脸就跟有火在烧一样。”

简居宁去抚甄繁的头发，是安慰她的意思：“我知道你那是因为喜欢我，才这么敏感，不然你肯定不会记这么多年。但男人和女人的想法完全是两样，你想的是裙子山寨，我看到的却是你的腰很细，摸起来手感一定很好。你可能会觉得我很猥琐，可我当时确实这么想的。”

甄繁摇摇头，拿勺子去舀汤里的玉米粒：“我以前特鄙视那些一有钱就让糟糠之妻下堂的家伙，我现在依然鄙视他们，不过多了几分理解。一方面是喜新厌旧见色起意，另一方面家里的糟糠见证了自己太多不堪，看糟糠一眼，那些过往的难堪就瞬时涌现在脑子里，就算有钱了也甩不脱那些屈辱。新人新世界，多么的好。”

言下之意，她想离开简居宁，奔向新世界。

“可我忘不掉你，你也忘不了我。”

“你的忘不掉太轻飘飘了，你为什么要忘掉我？”甄繁的情绪突然激动起来，“我不过是你人生里一个可有可无的点缀，一个无聊时的消遣，一个可以随时想起又随时可以丢在角落里的人物。但你对我是两码事，我得拼命忘掉你，有一阵子光是提起你的名字我都要鼓足好大的勇气，一看到你的名字出现在网络上，过去那些事儿就铺天盖地地涌进我的脑子里。我费了好大努力终于取得一些成效了，你又轻飘飘地闯进来，告诉我你忘不掉我。简居宁，你对我太不善良了。”

简居宁将杯里的酒一饮而尽：“我对你愧疚是因为你这么好，我却没有等值地回应你，而不是因为你是什么小可怜。你离开我的这段日子，我总在想你吃得好不好，睡得好不好，会不会被噩梦吓醒。我想给你打电话问一问你，又怕打扰你的新生活。端阳，你对我来说并不是轻飘飘的。如果不是那次车祸，我已经决定放手了，哪怕我还喜欢你。”

甄繁试图去夺简居宁手里的酒杯，没想到手却被握住了。

她试图抽了一下，没抽回来便放弃了，任由他握着自己的手指。

“如果你对我毫无感情，我肯定让你去寻找别的幸福，但你不是。于是我还是决定自私一把，与其天天担心你被人照顾得好不好，还不如亲自去照顾你。我知道你希望在你爱的人心里是特了不起的一个女人，你在我心里就很了不起。你是唯一能给我安全感的人。”

“因为我对你来说招之即来挥之即去，这让你感到很有安全感是吗？”

“我知道即使我身无分文你也会在我身边。”

“相信我，即使你一分钱没有，哪怕还负债，凭你的长相，也会有许多女的在你身边。”

“如果我瘫痪了，丧失基本生活能力了呢？”

“那就没办法了，不过我相信你不会遇到这种意外。”

“但我知道，如果有，你也不会离开我。”

“我会离开你。”

“你不会。”

“简居宁，你还是不是个人？我的身体都这样了，你还幻想你高位截瘫，我来照顾你，你就不能盼我点儿好？”

“我也会照顾你，无论怎么样，我都不会离开你。我从来都是一个恐婚主义者，那个誓言太沉重了，不论祸福、贵贱、疾病还是健康，一个人都要和另一个人绑定在一起，多么可怕。但我现在改变了想法，因为你。端阳，我想现在你和我是一样的心情。”

甄繁低下头吃她的茄子沙拉，许是嫌弃茄子太淡没有盐，她掉了几滴泪在沙拉里边，眼泪是咸的。

简居宁拿纸巾去擦拭她眼角的泪，他给甄繁擦哪边，甄繁的头就扭到另一边。后来简居宁就随她去了。

甄繁托腮看着窗外，她看到了窗外的小月牙：“我还是不能相信你。你的心就像月亮，前几天还是圆的，现在就剩一小月牙了，可能过几天又会变回来。月亮阴晴圆缺还有个规律，你啊，我是猜不透，如今也懒得猜了。”

简居宁走到甄繁椅子背后，双手向前把她环住，把声音一个字一个字送到甄繁的耳朵里：“你得相信，我是真的喜欢你。”

“如果你真的爱我，就应该在我提离婚的时候果断地说好，等我谈过十场八场恋爱谈累了，你那时如果还捧着戒指等我同你结婚，我或许能相信你的真心，而不是现在一定要让我在你这棵树上吊死，阻止我去看看其他树长什么样。你这棵树太大了，能吊死好多人，我就不去掺和了。”

“如果我执意在你这棵树上吊死呢？”

简居宁的嘴在她的耳边吻着，甄繁去挡他，结果那吻落在了她的手上。

“我不欢迎。”

“端阳，你即使要试错的话也应该在我的身上试，在不相干的人身上试错是怎么回事？”

就在这个时候，甄繁的手机响了，她从桌上拿起手机，是甄言要和她视频。

甄繁试图把另一只手从简居宁手里抽回来，结果手腕被简居宁抓住了。

“让甄言看看我在这儿，他也好放心。”

“你醉了。”

“那我们就做点儿人醉了应该做的事情。”

“简居宁，你现在、马上、立刻放开我，咱们的事情一会儿再谈。”

甄繁按了拒接，她走到茶几前戴上耳机，又发过去了语音邀请。

“繁繁，记得关好门窗，电源记得拔掉，冰激凌要少吃，尤其不能吃完粽子再吃。”

“我还不懂这些吗？明天颁完奖不用急着赶回来，好好玩一玩儿。”

“你和他办完手续没有？不要再拖了。”

甄繁趿拉着拖鞋在客厅里转着圈接电话：“知道啦。”

简居宁从后面环抱住她，去亲她的耳垂，甄繁被他弄得很痒。

“繁繁，你怎么今天又不接视频？”

“他也在，我在和他谈离婚的事儿。”

“你怎么把他放家里来了？”

“这点你可以放心，他是个很爱惜名声的人，不会做不该做的事情。”

“你小心点儿。”

“我知道，你早点儿休息，我送走他就通知你。”

简居宁陷入了一个瓶颈，他不得不正视一个事实，无论他怎么说，在感情上，甄繁都很难再相信他了。

也许明天以后，除了那些八卦杂志还会把他和甄繁扯在一起，他和她将彻底没有任何关系。

青稞酒大多不会让人醉，但甄繁拿回家的是高度青稞酒。

简居宁一把把甄繁抱到沙发上，她的手机摔落到地上。

“你弟是不是不放心我？看来还是男人了解男人。”说完，他把甄繁压在沙发上。为了减轻她身上的重量，他让甄繁的身子侧过来，将她的脸对着他，尽管他蛮暴地把甄繁的身子局限在很小的空间里，但他的吻是很轻柔的。他吻她的眼睛就说她的眼真好看，吻她的鼻子尖就说她的鼻子真可爱。

甄繁开始还推拒，后来直愣愣地睁着眼睛躺在那里。

“你还是走吧。”甄繁躺在那儿慢悠悠说道，“你也知道，我这身体经不起怀孕，本来就一个肾，如今还有了肺上的病，怀孕激素一紊乱，谁也不知道会怎么样，流产很痛苦的。从小我妈就拿那种流产的图吓我，我当时和你在一块的时候，即使你做了措施，我还要再吃避孕药，饶是这样，我还偷偷去买试纸测。我当初是因为没钱害怕，现在有钱了更害怕。你说我都打算放过你了，你怎么就不能放过我呢？”

甄繁感到一阵阵的吻落到她的身上，后来停止了，他头埋在她的胸前，随着她的呼吸一起一伏。她睁开眼看不见他的脸，她理了理自己的头发，说道：“要不做就让我起来，我好去洗碗。”

甄繁被紧紧箍在那儿，她抬头看着天花板，上面的吊灯酷似教堂的七彩玻璃窗，晃得她眼疼。

她的胸前湿了一小片，不知道的还以为她流口水了。

“我给你做一辈子的饭好不好？”

“不好，谁愿意一辈子只吃一个人做的饭啊？除非你把你的钱全送给我，我或许会考虑考虑。”

简居宁意识到事情出现了转机，他吻着她的耳垂说道：“我倒是很乐意，只是你刚才说你喜欢自食其力，我怕谈钱会得罪你。”

“那是两回事。你把你的钱全交给我和我自己挣钱并不矛盾，这两件事完全可以同时存在。我或许不会为一枚十克拉的钻戒屈服，但如果你要给我一个南非的钻矿，我绝对会拜倒在你的西装裤下。每个人都有一个价码，但你以前开得太低了，你可以开一个高的诱惑一下我。”

“我明天会找律师重新拟定一份新协议，你尽可以谈你的要求，当然，所有的条款都有一个前提，就是你不能主动提离婚。”简居宁的手指在她的头发里胡乱轻弹着，“你还有别的要求吗？”

“我看了一下避孕的概率，男性结扎要比戴套的避孕概率更高一点。虽然结扎可以复通，但复通概率也没有百分之百，这不足百分之百的部分就算你对我的诚意。如果你连这点儿诚意也没有，我认为咱们没必要再在一起。”

“可以，还有呢？”

“我想你这种人肯定冷冻了许多精子，所以结扎也不会对你的生育造成根本影响。但我希望，你和我婚姻存续期间，最好不要通过其他手段生下孩子，你最好把你存的那些都扔了，当然，我这只是建议。”

简居宁没想到甄繁把这一层都想到了，这让他颇感意外，不过他还是答应了她的要求。

“我买了新房子，就在这附近，我会把我的父母接来，我希望你也能搬过来和我们一起住。”

“我的房子和你的房子有什么区别？我的房子完全可以转到你的名下。我觉得老人家还是住院子比较好。”

“那还是有一些不一样的。如果你愿意的话，我们就继续过下去，否则明天还是去民政局，耗着也没有任何意思。”

“哪间是你的卧室？楼上还是楼下？这儿太挤了。”

“你现在醉了，最好冷静一下，明天再给我答复。”

简居宁碰了碰甄繁的嘴唇：“一会儿你就知道我醉没醉了。”

夜里，甄繁做了一个梦。梦里，她把粽子尖上的枣儿偷偷给甄言，老甄批评她不要太惯着弟弟。她埋头继续吃粽子，等吃完粽子，粽子叶上露出一堆英文单词，仔细看，是济慈的诗。

醒来，甄繁借着窗外月牙透进来的那点儿微光，摸了摸枕边人的耳朵。

这次，他估计能骗她个三年五载，也算很有诚意了。甄繁又为了新的事情发愁，她昨晚慌乱中骗甄言简居宁走了，等弟弟回来，怎么跟他讲这姐夫还是他姐夫呢？

就在她发愁的当儿，简居宁又把她搂在了怀里，仿佛她很小很需要保护似的。

在最后闭上眼之前，甄繁又看到了正经那双冒着精光的眼睛。

甄繁告诉自己，下次一定要好好关门，千万不能放它进来了，再把人抓了怎么得了。

番外一

/粽子/

甄繁结婚的第六个年头，亲弟弟生了一对龙凤胎，甄繁用自己储蓄的金条给孩子一人打了一个长命锁，又打了手钏和脚链，光是手钏每个孩子就打了三对。她在网上看上了一款婴儿车，觉得很好，便买了两个，邮寄了过去。

她特意坐飞机去广东参加了侄女和侄子的满月宴，并且包了两个大红包，红包很鼓。

其实她跟亲弟弟的联系也不过是节日生日互相问候下，并无深厚感情。弟弟对她主动要来还颇感意外，当然欢迎还是欢迎的。甄繁代表一家人表达了问候，还和侄子、侄女照了相，拿着一摞照片坐飞机回了家。

到家，她把照片拿给父母看：“这孩子的眼睛是不是很像我？他们都说像。”她拿手比画了一下，“特别沉，抱得我都胳膊疼。”

这是老甄夫妻搬来简家的第四年。

简居宁在甄繁买的房子里住了整整两年，直到甄言去了美国，她才又搬回了简居宁的四合院。

甄繁在这件事上有她自己的考虑：

一来自己买的房子离 K 大近，甄言可以来这儿常住，他们一家四口正好团聚，除了小时候那段时光，他们一家四口很少有团圆的时候。

而且甄言是个大孩子了，说不定哪天就去和女友同居，或是出国深造，这段时间更显得难得；

二来她的父母肯定是住她买的房子更自在些，甄言本来就不喜欢他这姐夫，万一她搬到简居宁的住处，甄言来看她也有心理障碍；

三来嘛，就算简居宁要同她离婚，也是他打包行李滚出她的家，这在一定程度上能减少她的痛苦。她还是喜欢他，但已经不想为他伤筋动骨了。

她买的房子是二手学区房，在一楼，三室两厅，附赠一个小花园，甄繁本来以为已经足够大了，不过住起来也没觉得多宽敞。她特意让甄言重新规划了客厅，以保证老甄有足够的空间来捏泥人。甄繁有时就在客厅工作，她是个很能随遇而安的人，但简居宁适应不了，他缺少一间书房。

甄繁虽然喜欢在社交网站上各种晒，但在实际生活中是个相当保守的人，在父母面前，她从不和简居宁有任何亲密动作。他们唯一能亲密的地方只有卧室，甄繁的情绪很容易被挑动起来，她一激动起来对简居宁又亲又咬，又抓又挠，等她精力消耗完了，简居宁想同她说点儿什么，她已经像个八爪鱼似的抱着他睡着了。

简居宁制造过很多个二人单独相处的机会，但都被甄繁变成了团体出游，不仅她的父母兄弟要去，就连正经也得跟着。

甄繁对这样的生活很满意，她肉眼可见地胖了，摸起来比以前要肉乎许多，据她自己说，她的 BMI（Body Mass Index，身体质量指数）已经超过了 18.5。公司离家不远，中午可以回家吃午饭，她不光自己吃，还请楚师哥回家一起吃。楚辙那段时间频繁相亲，首要要求就是女方一定要会做饭，听到这个要求的女孩子，不管善不善下厨，都果断拒绝了他，连见面的机会都不给。

简居宁为了能和甄繁有私人空间，同时践行和甄繁父母住一起的承诺，买了甄繁楼上的房子，装修完请专业机构检测室内空气质量，检测报告出来后，他便想带甄繁看一看新家，没想到回家正撞上甄家四口和楚辙一起吃饭。

饭桌上，甄繁对着楚辙滔滔不绝：“师哥，你的策略从根上就错了，太直白了，这会让人家误解你是个甩手掌柜。你就不能说你擅长刷碗洗菜，欣赏热爱生活，享受烹饪的女孩子嘛。”

简居宁进来的时候，正听见甄繁夸楚辙："你这么多优点，人家一见到你，自然愿意忍受你不会做饭的缺点。下次建议你换一个说法。"

老甄先于甄繁问简居宁："你吃饭了吗？"

老甄是"只有对女婿好，女婿才会对女儿更好"那套生活哲学的坚定奉行者，看见女婿哪道菜多吃了几口，以后每天桌上都会摆那道菜。

因为简居宁在甄繁的建议下多喝了几口鱼羹，鱼羹就成了甄家晚饭的保留项目。

老甄把盛好的鱼羹递到女婿面前："你多喝点儿。"

饭后，简居宁带甄繁去参观楼上他装修好的房子，不同于时下流行的日系北欧风，用色十分浓重大胆，墨绿淡金暗红在客厅的装潢中都有体现，但不显得杂乱。

简居宁揽着甄繁的肩膀说道："以后咱们晚上就住在这里，吃饭还是在一起吃。"

他又带甄繁参观了书房："你以后也不用在客厅里工作了。"

甄繁愣了会儿，说道："也是，你正好可以在这儿工作，楼下的地方确实窄了些。"

"你楚师哥每天都要来家里吃饭吗？"

"不怎么来，今天凑巧了。"

简居宁本以为他的安排足够照顾甄繁的心情，既保留了和家人相处的机会，也有了二人空间。

不过甄繁并不买账，除了第一次看房，她之后再没来过。

简居宁之后又在中午回过几次家，楚辙确实不来家里吃饭了，就连甄繁也不回来吃午饭了。

按照甄繁的考虑，不管她认为自己和楚师哥如何清白，既然简居宁在意，她就应该照顾他的心情。那次之后甄繁再也不带楚辙回家吃饭，公司里有现成的厨房，她买了自动炒菜机、自动面条机等一堆自动化产品，一堆人凑在一起解决午饭。

那两年，无论简居宁如何利诱骗说，甄繁都没答应搬到楼上去住。

两个人为此闹过不少龃龉，最严重的一次甄繁对简居宁说："你要受不了就走，没人拦着你！"

说完甄繁就后悔了，她又拉不下脸道歉，以前她道歉就跟家常便饭似的，不管是不是她的错，只要她觉得简居宁不高兴了，就马上自觉主动地承认错误。

甄繁的校友、知名情感专家乔乐乔曾说过：男女关系里，最先道歉的那一个，反而牢牢把握着主动权。只要道歉的那方不再道歉，关系就失衡了。

这次是简居宁先道的歉，晚上他主动做了六菜两汤，他把盛好的鱼羹递到甄繁面前，附在她的耳边说："我怎么舍得离开你？"

甄繁虽然还是嘴硬，心却马上软了下来，时不时就去楼上陪简居宁过只有两个人的日子。

后来，简居宁延续了这个习惯，每次不管是不是他的错，他都是先道歉的那个人。

老甄并没想到自己女儿能和简居宁一直过下去，而且还过得很好。

夜深人静，老甄和妻子聊天："要不咱劝繁繁领养一个，我看她最近看别人孩子都魔怔了。感情都是处出来的，孩子嘛，养着养着就熟了。要不是繁繁给我捐了个肾，现在怀孕也不会这么困难。"

"就算繁繁乐意领养，简居宁能乐意吗？就算他愿意，他爸能愿意吗？他们家这么大的产业，能允许这样吗？要是繁繁生不出孩子，他们这婚姻也长远不了。"

"我看他不是那种人，你说刚结婚的时候哪个男人能和老丈人小舅子住一起，还一住就住这么多年？咱闺女对咱们那是没的说，可对居宁脾气不太好，动不动就她买的房子，要住着不高兴就走，没人拦着！说的话太伤男人面子了。人家没钱也就算了，又不是没别的房子，搁外人就真走了。可居宁愣是把错给认了，还一天到晚哄着她。"

"你闺女你还不知道，心比豆腐还软，人家哄她两句，什么要紧的事儿都抛后脑勺了，她远不是人家的对手，就算被人卖了还得傻兮兮地帮人哄抬价格呢。"甄繁的母亲一边给老甄按腿，一边说道，"他简居宁是哪种人？没有绝对忠诚的男人，如果有，只能说明没有足够大的诱惑。他这个年纪，这个长相，又有漫天的钱，往上蹭的女人说有一曲艺团不夸张吧。他今天经得起诱惑，并不代表明天能经得起诱惑。"

"你是说我现在忠诚，是因为没人诱惑我？当年……"

"是是是，你顶住了那个唱大鼓书的诱惑，可要是山口百惠来诱惑你呢？你就顶不住了吧？你承受的诱惑跟简居宁就没有可比性。”

“山口百惠为什么要来诱惑我？就算来了，你怎么就知道我抵挡不住？现在的山口百惠还真没你好看。你说你这么大年纪了，还吃这陈年老醋。我不就当年买了一个《血疑》的盘吗？你至于记到今天？”

“谁吃陈年老醋了？我不是说咱闺女生孩子的事情吗？”

“要是这人只能用生孩子拴住，不拴也罢。”

“你把我想成了什么？我让她生孩子是为了拴男人？她现在是没问题，等咱们不在了，甄言又在美国。你说，甄言去美国三年了，也不知道找没找女朋友？我上次也没好意思问他。要是真找了女朋友，没准就不回来了。繁繁也是傻得没救了，还劝他去留学，远亲不如近邻，离着远了，亲人也疏远了。要是没个孩子，男人再靠不住，可怎么办？”

“咱闺女要模样有模样，要事业有事业，怎么在你嘴里没孩子就过不下去了？再说了，你怎么也不盼孩子点儿好，就一门心思认定人家靠不住了？”

“我不是担心她吗？甄繁马上又要过生日了，还只长岁数不长心眼。广东那边，咱们有困难的时候从来没搭理过咱们，甄繁一阔起来，倒姐姐长姐姐短了。咱闺女也是，还傻乎乎地特意坐飞机给人做满月呢。那孩子哪里长得像她，比她小时候可差远了，她小时候就跟洋娃娃似的，除了瘦了一点儿。”

“闺女随你，好看。”

甄繁确实想要个孩子，领养的、亲生的都好。当初她并没想到简居宁会真的答应她去结扎，即便他后来去了，她也不认为有多么严重，结扎了还可以复通，同她离婚后分分钟可以让小姑娘给他怀孕生孩子。

但当她认为简居宁很可能并不会和她离婚时，她才认为这是个问题。

简居宁出国前，两个人进行了一次大的冷战，起因是甄繁出尔反尔。

“要不你去做复通手术吧。我咨询了医生，虽然我身体不太好，生孩子有一定的风险，不过就算比我健康的人也会有各种各样的问题。”

“你的身体不适合生孩子。”

“不适合的多了，那些不孕不育的还基因里就注定没孩子呢，不是依靠现代医学，也生了吗？再说我也不是一定要生孩子，只是如果真有了，留下就是了。”

“你要想要孩子，我们直接去领养一个。”

“那对你不公平，你完全可以有自己孩子的。再说你的基因不错，我觉得有必要流传下去。”

“在这方面讲公不公平很没有意思。端阳，你有工作、有我、有父母，还不够吗？不要理会那些没有逻辑的宣传语，什么没有孩子的人生就不完整，就跟人一辈子必去的十大景点一样无聊。”

“可我是一个俗人，我需要有人来承继我努力赚来的财产。我现在在做一套给学龄前儿童看的历史科普读物，我希望我的孩子能成为读者之一。我买了许多乐高，我准备跟我的孩子一起玩儿……”甄繁也想过领养孩子，可又觉得对简居宁不公平，如果他不同她结婚，他完全可以拥有一个健康的孩子。

“我和你一起玩儿好不好？现在就可以。”

“我认为不是很好。”

“不是当初你决定不要孩子的吗？”

“我后悔了。”

“你后悔了也没用。我不希望有人抢夺你对我的注意力，哪怕是我自己的孩子。你当初让我去结扎，我以为是你对我的承诺。端阳，做人多少要讲一点信用。”

之后，两个人因为甄繁不讲信用开始了冷战。

简居宁出差的这些天，两个人照常每日联系，不过只简单地问好，谁也不道歉。

简居宁的行程很紧，特意在端午节当天赶了回来，他想着给甄繁一个惊喜，也就没提前告诉她。

回来时甄繁不在，老王告诉简居宁，甄繁去孤儿院了，她走之前已经包好了粽子。

老王出院后就远离了金砖，在简家做事。

甄繁去孤儿院做义工，给孩子们送粽子，她包了一大堆粽子，还罕见地尝试了一堆蛋黄馅儿、鸡肉馅儿的，她没想到自己第一次包的蛋黄馅儿竟然如此受欢迎。

简居宁去孤儿院接甄繁，一路上，两人什么都没说。饭前，甄繁特意给简居宁包了一个江米小枣的粽子，那只粽子大得格外突出。

简居宁，
你对我太不善良了。
Buhe

这个城市里有两千多万人，

甄繁总是在最狼狈的时候碰见简居宁。

她的表达过于含蓄，不过简居宁还是意识到了。简居宁把粽子接过去，甄繁偷眼瞧他，看他吃完了粽子，她想这应该就没事儿了。

简居宁又打开了一个粽子，在递给甄繁之前，他特意把上面的枣给剜掉了：“你最近甜的吃得太多了，这次少吃点儿。”

甄繁接过粽子狠狠地咬了一大口。

十年前，甄繁第一次给简居宁包粽子，她准备在中秋节前给他邮寄过去。

她特意租了间小厨房，包了一百个粽子，从中选择了二十个品相好的，剩下的她都送给了老师、同学。包粽子的绳子她选了红丝绳，真空包装好后，她又贴了标签，标注是什么馅儿的。她原本还准备给他烤月饼的，结果烤了两炉都失败了，只好去店里买，每种馅儿都买了两个。一切打包好后去找快递，快递公司大都不接国际邮寄食品的业务，找了十来家才找到一家愿意邮寄的。

不过还是出了岔子，快递迟到了。甄繁本来很失落，不过当简居宁夸她粽子包得不错时，她又高兴起来了。

如今她也没有更出息些。

番外二

/如果能重来/

和甄繁结婚的第六个年头，简居宁想，如果能回到他和甄繁初相识的时候，他一定要对她好一点，再好一点。

——题记

甄繁觉得眼前的自己既陌生又熟悉。

陌生的是她结婚后就很少穿高跟鞋，尤其是质量这么差劲的高跟鞋，左脚的鞋跟扭断了，右脚的鞋跟还健在，鞋跟的不同让她的肩膀一高一低，她全靠意志支撑才能忍着脚痛站着。

熟悉的是眼前的这双鞋无数次地在她的记忆里出现，她就是穿着这双断了跟的鞋，站在公交车站牌前等车，结果等来了简居宁，他隔着车窗认出了狼狈的她，主动提出捎她一程，她上了他的车，从此开始了和他没完没了的纠缠。

这个情景曾被甄繁在深夜里无数次反刍，以至于多年后她还记得见面时简居宁衬衫的颜色。起先回想起来当然是甜蜜，后来随着简居宁主动跟她提分手就变成了不堪回首，等她和他结婚，她终于能够相对平静地回忆这件事，偶尔有一点疼，也是蚊虫叮咬时的疼痛，远没有以前那样撕心裂肺。

脚上的疼痛为眼前的场景注入了实感。

她站在两个人关系的十字路口，拥有了重新选择的机会。

和简居宁结婚后，甄繁没有一天后悔和他结婚。可要是回到他们故事的开始，让她重新选择，她也只会选择和他远远地打个招呼，让这段缘分到此为止，或者连招呼都不必打。不顾一切地靠近一个人却被拒绝，这种罪她实在不想再经历第二回，即使后来苦尽甘来，她也不想。

甄繁决定放过自己。当初那个不到二十岁的甄繁太可怕了，为了简居宁辗转反侧，想到他就忍不住笑，听人说这道题“简单”，都能顺着简单想到姓“简”的那个人，好像那时在她的心里，除了简居宁，再没别的人姓简。现在的她拥有一个 30+ 的灵魂，虽然这个灵魂寄居在年轻的身体里。30+ 的女人没精力也没体力为一个男人发狂发痴，她更喜欢细水长流。

脚下的鞋让她很不舒服，她得找一双新的赶快换上。眼下最快的方法就是打车去附近的便利店买拖鞋。

甄繁离开了公交车站牌，踩着一高一低两只鞋晃晃悠悠向着路口走。她穿着这样一双鞋，走路姿势很难好看，路人偶尔向她投来好奇的目光。她只顾往前，无心注意其他人怎么看她。这时网约车还不普及，她只能站在路口拦车，过往的出租车顶灯没一个显示空车。

甄繁没等到出租车，却等到了简居宁，她记得他的车牌。

她刚想转身留给他一个背影，简居宁已经喊出了她的名字。

甄繁转过脸装听不见。

简居宁又叫了她一声，不是探询，而是肯定的语气。

此时此刻，只有他这把嗓子叫她名字才会让人以为“甄繁”是一个人，而非一个感想，换了别人，红灯时开着车窗对着路旁的人叫“甄繁”，很容易让人以为是没耐心的车主在对着空气发泄情绪，“真烦”。

甄繁冲简居宁点点头，算是打招呼。她也纳闷儿，在这次见面之前，他们跟陌生人也差不多，就算对她有印象，叫她的名字她也不回应，他何以肯定没有认错人。

打完招呼她便不再看他，她早已经在心里雕了个简居宁出来，过个十年八年不看，她也清楚记得他长什么样。

简居宁问要不要捎她一段，甄繁微笑着摇摇头，之后就把目光投向了出租车。

她本将心向出租，奈何出租司机却不需要她这样一个乘客。

十分钟后，甄繁又看到了熟悉的车牌，只不过车是从另一条路上过来的。

简居宁再次问要不要捎她一段，甄繁仍是三个字：不用了。

简居宁没再问，但也没离开，他只是安静地打量着甄繁，说不出那目光里有什么意味。

甄繁还是上了简居宁的车，出租车实在太难打。

路上，甄繁的话很少，都是简居宁问，她回答。

简居宁得知她的专业后，问她愿不愿意去他朋友的纪录片工作室实习，待遇还算说得过去。

甄繁听说过那家工作室的名字，给的待遇岂止是说得过去，比业内第二还强了许多。这对现在的她是个不错的选择，但因为不想和简居宁再有联系，也没说好。

透过车窗玻璃，甄繁远远看见一家奢侈品商场的大标志，她回学校明显不经过这条路。

“就在这儿停吧，我们学校在另一边。咱们并不顺路。”

“你的鞋该换了，你进去选双鞋。”

最近的商场就在眼前，网上最开始批她炫富那阵儿，她来过这个商场，这里永远不缺有钱人，奢侈品店门口永远有人在排队，她看到有人为了买到几十万的限量包一脸喜色，好像占了天大的便宜。甄繁当时并没占这种便宜，她逛了一圈只花几百块买了一个笔记本。那个本子她也不觉得比便利店几块的好到哪里去。对于甄繁来说，论证贵的东西值那么多钱很难，但论证它们不值钱很容易。

甄繁第一时间打开了自己的钱包，里面有一百多块，这一百多块在这家商场恐怕连双鞋垫都买不到。

“开玩笑吧，这里的鞋，我哪里买得起？”简居宁知道她的底细，她没必要在他面前装，装也没用，只会成为一个笑话。

“不用你买，我送你。”

“送鞋给有钱买的人是送，送给没钱买的人是施舍。你要送，还是送给有钱在这里消费的人吧。”他比她记忆里还要大方，但她受之有愧，甄繁笑道，“如果方便的话，你能不能送我到便利店，我去那儿买双拖鞋。”

她一再坚持，简居宁只好由着她。甄繁想着一到便利店就和简居宁说再见，车一停，没等简居宁绕过来帮她开车门，甄繁就自己下了车，可脚上的两只鞋不给她争气，刚踩到地面鞋底就打了滑，要不是简居宁及时扶住了她，她恐怕就要跪倒在地上。

“你在车里坐会儿，我去帮你买拖鞋。”

“你要是忙的话，把我放这儿就行。”

“我自己也要去便利店买水。”

甄繁知道买水只是借口，怕她不好意思，才编出了这么一个事由。即使这样，她还是说了谢谢，她穿着这样一双鞋走路实在不太方便。

眼前的简居宁简直体贴得过了分，可一想到之后的分手，甄繁便觉得他们的故事还是不要开始比较好。

简居宁买完拖鞋回来，手里并没拿着水，可见买水确实是一个借口。他没直接把鞋给甄繁，而是半蹲着取下甄繁脚上的旧鞋，为她穿上新拖鞋。

甄繁曾经最恨简居宁的体贴周到，明明刚开始对她也就三分感情，表现出来却像有十分，因为这个，她最恨他的时候也恨得不纯粹。

现在的甄繁早就习惯了他的温柔，并未表现得受宠若惊，只是平淡地说谢谢。

简居宁提议，如果甄繁今晚没安排的话，他想请她吃饭。

甄繁拒绝得干脆，连没时间这样的借口都没有，她说她还是喜欢学校的食堂，不想去外面。

车子停在校门口，下车前，甄繁问都没问简居宁拖鞋多少钱，就从钱包里扯出一百块递给他：“谢谢你送我回来，这是车费和拖鞋的钱。”

大概她是第一个付他车费的人。甄繁想看看一向好涵养的简居宁会不会因为被人当成司机而失态，但他令她失望了，他说：“如果你实在想感谢我的话，可以请我在你们学校食堂吃顿饭。”

还不到正式饭点，一向热闹的食堂此时很冷清。

简居宁并没有在国内高校食堂就餐的经验，当甄繁问他想吃什么时，简居宁说：“和你一样。”

甄繁记得简居宁第一次请她吃饭，点餐时她说的也是这四个字：和你一样。

当初说和他一样，是因为实在不了解菜单，怕显得外行。

甄繁本来想吃面的，但简居宁给她买了拖鞋，还他一碗面未免显得太吝啬，于是她拿着饭卡刷了两份一人食小火锅。

甄繁低头吃饭，隐约觉得简居宁在看她，抬头发现他果然在看她，且看得很坦然。

他说下周德国某著名交响乐团要来本市，问甄繁要不要去听。

甄繁很直白地拒绝：“我不喜欢交响乐。”

显然，简居宁很惊讶，但这惊讶马上就被微笑替代了：“为什么？”

“我没听过多少交响乐，但我觉得那太像应试作文，限制的地方太多。当然，这只是我一个外行人的看法，可能只是我不会欣赏。”这种对交响乐的偏见，甄繁是一早就有的，但说出来，还是第一次。

甄繁本以为自己拒绝得彻底，没想到简居宁问：“你喜欢独奏？”

一周后，简居宁打来电话，邀请甄繁去听二胡独奏会。

甄繁答应得不痛快，但还是答应了。

通话结束，甄繁才发现有个问题被她忽略了：简居宁是怎么知道她手机号的？